ロマンスの演じかた

砂原糖子

幻冬舎ルチル文庫

CONTENTS ✦目次✦

ロマンスの演じかた

✦イラスト・麻々原絵里依

✦カバーデザイン＝久保宏夏（omochi design）
✦ブックデザイン＝まるか工房

最奥に放った高倉のものを受け止め、夕希が腰を震わせながら譫言のように呟く。ずるりと自身を引き抜くと、横になり、力の抜けた身体を抱き寄せた。

腕を取り、体温が上がったために赤く色づいている四葉の痣に軽く歯を立てる。

「人の心配なんか、してる余裕はないぞ」

そう言った高倉の獰猛《どうもう》な色の浮かんだ瞳を、夕希は、未だ快感の余韻が去らぬぼんやりとした瞳で見返すだけだった。


「おい、シャムロック……ああ、まあいいか」

寝室の扉を開いた隙に、するりと部屋に入ってきたシャムロックがベッドの上に上がる。深い眠りに落ちている夕希の傍に行くと、そのまま丸くなった。

「今日はこっちに来い。お前のご主人はゆっくり休ませてやれ」

その身体を抱え、自身の方へと移動させる。特に不満はないらしく、シャムロックは高倉の枕元で再び丸くなって寝始めた。

「シャムロック……──お前はさしずめ弟分ってとこか」

柔らかな毛並みを撫でてやると、ぱたりと返事をするように尻尾《しっぽ》が揺れる。

夕希がつけた猫の名前は、クローバーの意味だ。自身にある痣と同じそれに、どんな意味をこめたのか。詮索する気はないけれど、それが幸せを祈るものであればいいと思う。

行為の後、気を失うように眠りについた夕希は、高倉が一度ベッドを離れても目を覚ます様子がなかった。静寂に包まれた寝室の中で聞こえるのは、規則正しい寝息だけだ。

布団《ふとん》からはみ出た右腕には、四葉の痣が刻まれている。それをそっと指でなぞり、そのまま布団を引き上げた。

『運んでくるのは、幸せばかりじゃないですけど……』

不意に、以前夕希が自嘲《じちょう》するように呟いていた声が蘇る。あれは、幸せと不幸せの両方を運んでくるという意味だったのだろう。そう言う意味では、確かに夕希のこれまでの人生は大きな幸運と大きな不運が交互に訪れている。

だが、これからはその名の通りの印になる。幸せになりたいと、そう願える限りきっと。

「おやすみ、夕希」

密かな囁きは、頬に落とされたキスとともに暗闇の中へと静かに落ちていった。

ロマンスの演じかた

プロローグ

小学校に上がって初めて迎えた冬のことだ。

コンコンと少年が咳《せき》をしながら教室に戻ると、くすくすとした笑い声が上がった。掃除用具のほうきをロッカーに片づけていた幼い少女たちの笑い声だ。少年の繰り返す咳がキツネに似ていると、昼休みに誰かが言ったからだった。

ちなみに少年はキツネ目ではない。しいて言うなら愛らしい子ギツネか。ぱっと目を引く容姿をしており、艶々《つやつや》の栗色の髪にはいつも天使の輪っかが現れている。神様が特別に用意したかのような冠だけれど、神様に贔屓《ひいき》にされているにしては少年は体が弱く、学校を休みがちだった。

教室は子供たちの体温で冬でも暖かい。危なっかしいストーブなどは置かれておらず、火にかけたやかんがシューシューと湯気を上げているわけでもないのに、窓はすべて真っ白に曇って壁は結露していた。ひんやりとした壁際の机へ少年が戻れば、近くにいた男子グループが不満そうな声を上げる。

女の子の名前のような少年の姓を呼んで、座りかけたその腕をむんずと摑《つか》んだ。

「掃除サボってんなよ！　どこ行ってたんだ、おまえ」

「……ごめん、保健室にいた」

「なんだよ、まぁた風邪《かぜ》かよ。すぐに具合悪くなりやがってさ、風邪ぐらいさっさと治せよ〜。掃除が終わんねぇだろ」

カードゲームに夢中の男子らも、とても掃除を真剣にやっていたようには見えないけれど、きちんとやる児童がいればもっと早くに終わって、その分『帰りの会』までの時間を遊んで過ごせる。

「できるならそうしたいけど……こほっ、ウイルスは僕の都合…っ…で、出ていってくれるものでもないから……けほっ……」

ゲラゲラと笑い声が上がった。至極真面目《まじめ》に返そうとするものの、キツネっぽい咳がコンコンと出るせいでまるで相手にされない。体つきも小柄でお人形のような顔をした少年は、ただでさえ軽く扱われがちで、「やっぱキツネだ〜」とからかう声も入り混じる。

そんな中、鬼の形相で一人の男子児童が教室に飛び込んできた。

「あっ、おまえら、なにまた病気のやつに絡《から》んでんだよっ！」

「わっ、ソウが帰ってきたっ！」

雑巾を洗いに行っていた彼は、先生よりも恐れられていた。クラスメイトで同じ小学一年生だけれど、頭一つ分みんなより背が高い。力もある。算数と国語が苦手でも、足が速い。運動ができるのは、子供のうちは力関係においてとても大事だ。

ソウと呼ばれた彼は、一年生にしては大きいだけでなく正義感も強かった。

「なにやってんだよっ！」

「なっ、なにもしてねぇよ、こいつ掃除んときいねぇからっ」

「だいたいさぁ、休めばいいのにガッコ来るから治んないんだろ～」

「そうだよ～、オレんちのママだったら、病院ででっかい注射打ってもらって……」

ビクつき気味に言い訳を並べ始める男子たちだったが、一人が『あっ！』と大きな声を上げた。急に得意げな顔になり、目を輝かせて小鼻を膨らませつつ叫んだ。

「わ～かった！　おまえ、ビンボウだから病院行けねぇんだろ～！」

「え……」

指をさされた病気の少年は声にならない声を上げ、大きな眸《ひとみ》を零《こぼ》れんばかりに瞠《みは》らせる。

驚いて固まる少年を前に、周りは勝手なことを口々に言い始めた。

「こいつんち、パパはゴミを作るのが仕事なんだって」

「え～、ゴミ作る仕事なんてあるわけないよ」

「じゃあ拾う仕事かな？　オレ、それなら見たことある」

「オレもある！　空き缶とか拾うんだよな～。ふーん、だからこいつんちはクリスマスもないんだ？」

冬休みも間近に迫った十二月。この時期の子供たちの頭の中は、かなりの範囲をクリスマスが占めている。クリスマスツリーにケーキ、枕元に置かれるはずのプレゼント。サンタクロースが誰であるかはともかく、プレゼントにまるで期待していない子供は少ない。

「ないってどういうこと～？」

無邪気な声が問う。

「こいつのママ、クリスマスもパン屋で仕事なんだって。パートっていうの？　親が言ってた。本当のママでもないらしいけど」

「えっ、なにそれ……」

絶句していた少年が声を発した。咳も止まるほどにびっくりして発した声にも、幼さゆえの残酷な言葉は続く。

「だっておまえ変な名前してるもん。親、サイコンなんだろ～？」

少年の姓と名には同じ漢字が一字ずつ使われていた。確かに同じ漢字なんて変かもしれない。実際、変だと言われることもある。けれど、そんな噂《うわさ》まで立てられているなんて、この瞬間まで知りもしなかった。

口を開こうとして、また咳が出た。コンコンとキツネみたいな咳。笑われるのだろうと思ったら、隣に立った頭一つ分大きな彼がバンと傍《かたわ》らの机を叩《たた》いてびくりとなった。

飛び上がらんばかりに驚かされたのは、もちろんその場にいたみんなだ。

「そんなことあるわけねぇだろっ！　いいかげんにしろっ、テキトー言ってんじゃねぇぞっ！　しばくぞ、テメーらっ‼」

「だって、ソウ……」

「おい、ゴミ捨てに行くぞっ！」

「えっ」

少年は急に手を引っ張られて、また驚いた。

「ゴミ、捨てるの手伝え！　おまえだけ掃除やってないとか、言わせねぇ」

ぐいぐいと教室の後ろのほうへと連れていかれ、まだ捨てられていなかった大きなゴミ袋を一緒に持たされる。下駄箱の並んだ昇降口を出て、裏庭へ回ったところにゴミ捨て場はある。身長差で歩きづらいけれど、むすりと唇を引き結んだ彼の横顔をチラと見上げたら、強引に付き合わされたことも腹は立たなかった。

「怒ってんの？」

逆に尋ねてみたくらいだ。

「べつに怒ってねぇけどさ……おまえも言われっぱなしになってんじゃねぇぞ」

「……うん、そうだね。けほっ、でも僕のうちが貧乏なのも……クリスマスがないのも……っ……本当だし……こほっ、モミって木でできたツリーも、ケーキの丸いのも……」

「そんなん、うちにくりゃあいいじゃん。ケーキぐらい食えるしさぁ。ツリーは本物の木じゃなくて、ニセモンみたいだけど」

二人を一つに繋《つな》ぐゴミ袋を、ぐいっと彼は引っ張った。

「ソウちゃんは優しいな」

思わずそんな言葉が出た。自分で口にしてから、少年はこういうのを『優しい』というのだと、妙に感心したように噛《か》み締める。胸の辺りがむず痒《がゆ》くなった。外は冷たい風が吹いていて、また咳が出るのだと思ったけれど、なかなか出ない。

ただムズムズとした感触だけが、体の中で膨らんでいく。

「まぁな。自分より弱いやつは守れって、母ちゃんに言われてっしなぁ」

少し照れくさそうに返した彼は、フェンスとブロックに囲まれたゴミ捨て場で足を止めると、持ってきた袋を先に置かれた袋の山に積み始めた。一人でやったほうが身軽に見えるのは、背が高いせいだけではないだろう。いつも元気で風邪もひかない彼と、少年は幼馴染《おさななじ》みだけれど、二人も誰もまだ『幼馴染み』などとは呼ばない。

幼稚園で出会ってからまだ数年。現在進行形の出来事だ。

「ソウちゃ……」

手持ち無沙汰《ぶさた》になった少年がむず痒い胸の辺りを両手で押さえ、もう一度名を呼ぼうとしたところ、彼は『あっ！』と声を上げた。

「あいつら、またタナカにちょっかい出しやがって！」

メガネのタナカくんが渡り廊下のところでからかわれている姿に目を留め、駆け出していく。クラスで一番背の高い彼は、なかなかに勇敢だ。

強くて優しくて真っすぐで。時々子供らしく泣いたりもするけれど、でもやっぱり特別だ。

そして優しいのは、クラスの誰に対してもそうだった。

行ってしまった彼は振り返らない。

じっと見つめると、何故《なぜ》だかむず痒いはずの胸が苦しくなってくる。

ゴミ捨て場の少年は、ぎゅっと強く小さな胸に手を押しつけた。

1

べつに高校生にもなって毎朝母親に揺り起こされたいなどと思ってはいない。まれに遅刻しそうになるのは問題だけれど、数分おきのしつこい等間隔で『早く起きなさい』なんて急《せ》かす声がないのはむしろありがたいことだ。

空腹の胃を刺激するトーストの焼ける匂いに、香ばしい挽《ひ》きたて豆のコーヒー。和食派なら味噌汁《みそしる》の香りにあと、朝の定番といったらなんだ？　愛らしい小鳥の鳴き声か？

とにかく、優雅な目覚めを迎えようにも誰も用意してくれないのだから仕方ない。スズメにだってご都合ってものがある。窓辺に一羽も訪れもしないのを恨みはしないし、高校生の倹《つま》しい一人暮らしに多くを望むほど贅沢《ぜいたく》な男ではないつもりだ。

ただ願わくば爽やかな……いや、普通の朝を迎えたい。

そこらの住民が迎えている朝、まっとうな朝だ。

——それが贅沢だとでもいうつもりか、あの野郎は！

とうの昔に沈黙させた目覚まし時計を握りしめたまま、敷惣一《しきそういち》は潜り込んでいた布団からがばりと身を起こした。息が上がっているのは布団の中で窒息寸前だったからではない。『もう我慢ならない、堪忍袋《かんにんぶくろ》の緒が切れた』といった形相で壁を一睨《ひとにら》みすると、寝癖のついた硬い黒髪をボサボサになるまで掻《か》き回す。

『……ぁっ、……あぁっ、……んぁっ……！』

壁越しに隣の部屋から響く、妖《あや》しげな声。

安眠妨害も甚《はなは》だしい淫《みだ》らな声は聞き違えようもないあからさまな嬌声《きょうせい》で、しかもテレビ画面のＡＶ嬢の熱演などではなく生音声。そもそも、男ときた。

敷金ゼロが謳《うた》い文句の壁の薄いこのコーポを、『どうせ仮宿だろう』とか『まぁ高校生にはこんなもんでしょ』だとか言って適当に選び、あげく二年も帰ってこない両親にも問題はある。しかし、地球のほとんど裏、ハドソン川のご近所でニューヨーカーとなって真面目に働いている父親と、それを支える母親に大きな罪はない。

罪があるのは隣の住人だ。なんの断りもなく、先月隣に越してきたあの野郎だ。

『……んっ、イイ……もっと……っ………』

――なにが、『もっと』だ。鉄拳ならいくらでも食らわせてやる。

『……あっ……んんっ……イヤっ……』

――嫌なのはこっちじゃ、ボケっっ‼

今日こそ怒鳴り込んでやる。

まさに今だ、ＮＯＷとばかりに勢いよくベッドから下り立ち、荒い足取りで玄関に向かった敷は、ドアノブを握り締めたところで動きを止めた。怖気《おじけ》づいたからではない。隣の住人は、なにも背中に彫り物をしょったお方ではなく、恐るるに足らない。ただとある事情により、こちらの本気の怒りが通じにくい相手なだけだ。

表に飛び出そうにも不意に聞こえなくなった。まるで敷が飛び出そうとするタイミングを見透かしたように、ご近所迷惑な声は止《や》んでいる。

ドアに身を寄せ待つこと数十秒、やがて廊下から話し声が響いた。

「……じゃあまたな、連絡するよ。気をつけて」

クライマックスからほんの数分で後戯もなしにお別れか。どこかおざなりにも感じるクールな声は、聞き馴染んだ隣の住人の声である。お見送りも一瞬で終わらせて部屋に引っ込んだらしく、それきり声は聞こえなくなった。

気になって冬も間近の冷たいドアに耳を押しつける敷の姿は、他人が見れば聞き耳を立てているとしか思えない。自分が盗み聞きをしているに等しい有り様であると気づいたのは、大音響が耳をつんざいてからだ。

無遠慮な激しいノックにドアが揺れる。ドアも鼓膜も破れよとばかりの振動に敷は『わっ』と無様に飛び退《の》き……仰《の》け反った家の主が取り繕う間もなく、ドアは来訪者の意思に添って開いた。

昨夜鍵をかけ忘れた事実を後悔しても遅い。

「おい、起きてんのか、敷。遅刻するぞ」

来訪者こと隣の住人は、今にも床にすっ転びそうな敷に一瞥《いちべつ》をくれる。

首の長さが小作りな輪郭《りんかく》をやけに強調した顔は、つい今しがたまで『あん』だの『もっと』だの破廉恥《はれんち》極まりない言葉を吐きまくっていた男とは思えない涼しい表情だ。ありふれた紺色のブレザーの制服も、いつもどおりパリッとして見える。アイロンの利いたシャツに、結び目も美しい臙脂《えんじ》のネクタイ、『今日も下ろしたてですか？』と嫌みの一つも言いたくなるような着こなしの男は言った。

「おはよう、今日も間抜けな起き抜け顔だな」

睫《まつげ》の先まで冷ややかに感じる目で敷を見たのは、幼馴染みの同級生、有佐《ありさ》有貴《ありたか》だった。

引っ越しのトラックから降りてきた有佐の姿を見たあの日、敷はすでに待ち受ける己の不幸に予測がついていた。迷惑を一身に被《こうむ》ると判りきっていたのだ。

有佐が引っ越してきたのは三週間ほど前、十一月の初めの日曜だった。

アパートの裏の色づき始めた木々の下に、小さな引っ越しトラックが止まったのは午前中の早い時間で、寝ぼけ眼《まなこ》の敷は二階である部屋の窓からそれを目にした。

こんな中途半端な時期に引っ越しか。隣の空き部屋なら、美人のお姉さんに越したことねえな。できれば女子大生、まぁＯＬでも悪くは――なんて、朝っぱらから『うら若き乙女』ならぬ『うら若き男』なら誰もが頭に過《よぎ》らせたであろう妄想に耽《ふけ》っていられたのは、時間にしてほんの数秒足らずのことだった。トラックの助手席から、華奢《きゃしゃ》だが女のものとは思えない体が覗《のぞ》いた瞬間、淡い夢は呆気《あっけ》なく崩れた。

そして横顔が十年来目にし続けている男だと気づいたと同時に、崩れた夢は悪夢へと再構築。朝日を受けて眩《まぶ》しい白シャツとジーンズ姿の引っ越しスタイルの男を眼下に、敷は我が身に降りかかった災難を知らされた。

一応友達という名目を保ってはいるが、必要以上に関わりたくはないその男。

有佐はサラリとした髪を揺らし、安っぽいクリーム色の壁のコーポを眩しげに仰いだ。

「よう、敷。ちょうどよかった、手伝え」

窓辺に目を留め、やや薄い唇に笑みを刷《は》くと、ずうずうしくも言い放った。掻き上げた栗色の髪には日差しを浴びて天使の輪が浮かんでいたが、敷の目に映ったのは悪魔の三角の尾っぽだ。

ピシャリ。窓を閉めるも、現実と化した悪夢を打破できるはずもない。隣室に向かうため、敷は通路に飛び出した。むろん憤怒の表情を浮かべてだ。

「なに断りもなく俺のアパートに引っ越してきてんだ、おまえは！」

階段脇《わき》の空室だった部屋のドア前に監督のごとく立ち、引っ越し業者に指示を出している有佐に詰め寄った。

相手は動じなかった。細い体を壁際に追い詰め、威圧するべくにじり寄るも、有佐は眉《まゆ》一つ動かすことなく敷を見つめ返してきた。

「いや、最近家にいづらいんだ。一人暮らしでもないと、そうそう男も女も部屋に誘えないだろう？　だからおまえを真似しようかと思ってな」

「勝手に一緒にすんな！　俺は男も女も不特定多数の奴なんか連れ込んでねぇよ！」

「ああ、そうか、それは悪かった。俺は連れ込むつもりだから、そのつもりで」

『よろしく』とにっこりと笑ったその顔は、本当に悪魔の笑みとしか思えなかった。

「帰れ！　なにも人ん家《ち》の隣に越してくる必要ないだろうが！」

「おまえの隣である必要はなくとも、今日からここが俺の家だ。賃貸契約書、見せようか？　嫌ならおまえが引っ越せ、即刻な。今なら俺が乗ってきたトラックが使える。ついでだから料金も割り引いてもらえるかもな。遠慮するな、値引き交渉ならしてやろう」

引っ越し蕎麦《そば》を振る舞うでもなければ、挨拶代わりのタオルを寄越すでもない。おまけにおよそ先住の友人に対する言葉とは思えない発言の数々。歓待する気が万が一あったとしても綺麗《きれい》さっぱり失《う》せる。

有佐有貴、十七歳。可愛げは欠片《かけら》もない男だ。心ならずも長く友人を続けてやっている自分に対し、以上のような発言をつらつらと浴びせるような男。

「ふざけんな！　誰が引っ越すか、冗談にもほどが……」

不快感を示す敷に、有佐は表情に乏しい顔で言ってのけた。

「俺が冗談なんて言ったことがあったか？　ああ、トラックの交渉代はきっちりもらうぞ？　友達だからこそ金銭関係ははっきりしておかないとな」

そう言って、強固とは言い難い友情に新たなヒビをぴしりと入れてくれたのだった。

「まったく、せっかく学校の近くに越したってのに、おまえと一緒だと毎日遅刻寸前だな」

アパートから学校までは、歩いても十五分程度で辿《たど》り着く。急げば十分、徒歩で充分通学できる距離だ。ビルやマンションが乱立し始めたせいで、長閑《のどか》とまではいかないが、昔ながらの商店街も残るごく普通の平和な街だった。その路地を険悪ムードで二人は行く。

平穏とは程遠くも、毎朝の馴染みの光景。今朝に限って特別荒《すさ》んでいるわけではないのだから、もはや行動を共にしているのがおかしい。

幼馴染みゆえの惰性の関係というか。有佐とは幼稚園で出会ってからだから、もうゆうに十年以上になる。幼い頃は普通だったはずが、いつしかくだらない言い争いばかり。晴れた日よりも曇りや雨の多い街みたいに、小競り合いのケンカを繰り返す日常だ。

学校指定のナイロンの鞄《かばん》を小脇に挟み、あたふたとネクタイを結びながらも、敷は一歩先を歩く背中を睨み据えた。

「誰も一緒に登校してくれなんて頼んでねぇぞ〜」

「そうか？　俺がいなかったら週に一度は遅刻だろうが、おまえは」

「余計なお世話だ。おまえのせいでこっちは寝不足なんだよ。朝っぱらから変な声聞かせやがって！」

スズメの声ならぬ男の喘《あえ》ぎ声を聞かされて、爽やかな目覚めもへったくれもない。恨みがましい敷に、目の前を行くピンと伸びた背中が動いた。

有佐は振り返ると、くすりと笑う。憎たらしいまでの余裕の笑みを浮かべ、肩を竦《すく》めた。

「悪趣味だな、聞いていたのか」

「ああ、今日もご立派な演技だったよ。不感症男とは思えない喘ぎっぷりだったな」

「俺は不感症じゃない。仕事だからサービスしてちょっと派手に演じているまでだ」

「嘘つけ、この不感症の金の亡者《もうじゃ》が！」

有佐が正常な感覚を持ち合わせているか否か、本当のところは知らない。知りたくもない。けれど、目の前の幼馴染みと早朝からのご乱行が結びつかないのは事実だった。

何度声を耳にしても現実感が乏しい。今この瞬間も、有佐はストイックな雰囲気を湛《たた》えている。見かけによらず恋多き男……淫乱だというなら、それも仕方がない。けれどすべてはお金のため。割り切っているなんて言うのだから聞いて呆《あき》れる。

ちなみに売春ではない。限りなく近いと思うけれど、本人は『別れさせ屋』と名乗っている。いつからか、有佐が校内を中心に始めた小遣い稼ぎだ。現実にどのくらい存在しているのか謎だが、テレビなどでもちょくちょく珍奇なサービス業として話題に上ってきたアレの真似事だ。

高校生がそんなものを始めるなんて世も末だが、大人より恋愛にも未熟な分、引っかかってくれやすいと自分も高校生のくせして有佐は言う。

依頼人は円満に別れたいと望んでいるカップルの片割れ。いまだ未練タラタラ……別れる気もなさげな相手に近づき、さり気なく誘惑を仕掛けたりなんかして、依頼人への関心を薄れさせる。高校生がやろうと『倫理的にどうよ？』なあこぎな商売だ。

ターゲットが有佐に目移りしたところで依頼終了。有佐は報酬を手にご満悦。法にも校則にも触れていないと言い張るが、とにかくモラルがない。微塵《みじん》もなさすぎる。

自分を清廉潔白とまでは評さなくとも、敷はそれなりに倫理観もある常識人だ。困っている人間は利用するものではなく、助けるもの。有佐の行いは目に余るものがある。

なにしろ女からの依頼であろうと、躊躇《ためら》いもなく引き受けるのだ。女の恋人は当然ながら男。男相手に同性が平然と誘惑を仕掛けるとはこれ如何《いか》に。いくら有佐の顔が整っていようと、誘いに乗せられて騙《だま》される男も男だ。

どんな手腕でたぶらかしているのか。今朝の相手も間違いなく男だろう。

女相手のセックスであんな甘ったれた声を上げる奴はいない。

「……有佐、おまえなぁ、男相手なんて気持ち悪くねぇのかよ？」

非常識にもほどがある。詳しく考えようとすると脳が軽く拒否した。敷はようやく結び終えたネクタイから指を離すと、人外の者でも見るような目で幼馴染みに視線を送った。

涼しい表情を崩さぬまま、有佐はさらさらと応《こた》える。

「べつに。大概はデート程度ですむ。あとは……そうだな、依頼人の提示額次第だな」

——結局、『金』かよ。

並々ならぬ金銭への執着心を思い知らされるのも何度目か。金とモラルを秤《はかり》にかければ、金が鉛並みに重いのが有佐だ。

「おまえには道徳観ってもんはねぇのかよ！」

「別れは誰でも言い出しづらいものだろ？　嫌なことを引き受けて、穏便かつ円満に別れさせてやってるんだ。慈善事業に等しいな。町内清掃や廃品回収よりよっぽど人の役に立っている。振られた人間がストーカー化しない保証はないからな。犯罪の温床をなくしてやってるんだ、どうだ素晴らしい仕事じゃないか？」

一見、理路整然。その実、自分本位。国語力に乏しい敷でも、これをなんと言うか知っている。その名を『屁理屈《へりくつ》』だ。

一体こいつはいつからこんなに金に汚く、減らず口を叩くようになってしまったのだろう。

金は人を変えるというが、有佐もその一例なのかもしれない。少なくとも、出会いの場である幼稚園ではまだそんな気配はなかった。園児の時分からこうでは、さすがに引く。

有佐はおとなしい子供だった。遊び場の隅でブランコや砂場が空くのをポツンと待ってるタイプの子供だ。対する敷は明朗快活、成長スピードも速く運動が得意で、いつも園児の輪の中心にいて、ときにはその正義感で困ったクラスメイトを助けたりもしていた。

大きく愛らしかった瞳に惑わされ、構ってほしそうに自分を見つめたガキの手を、あのとき取ってさえいなければ——

人生経験が乏しく、愚かだった幼稚園児の自分が恨めしい。一度懐《ふところ》に招き入れたものは見捨てられないのが敷の性分であり、不幸の源だった。

しかも腹黒い内に反して、有佐の表の顔はあの頃のまま。いや、それより格段に上辺《うわべ》はよくなっている。ただの『おとなしい』は、いつしか大人たちに『真面目』に変換されていた。

並び立った有佐の横顔を、敷は盗み見る。

溜《た》め息《いき》を覚えた。相変わらず優等生然としたその姿。おまけに今更どうとも自分は感じないが、有佐は本当に綺麗な顔をしている。十人が十人認めるその容姿に、ケチはつけ難い。

クラス一背の高い敷の、七センチばかり下に位置する有佐の旋毛《つむじ》の周囲には、今日も天使の輪っかが浮かんでいた。悪天候でも輝きを失わないその髪は、見事なまでの美しい栗色で、ご丁寧に睫も同じ色だ。伏せがちに伸びた長い睫は、涼しげに切れあがった目蓋《まぶた》を縁取り、美麗さを強調。背筋と同じくスッと伸びた鼻筋に、薄いが桜色の唇。女も羨《うらや》む滑《なめ》らかな白い肌。腹立たしいかな、詰《なじ》りどころがない。

敢《あ》えて難癖をつけるなら人形じみたところだろう。これもまた、過ぎたるは及ばざるが如《ごと》しか。パーツのどれもこれもが整いすぎていて、感情表現に乏しい。抑揚も少ない癖のある喋《しゃべ》りも後押ししている。

実際、喜怒哀楽が『金』以外には薄いとなれば、それも当然か。

「なんだ？　朝っぱらから俺の顔に見惚《みと》れてんのか？」

じっと見据えていると、視線に気づいた有佐がこちらを向く。敷はフンと鼻を鳴らした。

「バカ言え、おまえの顔なんぞに誰が見惚れるかよ。目の腐ったほかの奴らと一緒にすんな」

「敷、民主主義では多数意見が正しいとされるのを知ってるか？　美的感覚がおかしいのはおまえだ。大体なんだ、この髪は」

逆立った襟足《えりあし》の髪を引っ張られ、敷は顔をしかめた。

髪が黒々としているのは男らしくていいが、硬くて寝癖が直りづらいのは難点だった。まあいいか、今日ぐらい……と放置しがちなのは、敷の性格が無頓着だからだ。

「せっかく見栄えは及第点なんだ、シャンとしろよ。それでもネクタイを結んだつもりか？　シャツはアイロンをかけろ、ボタンも上まできっちり留めろ」

見るに堪《た》えないといった様子で、有佐は手を伸ばしてきた。

断りもなく襟元を直し始める細い指を敷は払う。

「おまえは俺のオカンかなにかか。息苦しいのは嫌いなんだよ、ほっとけ」

敷は定位置にネクタイを緩め戻し、有佐は溜め息を零した。

体軀《たいく》も立派なら顔も彫りが深く、精悍《せいかん》な男前といっても過言ではない敷の魅力を、だらしなさが二割ほど減退させているのは確かだ。眼光もキリリと鋭く、生活も有佐のように乱れていないにもかかわらず、『いいかげんそう』などと誤解されるのも、一見してルーズに見えるからだった。

「ふん、俺の爪の垢《あか》でも煎《せん》じて飲ませてやりたいもんだな」

「爪の垢……って、自分で言うか普通」

「それより敷、おまえ玄関の鍵ぐらい閉めろよ。無用心な。毎日言って聞かせてんのに、どうしてそう学習しないんだか。親と金のありがたみはなくなってから気づいても遅いぞ？」

親のありがたみはなんとやら。聞いたふうな言葉だが、そこに何故別の単語が割り込む？

「……この金の亡者が。おまえの忠告なんか聞くか。つか、さっさと他所《よそ》に移り住めってんだ」

「なんだ、まだそんなこと言ってるのか。いい加減諦《あきら》めたらどうだ？　だいたいおまえは親の仕送りで生活してるが、俺は自分の稼ぎで生活している。とやかく言われる筋合いはないな」

「とにかく、俺は迷惑なんだ！　隣で男の喘ぎ声を聞かされる身にもなってみろ！」

「しょうがないだろ、実家じゃやりづらい仕事だからな。ホテル代もばかにならないし……

まぁ言うなれば今の部屋は事務所だな。ああ、どうせなら一緒にやらないか？　雇ってやるぞ、おまえ顔だけはいいからな。友人のよしみで時給も弾んでやる。そうだな、時給……六百五十円でどうだ？」

顔だけってなんだよ。しかも六百五十円って、どこが弾んでんだよ。

今時ファストフード店でももっとマシな時給払ってるってんだ！

思案げに顎《あご》に手をやった有佐を睨む。まさか本気で算出してその金額か。

敷の含みのある目線をさらりとかわすと、有佐は通りかかった商店街の店先に目を移した。

胡散《うさん》くさいつくり笑顔を浮かべ、店の軒先で開店準備をしている中年女性に声をかけた。

「おはようございます、毎朝早くから大変ですね」

年上に評判もよく、絶大な支持を得ている礼儀正しい振る舞い。ご丁寧に声色まで違う。

「あらあら有貴くん、今から学校？」

発泡スチロールの箱から仕入れた魚を並べ終えようとしていた中年女性は、有佐の顔を見るなり恵比寿顔だ。小太りの腰に巻いたエプロンを正してみたりで、恵比寿様というより気分は淑女……いや、乙女か。

恐るべき美形パワーだ。性別の壁を乗り越えるぐらいだ、年齢の枠なんて存在しないに等しい。

「こんな時間で間に合うの？」

「ええ、今日はちょっと友人が寝坊してしまって」

足を止めた有佐は、柳眉《りゅうび》を下げ弱り果てた表情を見せる。

――誰が寝坊だ！　起きる気力を削《そ》ぎやがったのはテメーじゃないかよ！

否定すべく乗り出した敷の身には、声を発するより早く肘《ひじ》が飛んできた。鳩尾《みぞおち》を鋭く強襲。野球なら三塁打は放ったであろう当たりのいいヒットに、敷が放てたのは呻《うめ》き声のみ。ついで魚屋のおばちゃんには有佐に迷惑をかける悪い友達として白い目を向けられ、まさに踏んだり蹴ったりだ。

「そりゃ大変じゃないの、急がないと！　また帰りに寄ってちょうだいね、有貴くんが越してきてくれてから商店街も華やいでいいわぁ」

「ありがとうございます。僕もいい街に越せて嬉《うれ》しいです。親切でキレイな奥さんが多いし」

「オバサンにキレイは嫌みでしょ、いやねぇ」

「じゃあ年を取っても美しい方にはなんと言ったらいいんですか？」

「まぁぁまぁ、有貴くんったら！」

――どこまで外面《そとづら》がいいんだ。

傍らで呆気に取られる敷の背中を押し、有佐は先を急かす。満足げに見送る魚屋のオバサンに手を一振り。愛想を振り撒《ま》くのに最後まで余念がない。

「オバチャンにまで取り入りやがって、この猫かぶりが」

商店街の人気者になってなにを得ようってんだか。

覚えた疑問は、まったくもって有佐らしい返事で解決された。

「仲よくしておいて損はないからな。魚も肉も安く売ってもらえる。スーパーと違って融通が利くのが商店街の愛すべきところだ。どうしてこの下町情緒溢《あふ》れるシステムが衰退の一途《いっと》を辿っているのか、俺は理解に苦しむね」

下町情緒って……人情につけ入っているだけの非人情人間のくせしてよく言う。

どこまでも抜かりない守銭奴《しゅせんど》。無駄に長《た》けた弁舌に押しまくられる敷は、どうにも晴れない鬱積《うっせき》を抱え、学校までの道程《みちのり》を急ぎ歩いた。


「有貴、昨日電話で聞いといてよかったよ。当たってた」

白石広海《しらいしひろみ》が隣席の有佐に声をかけたのは、一時間目の終了のチャイムと同時だった。机の谷間の通路に足を向けて座った広海は、ひらりとなにか紙をかざした。

たぶん一時間目の数学の小テストの用紙だ。有佐が教えたテストの山が当たったとか、そんなところだろう。

「そうか、よかったな。平均点は軽くクリアできただろ?」

「うん、助かったよ」

ぽってりと愛らしく膨らんだ唇に笑みを湛えて応える友人の背を、後ろの席から敷は見た。広海は小柄で可愛らしい小動物系の容姿をした男子だ。男子高校生だが、女子のプリーツスカートの制服だって充分に似合う容姿をしている。

敷は閉じた教科書とノートを、バサバサと乱暴に音を立て重ね合わせた。二人の会話が面白くないと言わんばかりの態度で、不服げに言う。

「広海～、あんまり有佐に無防備に懐くのはやめとけ。タダで教えてくれてると思ってんなら後で痛い目見るぞ？　気がついたら海外に売り飛ばされてたなんて羽目になっても知らねぇからな」

早くも次の授業の準備をしているエセ優等生の有佐を敷はじっと睨み据える。広海は二人を交互に見たのち、敷のほうへと向き直った。自分の言葉を信じることにしたのかと思いきや、広海の反応はまったくもってよろしくなかった。

「まぁた、そんなこと言って～。なんでいっつも敷は有貴に絡もうとするかなぁ」

「こいつが絡まれるようなことばっかやってるからだろうが。カップルを別れさせて小遣い稼ぎやってるような男だぞ？　信用できるか！」

「うーん、いいんじゃないの？　ほら、こないだ別れたD組の加藤《かとう》さんと島田《しまだ》とか、今じゃ両方とも新しい恋人ができて楽しくやってるみたいだし」

広海はのんびりした口調で言う。胡散くさい商売が校内で行われているにもかかわらず、この反応。大らかに受け入れているのは、なにも広海ばかりではない。

付属の中学からの持ち上がり組が生徒の大半を占める、私立の共学高校。偏差値レベルも高いが、授業料のバカ高さでも有名な高校は、通う生徒の多くが良家の坊ちゃん嬢ちゃんである。荒れたところがないのは結構なものの、ぼんやりおっとり……世間知らずな雰囲気は否めない。

広海はその象徴だった。人畜無害な小動物系であるのは体つきや愛らしい顔立ちだけでなく、性格も温和でキツイところがなく、いかにも純粋そうだ。そんな騙されやすそうな広海を丸め込むなど、有佐なら赤子の手を捻《ひね》るより容易《たやす》いに違いない。その類似品であるのクラスメイトたちも同じくだ。

元より恋愛の結末を己で処理できずに、金で引き受けてもらおうなんて考えが浮かぶのも、金持ちの子息令嬢ばかりだからかもしれない。

「みんな有貴のおかげで助かったって言ってるよ」

「そうそう、それに職業に貴賤《きせん》はないっていうじゃないか。そうまで俺の仕事に拘《こだわ》るのはおまえの中に差別思考があるからとしか思えないな。家が恵まれてるぐらいで選民意識があるなんて、友人として恥ずかしいぞ」

手にしたペンをクルリと指の上で回しながら、有佐は広海の助け船に乗っかった。

「訳の判《わか》んねぇこと言って、話をすり替えんな。俺は普通だ、差別心なんかねぇよ！」

家は裕福なほうだが、感覚は至ってまともだ。親が一人暮らしに選んだアパートだって、普通の中の普通で、日頃は慎ましやかに暮らしている。昨夜《ゆうべ》のテレビの貧乏大家族スペシャルにだってほろりとくるほど、庶民的な気質だ。

「さぁ、どうだか。おまえは坊ちゃんだからなぁ」

まさか『テレビを見て泣きそうになりました』、なんて格好悪い事実を告げるわけにもいかず返事に窮する敷に、有佐は一瞥をくれる。敷を無視して鞄を探り始めた。

「広海、そういえばおまえに渡すものがあるんだった。ほら、クリスマスプレゼント代わりだ。ちょっと早いけどな、遠慮しつつもらっておけ？」

広海の机に、綺麗にラッピングされた小さな箱を置く。

「わ、いいの〜、有貴？　ありがと！」

無邪気に受け取った広海は中味を確認し始め、敷はその小さな肩越しに箱を覗いた。リボンが解《ほど》かれ、包装紙が外され、正体が現れるにつれ目を剝《む》く。

「時計だ！　こないだ俺が欲しいって言ってたやつじゃん！」

「ああ、ショーケースを食い入るように見てただろ？　よっぽど欲しいんだろうと思ってな」

広海は目を輝かせ、有佐は軽く頷《うなず》く。

そして敷はといえば、奇声を発した。

「な、な、なんだそりゃっ⁉」

周囲のクラスメイトも唖然《あぜん》とさせる声を上げたのは、友人同士のプレゼントには高価すぎるスポーツウォッチだったからでも、むろんクリスマスに三週間以上も早かったせいでもない。

いや、高価なものであるのにもびっくりだが、それ以上に敷を驚愕させたのは本当に贈り物が入っていたことだ。

「ど、どういうことだよ？　プレゼントって……おい、ちょっと待て、俺はおまえと十数年付き合ってるけど物なんてもらったことねぇぞ⁉」

椅子《いす》を蹴り飛ばさんばかりの勢いで立ち上がる。

詰め寄る敷を、有佐はひらりと片手を上げて制した。

「なにを言うか、プレゼントぐらい何度もやってるだろ」

「い、いつだ？」

「小学校五年のとき、遠足でチョコパッキー三本やったろ？　あと……二年のとき、社会科見学でパン工場行って、もらったメロンパンをおまえ土手に転がしただろうが。あんときギャーギャー泣いてうるさいから半分分けてやったのを覚えてないのか？　恩知らずな」

いつの話だよ！　つか、それのどこが──

「プレゼントじゃねぇだろ、そりゃ！」

「へぇ、惣一、メロンパン落として泣いたんだ？」

今や身長百八十を軽く超えた男が、過去のこととはいえベソっかき。噴き出しそうな顔でぽろっと口にした広海を、敷はねめつける。

「広海を睨むな。判った判った。おまえにも新たにやるから落ち着け、意地汚い奴だな。おまえにもちゃんと用意してるよ」

牛でも宥《なだ》めるかのような調子で、有佐は身を乗り出した敷の胸元をポンポンと叩く。「ほら」と鞄から出した代物《しろもの》を机にポイと寄越した。

弾むでもなく、ぱさりとそれは机にのっかる。いかにも軽い扱いで放り出されたそれは、ラッピングも施されていないペラペラの茶封筒だった。

「……なんだよ？　金券か？　お米券か？」

この際、ハーゲンドッツのアイスクリーム券でも許そう。

なにしろドケチの有佐が初めて寄越すプレゼントだ。

「…………」

気をよくして中味を取り出した敷は沈黙し、むっと眉根を寄せた。

券は券でも、入っていたのは福引券。それも今朝も通ったご近所の商店街の福引券だ。札束ほどの厚さがあるならまだしも、一枚きり。

安っぽい黄色の色上質紙に、擦《かす》れた緑色のインクで『ハッピークリスマス抽選券』と印字された紙切れに、敷は手を震わせた。それから低い声を絞り出した。

「……俺をナメてんのか、テメーは」

「なんだ、気に入らないのか？」

「バカにしやがって！　こりゃ買い物でもらったやつだろうが⁉　なんで広海が時計で、俺には福引券なんだよ！　原価ゼロじゃねぇかよ！」

不当だ。明らかに不平等だ。坊主憎けりゃ袈裟《けさ》まで憎い。広海の愛《め》でているその細っこい腕には不似合いなごついスポーツウォッチを、敷は不満いっぱいの目で見る。

有佐に悪びれた様子は少しもなかった。

「なにを言う。特等は海外旅行だぞ？　一等はテーマパークの招待券、二等は松阪牛、三等は銭湯の一年間無料入浴券だ。どうだ、豪華だろう？　俺は自分の運を犠牲にしてまでおまえに譲っている。これ以上心のこもった贈り物があるか？　価値をよく考えてみろ、じっくりな」

いくらじっくりまったり考えようが、福引券がありがたいとは思えない。

不審さを拭《ぬぐ》えない敷に、有佐は続けて言った。

「広海にやった時計は金で買えるが、福引券は金じゃ買えない。違うか？」

「そりゃまぁ……」

「おまえはプレゼントのありがたみを金額ではかるような奴じゃない。そうだろう？」

「ま……まぁな。べつに金額の問題じゃねぇけどよ」

不承不承、なんだか判らないが頷かされた敷に、有佐はふわりと微笑《ほほえ》む。

「よかった、せっかく用意したんだからな。おまえにも喜んでほしい」

勢いを削がれ、敷は大きめの口元を緩めると、つられて笑う。

「……そ、そうか、有佐、おまえ案外いい奴だったんだな。サンキューな」

丸め込まれただけに収まらず、ついうっかり礼まで告げてしまった。

有佐は虹彩の淡い茶色の目を瞬《しばた》かせ、ほんの一瞬驚いたような表情を見せたかと思うと、すっと細める。

「敷、おまえってなんていうか……本当にお人好《ひとよ》しだな」

「は？」

「いや、気にするな。おまえが将来セールスでぼったくりの布団を買わされそうになったり、悪徳金融業者に騙されそうになったら、この俺が助けてやろう」

なにやらバカにされているとしか思えないが、有佐は表情を変えなかった。鼻で笑うでもなく、不気味に温かい目で自分を見ている。まるで子供を見守る母親の眼差《まなざ》しだ。たまにこういう顔を見せるときがあるが、気味が悪い。

「ますます訳判んねぇ。どういう意味だよ、それ……」

問い詰めかけた敷を広海が遮った。

「ねぇ有貴、こんなに早くにクリスマスプレゼントくれるってことはさ、やっぱ今年はみんなで過ごせないの？」

「ああ、そうだな。俺は構わないが、敷は都合が悪いかもな」

「そうなの？」

有佐は頷き、広海の白い顔がこちらを向く。

話を振られ、敷は一瞬考え込んだ。

「あ？　うーん、そうだなぁ……まぁ、そうだろうなぁ」

結果、歯切れの悪い返事をする。特に予定が決まっているわけではない。ただ自分の置かれた立場を考えるに、『予定が入る予定』がある。

例年、クリスマスは有佐と過ごすことが多かった。なんの弾みにか小学校低学年のとき、家に招いたのがきっかけで始まった慣例行事。惰性付き合いの一環だ。二人きりの年もあれば、クラスの友人たちが一緒の年もあった。

去年は広海も加わった。付属中学からの持ち上がり組ではない広海は、一年前の今頃はまだ友人知人も少なく、誘うと大喜びだった。週末でそのまま冬休みに入ったのもあり、スキーを兼ねて総勢六人のグループで敷の両親の持つ山のロッジに行った。

広海は感激し、当然ほかのみんなも喜び、有佐は……『雪の上を板切れで滑ってどこが楽しいんだ』と呆れた感想を寄越した。腹立たしいことにスキーでは一度も転ばずにだ。細身で女みたいな顔をしているくせに、運動神経も悪くない。どこまでも嫌みな奴だ。

「そっか、やっぱりダメなんだ。寂しいなぁ、楽しみにしてたのに。なぁ、有貴もそう思うだろ？」

広海は時計をケースに戻しながら、しょんぼりした様子で言った。

不意打ちで同意を求められた有佐は、ゆっくりと目を瞬かせる。

そのまま目線を向けられ、敷は動きを止めた。じっと見つめる眼差しに、不覚にもドキリとなった。もの言いたげなその視線は、なにか訴えかけてきているように感じたからだ。

「お……思ってんのか？　おまえも？」

寂しいって——有佐がか？

上擦《うわず》らせた言葉に、空いたほんの僅《わず》かな間。時間にしたらきっと一秒にも満たない。返事を待つ敷が息を飲もうとした瞬間、覚えかけた違和感を一掃するように有佐は冷ややかな笑いに変えた。

いつもの鼻持ちならない仕草で腕を組んで言う。

「アホか。思うわけないだろう。だいたいこの年になって男ばかりでつるむ必要もないしな、やっとお守りから解放されて助かるよ」

「なっ……なんだって？」

皮肉っぽく笑い、さらなる暴言を繰り出した。

「判らないのか。バカと一緒に過ごさなくて幸いだ、そう言ってるんだ」

どこまで可愛げのねぇ奴なんだ、あの野郎は！

バカって誰のことだ。俺か？　この俺だってのかよ。

「……クソっ、思い返しても腹の立つ」

アパートの部屋で一人夜を過ごす敷は、頭に蘇《よみがえ》らせては呻くように零した。夕飯はコンビニ弁当だった。空いたばかりのプラスチックの弁当箱を元の茶色いレジ袋に押し込みながら、静かな隣の部屋との境を見据える。

アイボリー色の壁紙と、それに包まれた薄い壁材の向こうには有佐がいるはずだ。

今朝のようなことでもない限り、有佐の部屋は大抵静かなものだった。学年首席の優等生様は勉強でもしていらっしゃるのか……いや、家計簿かあの腐った小遣い稼ぎの収支表でもつけているほうがしっくりくる。金の勘定をしている有佐なら、容易に目に浮かぶ。

最近、有佐と話していてもロクなことがない。ゆえに、互いの部屋の行き来はほとんどしていない。『起こしてやってる』と言わんばかりの恩着せがましい態度で、有佐のほうは毎朝玄関口まで迎えにくるものの、敷から訪ねたのは数えるほどだ。

先週、調味料を切らして渋々出向いた。

『どうした？　珍しいな。入るか？』

迎えた瞬間は多少訝《いぶか》りながらも普通だった。家に迎え入れようとさえした。

『いや、いい……醤油《しょうゆ》、買い忘れてたんだよ。貸してくれ』

背に腹は代えられぬと敷が口にした途端に、有佐は眉根を寄せた。どういうわけか、あからさまに不機嫌な顔をした。

『醤油ね……なるほど、おまえらしいな。それが俺のとこに来る理由か」

敵に塩を送るなんて言葉もあるとおり、たかが調味料、されど調味料とでも言うのか。『大さじ一杯百円な』とふざけた条件をぬかしてくれた。

以来、火事にでもならない限り自分からは行くものか、と心に誓った。

「……福引券なんかプレゼントにするか、フッー」

敷は部屋の小さなテーブルに放り出した券を、胡坐《あぐら》をかいたまま見つめる。

手に取ると、沸々《ふつふつ》と怒りが湧いてきた。どう考えても上手《うま》く丸め込まれたとしか思えない。

敷のクジ運は人並みだ。つまり、一枚や二枚の抽選券ではまともな景品をもらった経験がない。ティッシュや飴《あめ》を手にすごすご帰るときの、あの気恥ずかしさといったら。外したこと以上に憂鬱《ゆううつ》になる。

——有佐め、バカにしやがって！

胸のムカつきを溜め息に変え、敷は壁際に無造作に置いた鞄を引き寄せた。

通学のナイロンバッグから取り出したのは携帯電話。『クリスマスの予定の予定』を『予定』

の二文字に変えるためだった。

握り締めた福引券はテーブルに放る。

そもそもあの有佐だ。まともに買い物をして得たかどうかも怪しい。

——こんな胡散くさいプレゼントなんかもらわなくたって、まともなプレゼントを用意してくれる相手ぐらいいるってんだよ。ちゃんと心の籠《こも》ったもんをな！

腹の内で有佐を罵《ののし》る代わりのように思い描いたのは、制服姿の彼女だった。隣のクラスのロングヘアの美人、エリちゃんこと佐藤江里菜《さとうえりな》だ。交際期間三ヶ月あまりの敷の恋人である。登下校こそ共にしていないけれど、休日にはデートもして、現在進行形で仲を深めている。

交際のきっかけは彼女からの告白だった。有佐ほどではなくとも、敷はそれなりにモテる。けれど、面倒くさがりな性格がたたってか、長続きしたためしはなく、この時期に彼女がいるのは初めてだった。

クリスマスまであと一ヶ月。当然一緒に過ごすはずで——寂しがってくれた広海には申しわけないが、そろそろ約束を交わしておく時期だ。プレゼントももらうばかりではなく、用意しなくてはならない。なにが欲しいか、それとなくリサーチするには電話で直接声を聞いたほうがいい。

善は急げとばかりに、敷が携帯電話の画面を操作しようとしたそのときだった。手のひらの中で、メッセージの着信音が高らかに響く。画面に表示された送信者はまさに今電話をしようとしていた相手、『エリ』の二文字。以心伝心、待ちきれずに連絡をくれたのか。

『ごめんなさい、電話する勇気が持てなくて』

プレビューで表示されたメッセージに、そんなに身構えることでもないだろうにと思った。とはいえ、クリスマスはカップルの一大イベント。彼女も緊張しているのかもしれない。予定は心配せずとも空けているし、プレゼントも間違っても『福引券』なんて選ばないから安心してくれていい。

自分を一途《いちず》に想う彼女のナイーブな心の内を案じつつも、頬《ほお》を緩ませたその瞬間だった。

メッセージの続きを確認した敷の表情は見事に強張《こわば》った。

クエスチョンマークにエクスクラメーションマーク、頭には『?』だの『!』だのが複数飛び交う。脳裏を埋め尽くすマークに、彼女の姿を思い描く頭はブラックアウト。携帯電話を操作する指や、持つ腕まで見事に強制的に停止させられたようにフリーズした。

『ほかに好きな人ができました。本当にごめんなさい』

それは、青天の霹靂《へきれき》。カップルが浮かれ始めるこの時期には、あまりにも相応《ふさわ》しくないメッセージだった。

翌朝、クラスの誰よりも早くに登校した敷は、爽やかな朝には似つかわしくない重くどす黒いオーラを放ちまくっていた。

椅子に踏ん反り返り、一点を見つめる。視線の先は、教室の入口だ。次々とクラスメイトが賑《にぎ》やかに登校してくる間口に、射貫《いぬ》かんばかりの鋭い眼差しを向ける。

やがて、有佐の人形めいた顔が広海の姿と並んで覗いた。

「あ、おはよー、惣一。早いんだね、今日」

おそらく通学途中で有佐と一緒になったのだろう。

広海は人懐こい笑みを向け、敷の前の席につく。敷は無言で頷いた。広海の癒しの笑みも、黒いオーラを浄化するには至らない。

「なんだ、部屋にいないと思ったら先に家を出ていたのか。俺の忠告を聞いて早起きする気になったのか？　いい傾向だな」

浄化どころか悪化の力を持つ有佐の姿に、敷のマイナスオーラは一層膨れ上がった。

「……よくもまぁ、俺の前にノコノコその醜い面《つら》出せたもんだな」

「醜い？　今朝鏡で見たときには、いつもどおりの顔をしていたと思うが。大丈夫か？　おまえ、視力が落ちたんじゃないのか？」

「醜いのはテメーの心だ、この外道《げどう》が」

恋人の突然の心変わり。ああまできっぱり、清々《すがすが》しくもストレートに告げられては受け入れざるを得ない。

別れの前に、とりあえず納得のいく話でも聞いておくかと彼女と会った。今朝早くに駅前のコーヒーショップで待ち合わせ、敷は問い質《ただ》そうとしたものの、『好きになってしまった私が悪いの』だの『彼は悪くないの』だの、悲劇のヒロインのように肩を震わせる彼女を前に戦意消失。女を前にすると、責任の在りかにかかわらず男の分が悪い。相手は涙一つで被害者に様変わりだ。

泣きたいのは振られた自分のほうだと思ったが、まっとうな疑問すら口に出せる空気ではなく、そもそも湿っぽいのは苦手だ。

「もういいって、エリ。判ったから、元気だしな」

なにも判っていないし、励まされるべきなのは自分。不条理さと矛盾をどこまでも感じつつも、爽やかないい男に徹して敷は慰めた。

そして、役割を終えたように席を立とうとしたときだ。

「まぁなんだ、上手くいくといいな。まさかその新しい好きな奴って、俺の知ってる男だったりしないよな？」

軽い問いへの彼女の応えに、敷は悲劇がまだ序章に過ぎなかったと知った。

「……B組の佐藤江里菜。知らないとは言わせせねぇ」

吐き捨てた敷の言葉に、登校してきたばかりの有佐は小首を傾《かし》げる。

『いずれ判ることだから……』なんて、渋々なのか勿体《もったい》つけているのか判らない前置きのあと、彼女が名前を打ち明けた。

校内一、いや町内一……日本一納得いかない男の名前だった。

とても幼馴染みの恋仲に横槍《よこやり》を入れた男の反応とは思えない。本気の恋愛とは無縁、女なんて金がかかるばかりで百害あって一利なしだとでも言いきりそうな有佐が、理由なく彼女に近づくはずもない。ましてや、惚《ほ》れるわけもない。

言い寄るとしたら、あの『別れさせ屋』が絡んでいるに決まっている。

「サトウエリナ？　少し時間をくれ」

有佐は机に鞄を下ろすと、なにやらごそごそし始めた。小さな手帳を取り出し、パラパラと捲《めく》って確かめる。

「……ああ」

やがて納得した様子で頷いた。

敷に視線を戻すと、苦笑を浮かべて言った。

「どうやら昨日、近づく相手を勘違いしてしまったみたいだ。B組の佐藤とA組の佐藤を間違えたんだな。俺としたことが。佐藤は日本で一番多い名字だからな、これからは注意を払わせてもらうよ」

抑揚のない淡々とした口調。述べ終わると、有佐はそのまま席につき、何事もなかったかのように鞄から教科書を出し始める。

「……おい、ちょっと待て。言うことはそれだけか？」

敷は身を乗り出し、有佐の薄い肩をむんずと引っ摑んだ。力任せにこちらを向かせる。

「ん？　まだなにか残ってたか？」

「ん、じゃねぇ！　俺はおまえのせいで振られたんだぞ！　佐藤は俺の彼女だったんだ！知ってるよな？」

「ああ、おまえの彼女で助かったよ。ほかの奴らを別れさせたんじゃ信用問題だからな」

「助かったって……」

しばし絶句。沈黙させられたのち、敷は語調を荒らげた。

「い、いいわけあるか！　ま、間違えたですまされると思ってんのか、おまえは!?　なに考えてんだ。元に戻せ、彼女に事情を説明しろっ!?」

「関係を修復してくれって？　説明ぐらいしてもいいが、もう彼女の気持ちはおまえにないんだぞ？　女は計算高いからな、俺がダメだと知ったら元鞘《もとさや》でもってのはありそうだが……そんな調子のいい女はどうだか。なぁ、そう思わないか、広海？」

「……ん？　そうだねぇ、あんまりいい子とはいえないかなぁ」

我関せず、手前の席で朝食代わりのシリアルバーを頰張《ほおば》った広海は同調する。昨日の時計ですっかり懐柔、有佐の手中に落ちたのか……リスのように頬を膨らませ、口をもごもごさせながら賛同した。

「覆水盆に返らず、割れた茶碗は元には戻らない、って言葉知ってるか、敷？　ああ、英語ではたしか『It is no use crying over spilt milk.』、こぼした牛乳を嘆いてもしょうがないだったかな……この辺は万国共通だな。ようするに、『諦めろ』だ。世界がおまえにそう言っている」

「…………」

流暢《りゅうちょう》な英語交じりで畳みかけてくる有佐を前に、敷は押し黙った。

「だいたい俺は佐藤とまだ一回しか話してはいない。駅前で声かけて、お茶を飲んだだけだ。『好き』なんて一言も言ってないし、『付き合いたい』とも言ってない。これで間違いでなければ随分と楽な仕事だったのにな」

白く冷たい手が、敷の肩をポンと叩きやる。

フッと微笑を浮かべ、有佐は言った。

「よかったなぁ、敷。尻《しり》の軽い女と早めに縁が切れて。俺に感謝しろ？」

ブチリ。その瞬間、敷を押し留《とど》めていたなにかが切れて外れた。流れを塞《せ》き止めていたものは崩れ去り、膨れ上がった怒りは激流となって敷を突き動かした。

堪《こら》えようとしていた怒気が噴出する。

「………交だ」

「え？」

「絶交だ、っつってんだよ。金輪際おまえとは口をきかねぇ、縁を切らせてもらう！　二度と話しかけんな、もう幼馴染みでもダチでもなんでもねぇからな。他人だ、他人！　判ったかっ⁉」

机を叩きつけ、周囲の連中をビクリとさせる。広海はシリアルバーを喉に詰まらせて噎《む》せ返り、そして当の有佐は――数度目を瞬かせただけだった。

「判るもなにも……元々、他人だし？　やれやれだな、女一人のことでそうまでムキになるか。体に似合わず女々《めめ》しい奴だ」

ゆったりと肩を竦める有佐にペンケースを投げつける。ヒョイと避《よ》けられ、敷の怒りの矛先は言葉のみならず空振りに終わった。

絶縁宣言に動じた様子もない男は、鳴り響いたチャイムの音に反応し、前に向き直る。

反省の色のない有佐は、その日一度も後方を振り返ることはなく、敷も視界から有佐を遮断し続けた。

「なぁ、惣一。いつまで有貴とケンカしてんの？」

十二月に入り、昼間でも冷え込む日が多くなってきた。

下校時間にはすでに日は陰り、街灯がぽつぽつと灯《とも》り始める。街路樹ははらはらと絶え間なく赤く染まった葉を散らせ、歩道の所々に吹き溜まりを作っていた。

それを踏みしめて帰路につく敷を、隣から広海は窺《うかが》うように見上げてくる。

「ケンカじゃない、絶縁だって言ってるだろ。無期限に決まってる」

頭一つ分身長差のある敷を仰ぐ小さな顔は、溜め息を零した。会話を絶ってから早四日……いや、まだ四日だ。敷には許すなんて考えは毛頭なく、有佐にもこたえた様子はない。

「……こないだのケンカは三日だったよね。今度は五日ぐらい？」

「だから今度のはケンカじゃねぇって」

「こないだも『絶交』とか『絶縁』とか言ってたけど……」

邪気のなさげなぼんやり顔をしているが、広海は鋭く突いてくる。

高校生にもなって『絶交』ってなんだよ、と自分でも思わないでもないけれど、口馴染んでしまった言葉ゆえに、スルリと出てきてしまう。子供の頃から幾度となく繰り返してきた絶交宣言の数々。一度たりとも、有佐は自分から折れたためしがない。

うやむやで元に戻るのは、敷がついうっかり許してしまうからだ。

断じて有佐がいなければ寂しいなどという理由ではない。怒っている状況が面倒くさくなってしまうのだ。ケンカとは案外パワーのいるもので、気合を入れて無視するのにも疲れ、『まぁいいや』と気づけばなぁなぁ、元の不仲の幼馴染みに収まっている。

「い、今までとは違うって言ってんだろうが。なんべんも言わせんな」

きまりの悪い敷はぶっきらぼうに言い放つ。

「ふうん、そうなんだ。で、そろそろ仲直りしたら？」

広海にまともに受け取られた様子はなかった。心配しているようでどこかおざなりな口調。言うにことを欠いて『仲直りすれば？』とはあんまりだ。

「するかよ。金輪際、あの野郎とは付き合わない。ダチの彼女に手を出して、悪びれもしないような奴なんだからな。間違えたですむかっつーの」

「でも有貴の言葉も一理あるよ？　一目で有貴に心変わりする彼女なんて。どうせ長続きしないよ？　それに元々惣一が好きになって付き合い始めたコじゃないでしょ」

「……だからってな、有佐が許されるわけねぇ」

「彼女なら新しくつくればいいじゃん。惣一ならすぐできるって、モテんだから。あ、俺さぁ、鈴木《すずき》からカラオケに誘われてるんだ。惣一も一緒に行かない？　他校の女の子とかも来るって。いい出会いあるかも」

確かに失恋の痛手を癒すには新しい恋をするに限るなんて話も聞く。今まで合コンめいた集まりに飛びついてまで彼女を求めたことはないけれど、面倒くさがりは返上するときかもしれない。

「他校ってどこのコが集まるんだよ？　近所なら青葉第一とか？　それとも女子高……」

その気になりかけ、敷は慌てて口を引き結んだ。一呼吸置き、念のため広海に釘を刺す。

「もし新しい彼女ができたってな、有佐は許さねぇんだからな。あいつのことはべつだ。判ってるだろうな？」

広海の唇からはほわりと白い蒸気が漏《も》れた。二度目の溜め息だ。

「はいはい、判ったよ。でもさ、それじゃ一生このままだよ。絶対、有貴から折れるわけないんだからさぁ」

「だから、それでいいんだって。折れてなんかもらわなくて結構……」

「有貴はさ、ちょっと不器用なんだよ」

不毛なやり取りの合間に、広海は言う。

耳慣れない言葉だ。いや、有佐を評するには不適当で違和感を覚えるだけか。

「不器用？　あいつ、ガキのときから手先は器用だったぞ。図画工作得意だったし、小豆《あずき》も黒豆も箸でつまめるし」

正月の度、人の家のおせち料理に集《たか》りにきては、箸の握り方が悪く黒豆の取れない敷を笑っていた男だ。

敷は理解できずに、小柄な友人の歩みに揺れる旋毛を見下ろした。記憶を探っても、有佐が不器用で困っていた場面はない。なにをやらせても嫌みなぐらいそつなくこなし、他人にはその器用さを生かして親切に振る舞っても、自分には嫌みを飛ばすだけの男だ。

「小豆って……えっと、ほらそういう器用じゃなくてさ、判らない？」

「はぁ？」

鈍いと言われているようで、なんだか面白くない。仮にも……長らく友人関係を続けてきた自分に判らず、二年足らずの付き合いの広海に判ることでもあるのだろうか。

「ま、まぁいいや。ほら、有貴も根は悪くないんだから、ね？　惣一のほうがそういうのよく知ってるでしょ、許してやりなよ」

広海は緩んだ赤いマフラーを巻きつけなおしながら言った。

学校を離れて五分ほどで二人は十字路に出る。

「じゃあね、惣一」

訝る敷を残し、広海は反対の方角へと歩き始めた。駅はこのすぐ先の大通り沿いだ。敷や有佐の住むアパートとは方向が違う。

着用するには少し気の早い厚手のピーコートに身を包み、寒そうに背中を丸めた広海の後ろ姿を見送る。男とは思えぬ小さな背が遠退《とおの》いていくのをしばし見つめたのち、敷は溜め息を一つついた。

歩道を歩き出しながら、有佐のことを考える。癪《しゃく》だが許しても構わないか、という考えが頭を過った。直情的な代わりに大らかで引きずらないのが敷の取り柄であり、有佐に対しての弱点だ。

——有佐も根は悪くない、か。

長い付き合いだ、まぁ一つや二つまともな思い出がなくもない。

あいつも昔はもう少しマシだった気がする。小学校の運動会のときには、白い顔が日焼けで赤くなるのも構わず熱心に応援してくれた。毎年喉が嗄《か》れるほど声援を送ってくれたっけか。陸上競技は負け知らずの自分は、トラックを走れば常にゴールテープを切り、出迎えたあいつは——

思い出に耽る敷は、表情を和らげかけて口の端をヒクリとさせた。

いや、あれは違う。あれはクラスでトトカルチョを主催していたからだ。有佐が必死だったのは、賭けは俺に毎回ベット、給食当番一ヶ月がかかっていたためだ。そりゃあ応援にも熱が入る。

待て。ほかにもいい思い出ならある。そうだ、キャンプだ。テントに泊まるとあいつは俺の隣がいいとしおらしいことを言って、寝心地がよくなるよう小石やらを丁寧に避けてくれたっけ……いやいや、あれも違う。隣に拘ったのは体温の高い俺のほうが蚊に刺されやすくなるからだ。自分の身を守るための算段。しかし、探せばまだいい思い出が一つぐらい……い
たしか中学二年のとき、あいつは骨折で入院した俺を毎日見舞いにきてくれて看病を……い
やいやいや、あれも余った見舞いの品をもらって帰るため。俺が翌日食べるつもりでいたマ

スクメロンやマスカットまで奪って帰りやがった。冷蔵庫のプリンまで一つ残らずだ。

——ない。

振り返っても一つもいいとこねぇじゃないかよ！

「クソ……有佐め」

危うく広海の言葉に絆《ほだ》されて許してしまうところだった。

根に持つのは不得手だ。大木どころか、雑草ほども育たない自分の貧弱な恨みの根っこを呪《のろ》う。

「……許すか、アホっ！」

歩道の隅に吹き溜まった枯れ葉を、敷は腹いせとばかりに蹴り上げた。足先に湿った嫌な感触を覚える。重く堆積した落ち葉は、大して舞い上がりもせず靴を汚しただけだった。

ストレス解消にもならない。敷は苛立《いらだ》ちに背中を押されるまま、むすりと唇を引き結んで足早に歩いた。

家路を短縮すべく、傍《そば》の公園を過ぎる。

広い公園の中央に差しかかったとき、耳に聞き覚えのある声が響いた。

「……逆恨みも甚だしいな。別れは彼女の意思だ。シナリオに加担したのは認めるが、俺が現れなければ上手くいっていたわけでもないだろう？　交際期間が延びたとしても、一時的なものにすぎない。いずれは終わる」

抑揚に乏しい口調、人を見下しかげんなその喋り。こうまで高飛車《たかびしゃ》、かつ小賢《こざか》しく生意気で感情喪失気味の冷ややかな声を、敷は二人と知らない。

ついに幻聴まで聞こえるようになったか。有佐め、勝手にズカズカ人の頭に押し入ってきやがって。

一瞬、本気で幻聴なのだと感じた。内容といい、自分に向けられているとしか思えなかった。

「……責任逃れするつもりかよ、おまえ！」

聞き覚えのない低い男の声に、敷はようやく公園内に有佐が本当にいるのだと気がつく。

子供の遊ぶ姿もとうになく、人気《ひとけ》のない夕暮れの公園の端に向き合う男二人はいた。木々の谷間に、弱い街灯に照らし出された白い顔。公園に沿って流れる細い川の柵《さく》に腰を凭《もた》れ、有佐は相手を見据えている。

――こんなとこでなにやってんだ、あいつ？

深く考えるまでもなく、事情は悟れた。間に流れる不穏な空気。有佐が揉《も》めるとなったら、『別れさせ屋』以外ないだろう。今まで何事もなく無事にすんでいたのが不思議なぐらいだ。

――自業自得ってやつだな。

同情の余地なし。そのまま歩き去ろうとするも、敷の足は縫い止められたように動かなかった。

相手の男は背を向けていて顔は見えない。制服は同じようなブレザーだが、グレー色で他校のようだ。

どんな男か判らないが、大柄な男だった。いや、自分とそう変わらないのかもしれない。対象物が有佐だから一回り大きく見えるだけで。

「おまえのせいで、俺は玲奈《れな》と別れる羽目になったんだ！　おまえのせいでなっ！　責任取れよ、償《つぐな》えって言ってんだよ⁉」

──有佐の奴、殴《なぐ》られたらひとたまりもねぇだろうな。

最悪の展開が頭を過る。遠目で眺める敷にも感じ取れるほど、男の怒りは最高潮に達しているにもかかわらず、有佐に怯《ひる》んだ様子はない。

それどころか、よせばいいのにくすりと笑った。

「なんの責任だ？　おまえが俺の色香に惑わされた責任か？」

「なっ……」

「女一人のことに何故そうまで拘るのか理解に苦しむな。自分程度の男じゃ、次の女を探すのにも苦労するとアピールでもしているのか？」

傍観者にもかかわらず、敷は有佐の暴言に頭を抱えたい気分だった。

──あのバカ。おまえの脳味噌は金と成績のためにしか働かないのかよ。神経逆撫《さかな》でてどうする！　謝れ、さっさと謝れ！　口先だけでもいいから詫《わ》びとけ！

「ふっ……ふざけんなっ、黙って聞いてりゃ調子に乗りやがってっ……」

男の右手は拳《こぶし》を作り、一方の手が有佐の喉元へと伸びる。男は制服のタイごとシャツの襟元を摑み上げ、有佐を仰のかせた。

柳眉を僅かに上げ、有佐は蔑《さげす》んだ目で男を見返した。

「俺を殴るつもりか、浅はかだな。忠告しておくが、歯は折らないほうがいいぞ？　後遺障害扱いになるから、治療費だけじゃすまされない。慰謝料が高くつく。もちろん視力、聴力に障害が残った場合もだ。まずは皺《しわ》になったシャツの代金から払ってもらおうか……」

「ちょ、ちょっと待てって！　やめろっ⁉」

考えるより体が動くのが早かった。どうしたものかと頭を掻き回す敷は、気がついたときにはもう二人の前に飛び出していた。

「……敷？」

男に首根っこを摑まれたまま、有佐は目を瞠る。勢いづいた敷に手を引き剝がされ、男のほうは邪魔立てに当然ながらご立腹だ。怒りのボルテージは下がる様子もなく、敷のほうへ向き直った。

「なんだテメーは、こいつのダチか？」

荒い声で問われる。

敷が返したのと、有佐が口を開いたのは同時だった。

「ああ、そうだ……」

「いや、ただの他人だ」

敷は頷き、有佐は否定。その瞬間、すべてを思い出した。よれた襟元を直しながらぞんざいに言い捨てる男に、敷は己の置かれた……自ら位置づけていたはずの立場に気がついた。

「だったよな、敷？」

有佐の口元に皮肉めいた笑みが浮かぶ。

し、しまった、絶交が。せっかく叩き切ったはずの悪縁が！

後悔しても遅い。すでに立ち位置は有佐と殺気立った男の間。なんだって自分はノコノコ仲立ちに入ったのか。こんな謝意の欠片もない男を助けるためか？

「あ、有佐、その態度はなんだ。人が救いにきてやってんのに、感謝するとかなんかねぇのかおまえは！」

「おまえに仲裁を依頼した覚えはない。善意の押し売りはやめてもらおう。買う気はないぞ、恩義ってやつはあとで高くつくからな」

犬でも追い払うかのように手をひらひらと動かされ、愕然となる。

「押し売りって、ギゼンだとでも……」

「なにをごちゃごちゃ話してんだ、退《ど》け！　こっちの話はまだ終わってねぇんだ！」

いつしか存在を無視された形の男が主張した。蚊帳《かや》の外へと追い出されただけならまだしも、傍《はた》から見ればコントのツッコミにでも回されたような状況だ。怒り心頭の男は、今にもまた摑みかからんばかりの形相で有佐を睨み据えている。

敷は共感でもしたい気分だった。こんなときまで神経を逆撫でる有佐の態度。『判った俺が許す、思う存分気のすむまでこいつを殴れ』とでも言ってやりたい。なんなら参戦してやってもいいとさえ思う。

けれど旗色を変えたはずが、敷の口から飛び出したのは意に反した言葉だった。

「もういい、なんでもいいから殴るなら俺にしとけ」

なにを言っているんだと思った。有佐を庇《かば》い、男の前に立ちはだかる姿は誰の目にも……少なくとも自分には愚かに感じられた。参戦するつもりがうっかり応戦、どこをどう誤ったのか……いや、修羅場に飛び出した時点ですべての間違いが始まったのだけれど、一度意思に背いた唇は勝手に暴走し始める。

「こいつを殴ってもな、あとで法外な慰謝料ふんだくられるだけだ。気を晴らしたいだけなら悪いこと言わねぇから俺にしろ」

「……敷、どういうつもりだ？」

背中に怪訝《けげん》な有佐の声が響く。

「はっ、なんだテメー、格好つけてるつもりか？　いい顔したいなら女にしとけよ、そんな性悪男《しょうわるおとこ》庇ってなんになんだよ」

「なんにもならねぇよ。俺だって庇いたくねぇ」

「……は？　ふっ、ふざけやがって！　こっちが本気で殴れないとでも思ってんのか、なめんなテメっ……」

そんなつもりはなくとも体が勝手に格好つけてしまっている。男の前にすくりと仁王立ち、その気もないのに鋭い眼光を向けてしまったりなんかして——

ヤバイ、と思った。

拳を作ったままの男の右手がゆらりと動く。高く振り上がり、空を切った。

来る。スローモーションとまではいかないが、その軌跡の予測がついた。避けるべきか避けざるべきか……殴られてやると言った手前、律儀《りちぎ》に判断をつけようとする敷の体は、突然横にのめった。

「バカ、敷っ、避けろっ！」

らしくもない、有佐の動揺しきった声。その腕に強く突かれ、敷の顔は拳の軌跡から逸《そ》れる。男の拳は空を横切り、そしてどすっと重い音が響いた。

「あ、有佐っ!?」

力を発散すべき対象を失い、慣性の法則に従い男がよろけた。結果、前にのめった体が激しくぶつかり、大きく後方に身を傾がせたのは有佐だった。

支えるものはなにもない。低い柵は足を払う障害物にしかならず、有佐の体は空に躍り出た。三メートルほど下方を流れる川面へと転落していく。

間に合わない。反射的に伸ばした敷の手は、有佐の制服の袖口《そでぐち》を掠《かす》めただけに終わった。

指先に、強く掻いた布地の感触が残る。激しい水飛沫《みずしぶき》の弾《はじ》ける音が、下りた冬の夜の静寂を突き破った。


川から上がるまでの間、有佐は無言だった。

すぐ先にあった川に向かう石段を敷が駆け下りれば、黙って片手を上げて制し、立ち上がって自ら這《は》い出てきた。溺《おぼ》れるほどはない水深は腰より低い。ちょうどいいクッションになったようで、大きな怪我《けが》をした様子もなかった。

けれど全身ずぶ濡《ぬ》れとなり、取り柄の一つの栗色の髪を顔にべったり貼りつかせた有佐が上機嫌のはずがない。

「有佐、大丈夫か？　おい！」

肩を揺すろうとするも、『構うな』とばかりに手を振り払われた。公園内に戻った有佐は険しい表情で付近を見渡す。

「あの男は？」

「青い顔して退散しちまったよ」

「ばっ、バカ、なんで逃がしたんだ！　クリーニング代請求できないだろうが！」

「バカはおまえだ。んなこと考える余裕があるかよ！」

目の前で友人が川に落ち、クリーニング代云々《うんぬん》と頭を巡らせていられる人間がどこにいる。

「大丈夫なのか？　本当に……」

なおも心配する敷を一瞥しただけで、有佐は歩き始めた。

「帰る」

そう一言呟いたっきり、アパートの手前に辿り着くまで沈黙し続けた。水を飲んだのか、時折噎せた咳を漏らすのみ。脇をついて歩く敷のほうを窺おうともしない。

靴の中に下りた水が溜まるのか、ペタペタと裸足《はだし》のような足音が鳴る。間の抜けた音は、有佐がしょんぼり肩を落としたりしていなくとも情けない感じに変えた。

いつの間にか綺麗に星が瞬《またた》いていた。路地を曲がれば、とっぷりと暮れた夜空の下にアパートの大して特徴もない灰色の屋根が見えてくる。家々の向こうでちらちらと歩みに合わせて揺れる屋根が、すぐ目前に近づいた頃、ようやく有佐が声を発した。

「敷、今日はおまえのせいで散々な目に遭ったよ。庇うんじゃなかったな」

気分を害されたという言葉はいつものふてぶてしさだが、力が籠っていない。独り言のような響きだった。

「ああ、悪かった……」

つい詫びかけてハッとなる。理不尽だ。元はといえば有佐の『別れさせ屋』なんてふざけた商売が元凶なわけで、助けに入って責任を負わされる謂《いわ》れはない。

「お、おまえが悪いんだろうが！　これに懲《こ》りて変な金儲けはやめろ、人を騙してたんじゃ恨まれて当然だろ」

「騙した覚えはない」

「騙してんだろうが。頼まれただかなんだか知らねぇけど、その気もねぇのに人にちょっかいかけて、用が済んだらポイ捨てだろ。そういうのを騙してるって……」

「まぁ、その気がないのは確かだな。だが、振った覚えはない」

「……は？　どういう意味だ」

敷は理解に苦しみ、有佐は小さく苦笑した。

「振ってないと言ってるんだ。そりゃあ、いつまでも付き纏《まと》われても困るが、俺が行動を起こすより先に勝手に向こうから離れてく。さっきの男もな、自分から連絡寄越さなくなっておきながら、成り行きを知ったからって文句言ってきやがったんだ」

「勝手にって……なんだよ、それ」

「さぁな。俺が気に入らないんだろ、素を晒《さら》すとあまりモテないらしい」

濡れてほとんど黒に見える制服の上着を羽織ったままの有佐は、いつもの仕草で肩を竦めた。濡れた髪が不快なのか、ぶるりと頭を振る。まだ上旬とはいえ、十二月の夜の寒空にこの格好だ。寒気かもしれない。数度咳をしたかと思えば、喉の辺りを押さえた。

「大丈夫か、おまえ……」

有佐がモテない——にわかには信じ難かった。学校でも商店街でも、道端でナンパしようとも、老若男女問わず都合よく落としてきたのはなんだ。あの壁越しの甘い声みたいに、つくり声につくり笑顔……フェイクで繕っていないと誰も惹《ひ》かれないとそういうことだろうか。

素の有佐といったら……腐れ縁の仲の自分ですら辟易《へきえき》する計算高く可愛げのない男。デートは女子供相手ですらワリカンだろうし、そもそも金のかかるデートをしそうにない。『ロマンティック』に金をかけるなんて愚の骨頂、記念日なんて時間の無駄と謗《そし》られそうだ。

そして、なにより高圧的なこの態度。柔和とほど遠い口調といい、一皮剝けば愛想の欠片もない男の落差たるや——

そりゃあ……失望するかもしれないな、うん。

納得をしつつも敷は言った。

「とっ、とにかくな、もうやめろ。また今日みたいな目に遭うかもしれねぇだろうが」

アパートに辿り着き、駐車場の傍らのお飾り程度の小さな門を潜《くぐ》る。建物の中央に位置する階段を重い足取りで上り始めた有佐は、後に続く敷のほうを不意に振り返ると笑った。

どこか力なく、吹けば飛びそうな淡い笑みを零す。いつもきちんとした身なりの男らしくもない無様な格好をしているせいだろうか。人を小馬鹿にしたような得意の笑みではない。

「……そうだな。やめるつもりでいるよ……時期がきたらな」

「時期ってなんだよ？　金が目標額貯《た》まったら、とかか？」

階段を上る男から返事はない。

「おい有佐、なんだって聞いてるだろ。いつなんだよ、それ？」

問い詰めると、答えにもならない言葉が返ってきた。

「……さぁ、俺にも判らない。俺が……決めることじゃないからな……」

「おまえが決めることじゃないって、一体どういう……あ、有佐？」

目の前を行く男は急に足を止めた。

有佐の背中が顔面に迫ってくる。返事を放棄しただけならまだしも、体まで投げ出したようにこちらへ傾いでくる男に、敷は『わっ』と奇声を上げそうになりつつも両腕でその身を受け止める。重みを感じると同時に、背筋に震えが走った。

恐ろしく冷たい感触だ。

濡れてずしりと体重を増した体。抱き留めると、絞り出されでもしたかのように制服の裾から水滴が滴《したた》り落ちる。平然と歩いていたのが信じられないくらいだった。首筋に触れた髪の毛は先まで凍てつき、氷に似たその冷たさに敷まで鳥肌立つ。

対照的に、有佐の肌からはじわりとした熱を感じた。触れてみた喉元がひどく火照《ほて》っている。

「有佐、おまえ……」

「……ああ、悪い。ちょっとぼんやりした」

緩く頭を振った有佐は、腕の中でもがいて体勢を立て直そうとし、冷え切った制服の腕を敷は迷わず引っ摑んだ。

「ちょっとじゃねぇだろ！　おまえ、具合が悪いんだろ⁉」


何故言わない？

調子が悪いなら悪い、寒いなら寒いと一言告げればいいものを。

「……ったく、世話かけさせんなっての」

カーテンの開け放された有佐の部屋の窓からは、低い位置にあったはずの月がだいぶ天頂へ向け昇っていた。気づけば慌ただしく部屋に入ってから数時間が経《た》ち、時刻はもう九時を過ぎている。カーテンを引き閉じ、敷は背後を振り返った。

有佐が眠るベッドのほうへと戻り、傍らに腰を下ろしてまた胡坐をかいた。保冷枕を頭に敷いて眠る有佐は、普段とはかけ離れた穏やかな表情だ。敷がドライヤーで乾かしてやった髪が、閉じた目蓋にかかって影を作っている。

されるがまま、風呂場で着替えさせた間も特に抵抗はなかった。『恩にきせるな』などといういかにもな言葉すら、一度も飛び出してはこず調子が狂う。さすがの有佐の思考回路もショート、停止してしまったのだろう。なにしろ部屋に帰ってほっとしたのか、熱はぐんぐん上昇、三十九度に達しようとしていた。

「これ以上一分でも上がったら病院送りだな」

有佐は元は虚弱体質だ。今でこそ丈夫そうに振る舞っているが、昔はよく扁桃腺《へんとうせん》からくる熱で体調を崩していた。

「前触れもなく倒れやがって……相変わらずじゃねぇか」

ハンガーにかけて風呂場のドアに吊るした有佐の制服を、敷は思い返す。水温は想像もつかないけれど、この時期に川に落ちれば凍《こご》えて当然だ。なのにあまり深刻に捉《とら》えなかったのは、有佐が平然としていたからだ。

『寒い』と愚痴《ぐち》ったれるどころか、肩の一つも震わせずにいた。

沈黙はやせ我慢だったのか。目を配っていないと、こういうところがある。昔っからそう……いつだったかも、普段の悪辣《あくらつ》な言動がなく妙におとなしくて変な顔色をしていると思えば高熱を出していた。保健室に連行し、『なんで学校を休まないんだ』と問い質した自分に、有佐は一言。『授業料は休んでも返ってこない』とぬかしやがった。

今は授業料も関係がない。ただの見栄っ張りの意地っ張りだ。頑固にもほどがある。

ベッドの端に片腕をかけた敷は、邪気のない有佐の寝顔をじっと見つめた。

寝顔を見るのは何年ぶりだろう。有佐は授業中に居眠りをするタイプではない。食後にうっかりうとうとしてしまい、舟まで漕《こ》いで揺り起こされるのはいつも自分のほうだ。

寝顔の印象は、出会った頃となんら変わりない気がする。まだ純粋な部分を有佐が保っていた、あの頃と同じ。

いつもこうなら可愛げもあるのに、なにがそうまで捻くれさせてしまったのだか。

『振った覚えはない』

敷はふと、階段の途中での言葉を思い出した。

それが本当なら、有佐は振られる形ですべてを終わらせていることになる。十人でも二十人でも。そんなに振られたら少しは傷つきそうなものだけれど、好きでもない相手だからなんとも思わないのか。それとも、金のためなら振られるくらい痛くも痒くもないのか。

そういえば、やめる時期がどうとか言っていた。あの話はなんだったのだろう。

敷はぼんやり頭を巡らせかけ、布団に視線を移した。有佐の胸元の辺りで電子音が鳴った。

熱を測り直すために脇に挟ませておいた体温計だ。そろりと布団を捲って着せたパジャマの内を探れば、肌を掠めた指に『んっ』と有佐が微《かす》かにうめきを上げる。苦しげというより、鼻にかかったような声に思わずドキリとした。

普段は眠りの浅い男だ。起きるかと身構えたけれど、そのまま元の寝息に戻る。抜いた体温計が表示した温度は、三十八度八分。下がってもいないが、上がってもいない。

ややほっとしつつ、体温計をヘッドボードの棚に置く。置き時計の時刻が目に入ると、忘れていた空腹を覚えた。

――腹減ったし、帰っかな。けど、もうちょいついていたほうがいいのか？

熱がまだ上がらないとも限らないしと、つい数時間前まで『絶交』の仲だったのもすっかり忘れて心配するも、有佐が目覚めて開口一番に言いそうな言葉は判っている。

余計なお世話、だ。わざわざ夕飯を食いっぱぐれてまで聞きたい言葉ではない。

けれど、それでも敷は迷った。公園で、条件反射で殴りかかる男の前に身を躍らせてしまった際のように。

「……めんどくさい奴」

つい漏らした独り言は、有佐への言葉なのか自分自身に対してか。判らないまま溜め息をつく。面倒くさいのは確かでも笑う気にはなれなかった。自業自得の有り様だろうと、有佐が自分を庇おうとして川に落ちたのは事実だ。

これはまともな思い出にカウントできるのか？

ふとそんなことを思いつつ、開いたパジャマの襟を直して布団を首元まで引っ張り上げる。有佐は寒そうに身を竦めていた。布団だけでは足りないのかもしれない。

――しゃあねぇ、毛布の一枚でも増やしてやるか。

自室に戻って持ち出すべく腰を上げかけ、敷は動きを止める。布団の端を握り締め、片膝を立てたまま硬直した。

妙な痣《あざ》がある。有佐の喉元の下、慌てていた風呂場では気づかなかったが、小さく色が変わっているのに今更気がついた。

擦《す》り傷のようにも見えるが、それは小さな鬱血《うっけつ》の痕《あと》だった。

川に落ちた衝撃でできた痣なら肩にもあったが……左の鎖骨の上、制服のシャツを身に着けていては見えない辺り。場所が場所なだけに、淫らな行為を連想させる。

敷の頭に過ったのは、五日前の朝だ。聞こえよがしに響いていた有佐の妖しい声。あの朝に残されたものなら消えていそうなものだけれど、有佐が毎日夜をどう過ごしているかは知らない。放課後、一人慌ただしく帰っていくことの多い男は、例の仕事を精力的にやっているように見える。

声を聞いただけでは乏しかった現実味が、赤い痕一つで急速に濃くなっていく。

有佐は女を抱き……そして、男には抱かれているのだ。

嫌悪感だろうか。得体の知れない感覚が体を走り抜け、支配するのを感じた。自分の部屋と薄壁一枚隔てただけのこの部屋で、有佐が及んでいるであろう行為に考えが及ぶ。

この部屋に足を踏み入れたのは、引っ越してきてすぐ以来だ。広海に誘われ、強引に加えさせられた三人だけの引っ越しパーティ。以後、玄関先までしか訪ねないでいた部屋はやけに整っている。

高校生にして気ままな一人暮らしで、誰に叱《しか》られるわけでもないのに整理整頓、掃除の行き届いた小綺麗すぎる部屋。有佐ゆえか、それともいつ何時誰を呼んでもいいようにか。贅沢品こそないが、シンプルな家具も小物も見栄えはよく、彼氏彼女を招くには充分だ。

誰かに抱かれるため——そう考えると、無性に面白くない気がした。

いや、元々嫌悪感を抱きこそすれ、面白おかしくなんてなかったのだけれど、今までと感情の在りかや形がどこか違う。

有佐はここでどんな表情を見せているのか。今、浮かべているような表情……それとも、自分のまったく知らない顔か。

——この部屋で、隣に俺がいる部屋で、俺の知らない相手に俺の知らない顔を見せる有佐。

敷は浮かんだ奇妙に歪《いびつ》な感情を払い落とそうとでもするように、頭を振った。いつの間にか瞠らせていた切れ長の男らしい目を、ゆっくりと瞬かせる。深呼吸を一つして、握ったままだった布団を引いて深く有佐の体を覆う。

引っ込ませかけた手に熱い空気の流れが触れ、心臓が跳ねた。

有佐の口元から漏れる息だった。

熱に体温の高さを感じる息。いつもより赤く感じられる頬と同じく、薄く開かれた唇も赤い。見慣れたはずの有佐の整いすぎた白い人形のような顔が、普段と違って見えた。

冷淡で機械じみた印象がなりを潜めれば、ひどく生々しさを感じる。視線がその顔に釘づけとなり、一度強く打った鼓動は敷をなにか激しい衝動へと駆り立てるかのように強く打ち続ける。

急に有佐が艶《なま》めかしい存在に映り、目が離せなくなった。

2

「で、おまえはいつまで俺の部屋に居座るつもりなんだ？」

蹲《うずくま》るように丸めた背中を遠慮なしに膝で突《つつ》かれ、敷は硬く閉じていた目蓋を開いた。

息が苦しい。自由に呼吸できないのは、ベッドに思い切り突っ伏しているからだと気がつく。

「布団に涎《よだれ》たらしてないだろうな」

顔を起こした敷は覚醒しきれないまま声のする背後を振り仰ぎ、寝ぼけた頭で応えた。

「……有佐？　なんでおまえ俺の部屋に……」

「おまえの部屋じゃない。ここは俺の部屋だ。人の部屋に泊めてもらっておいて、覚えてないのか？　寝ぼけすぎだろう、世話のしがいがない奴だな」

「そうだったか、世話に……」

言いかけてハッとなる。一気に目が覚めた。見慣れないグレーのカバーリングの布団。ベッドに寄りかかり、床にへたり込んで眠っていた自分。うっかりこんなところで熟睡してしまった理由はなんだ。

——泊めて……世話だ？

「おい、そりゃ俺のセリフだろうが！」

昨夜は一度部屋に戻ったが、結局気がかりで様子を窺いに戻って来てしまった。待てど暮らせど有佐の目覚める気配はなく、夜中に体温を測ろうとしたことまでは覚えているが、結果が出るのを待つ間に自分まで寝入ってしまったらしい。

「って、おまえ熱はもう下がったのか、有佐？」

間抜けに額《ひたい》にシーツの皺の痕を残したまま反論する敷は、有佐のどことなく清々しい顔を見た。昨晩敷の手で閉じた窓のカーテンは開かれており、差し込む朝日がいつもどおりの冷めた男の顔を照らし出している。

「ああ、もう下がった」

「そりゃあよかったな。で、『心配してくれてありがとう』とか、なんかねぇわけ？」

「なんだ、心にもない言葉を言ってほしいのか？」

「心にもって、おい……まぁいい。どっか出かけんのか？」

会話をするだけ無駄なのも有佐が全快した証拠か。

有佐はやけにぱりっとした格好をしていた。制服ではなくクラシック調のオリーブグリーンのコートにブラウンのボトム。シルエットのすっきりとした外出着は、有佐の頭身のバランスのいいスタイルや、小顔に収まった端整な顔立ちを際立たせている。

今日は土曜日だ。出かけるのに私服なのは判るが、ちょっとそこのコンビニまで……には、あまりにも力の入りすぎた服装だった。

「今日は仕事だ。デートの約束がある」

髪を指先で梳《す》いて整えながら、有佐は応える。

「はぁっ⁉　お、おまえ、病み上がりで男とヤるつもりかよ？」

「人を男娼みたいに言わないでくれないか。それは最終手段だ、いつもしているわけじゃない」

「最終だろうが時々だろうが、男にヤらせてんなら一緒だ、アホ！」

手近にあった枕を、ぼすりと投げつける。腰を打たれた有佐は髪を弄《いじ》る手を止め、訝る眼差しで見返してきた。

「今日の約束は女だよ。ていうか……なにを怒ってるんだ、おまえは？　俺が外でどうしようが、気にする必要ないだろ？」

「え……？」

――そうだ、そのとおりだ。

騒音を隣で撒き散らさないなら、有佐が休みをどう使おうと関係はないはずだった。呆れはするものの、べつに胸をムカつかせる必要はない。

「……もう時間がない。遅刻すると印象を損ねるからな。俺は行くが……敷、私物はしっかり持って帰れよ？　片づいてなかったら次の可燃ゴミの日に出すからな」

こちらを見ようとはせずに言う有佐は、腕の時計に視線を落としている。

「行くって、鍵は……」

「ほら、合鍵だ。鍵かけたらポストに放り込んでおいてくれ」

「あ、ああ、わかっ……イテッ！」

勢いに呆然とするまま見送る敷に、有佐は棚の引き出しから取り出した鍵を投げて寄越した。キーホルダーもなにもついていない銀色の鍵は、放物線を描いて敷の黒髪の頭に鳥の糞かなにかのようにぽとりと落ちた。

「有佐、テメっ、投げることないだろっ！」

大して痛くもないが、反射的に抗議する。

「おまえだって枕を投げただろうが」

言い捨てるように背中を向け、そのまま玄関へ消えるかと思えば部屋とキッチンを繋ぐ間口のところで有佐は足を止めた。

「まぁ、ありがとさん。不味《まず》かったよ」

振り返るかと思えば、こちらを見ないままだ。なんの話かと思った。一瞬向きかけた横顔がチラつく。覗いた耳が赤いようにも見えたが、瞬時に右手で覆うようにくしゃりと髪を撫でつつ行ってしまったので、よく確かめられなかった。

玄関の扉の閉まる音が響く。

「……なんなんだよ、落ち着きのねぇ奴」

私物？　まずい？

敷は首を傾げ、足元に畳み置かれたものに目を留めた。昨夜自分の部屋から運び出し、有佐の布団の上にかけてやった毛布だ。

——気遣って貸してやったのに、さっさと片づけろってか。

けれど、そのわりに丁寧に四隅を揃《そろ》えて畳んである。鍵を握り締めた手で毛布を一抱えにして立ち上がった敷は、キッチンを横切ろうとしてもう一つの言葉の意味が判った。

「ま、マジかよ……」

ガスコンロにかけておいた鍋が空になっている。敷の作った『お粥《かゆ》』という名の米糊《こめのり》が、そこには入っていたはずだ。糊状になってしまったのは、有佐が起きなかったのもあるけれど、それ以前に勘だけを頼りに作って煮詰めすぎたせいだ。

——く、食ったのか？

製作者のひいき目に見ても、食べられたものではなかった。一晩経つ間に糊はさらに得体の知れない物体へと変化していたに違いない。

「腹下しても知らねぇぞ、あいつ。まさか、慰謝料取る気じゃ……」

戦々恐々、有佐ならやりかねないと思うも、聞いた言葉がそれを否定する。

添えられた『不味い』の一言は余計だろうと、有佐が礼を口にしたのだ。

「……大雪でも降るんじゃないだろうな？」

敷は部屋を出る間際、振り返って部屋の奥の窓を見返した。

柔らかな日差しを送る空は、綺麗に晴れ渡っていた。


自室に戻り、焼いたパンをもそもそと食べる敷は落ち着かなかった。

当然だが、窓から見える景色は隣室とほぼ同じだ。

久しぶりの快晴の空。雲一つない窓いっぱいの空を視界に捉える度に、『こんなことをしている場合じゃない』という焦りが心中に芽生える。

謎の焦燥感。彼女とも別れてしまい、暇を持て余す休日に敷の気が急く理由はない。洗濯物は溜め込んでもいず、期末試験にも僅かだが余裕がある。試験は来週で、当然今から準備に励む生徒もいるだろうが、一夜漬けが常の敷にはまだ切迫感は乏しい。

一人暮らしゆえの主婦めいた焦りでも、学生らしい勉学の焦りでもなければ原因はどこにあるのか。

頭にチラつくのは、不似合いな礼を残して出かけていった男の後ろ姿だった。

有佐の行く先を思うと、どういうわけか胸の辺りが淀《よど》んだ。胃袋とも連携しているのか、受けつけを拒否し始めたかのように、パンも喉を通りにくくなる。ペットボトルの水で強引に流し込みつつ、暇潰しに点《つ》けたテレビに見入ったものの、内容は頭に入ってはこなかった。

土曜の午前中らしいのんびりとしたバラエティ番組では、朗らかな声や笑いが響いているというのにしかめっ面。

「……なんだかなぁ」

ぼやきめいた独り言まで漏らす始末。

焼きすぎた食パンの焦げくさい耳を咀嚼《そしゃく》していると、どこかで携帯電話の振動を感じた。昨夜慌てて脱いで放った制服の上着のポケットだ。

なにかを期待したわけではない。それでもすぐに反応して引き寄せる。

電話の画面に表示されたメッセージの送信者は、有佐ではなく小柄なほうの友人だった。

「なぁ、臙脂と茶色どっちがいいと思う？　やっぱ茶色かな？　無難だよね、服にも合わせやすいしさ」

友人の小柄なほうこと白石広海は、旋毛のよく見える下方で天然がかった髪をふわふわ揺らしながら、棚に並んだ商品を熱心に覗き込んでいた。

暇なら午後から買い物に付き合ってほしいと頼まれ、断る理由もなく了承した敷は、隣町の映画館やらアミューズメント施設の入った大きなショッピングモールに広海と二人で来ていた。婦人物の手袋にマフラー、帽子などが並ぶ場違い感溢れる一角で、視線はさっきからぼんやりと宙に浮いている。

「……惣一？　ねぇ、考えてくれてんの？　惣一ってば」

「あ、ああ？　悪い、聞いてなかった」

ぐらぐらと体を揺さぶられ、敷は我に返った。広海は無視され、丸みのある顔をぷうっと膨れっ面にしている。そんな漫画みたいな拗《す》ねた反応も童顔ならでは。愛らしければ許される。

「なんかぼーっとしてばっかりだなぁ、惣一。人のプレゼント選びかと思って退屈してんの？」

「いや、そういうわけじゃねぇけど……」

広海が選んでいるのは母親へのクリスマスプレゼントだった。

律儀だよなぁと思う。敷が母親になにかを贈った記憶は中学で途絶えている。気にも留めていなかったが、海を隔てた異国で暮らす両親からも去年のクリスマスも電話の一本すらなかった。当然、メールに電報の類《たぐい》もない。息子なんてそんなもんだと思っていた。

「おまえって偉いんだなぁ、広海」

「日頃世話になってるしね。投資でもあるんだ、今年はマウンテンバイク買ってくれる約束になってるし」

広海はにっこりと愛嬌《あいきょう》のある笑みを浮かべる。

投資。どこかで聞いたふうな言葉だ。有佐が言いかねない言葉を広海が口にしたことに、敷は少しばかり驚いた。

「へぇ、いいもんもらってんだな。そういやおまえさ、去年も親のプレゼント買ってたけど、ほかに贈る予定ねぇの？　女とかさ、つくらないよな」

「うーん、彼女はいてもいいけど、あんまり興味ないかなぁ。俺、世話焼いたりするの得意じゃないし。世話を焼かれるほうが向いてると思うんだ」

たしかに、広海は他人の世話をするより、世話をされるのが似合うタイプだ。童顔におっとりした雰囲気は、子供とでも頭が錯覚するようで、無条件に手を差し伸べて甘やかしたくなるところがある。

外見の効果は絶大だ。今日も大きめのコートに身を包んで小柄さを強調。歩幅の違う敷について歩く様子は、まるで女の子のそれだ。

ただ広海が自覚していたのは意外だった。

「彼女ってさぁ、いてもあんまり得することないよね。デート代とかバカにならないし」

「え……？」

「あっ、惣一見て、アレいいね！」

「ちょっと待て、おまえ今なんて……」

「ほら、よくない？」

広海がぱっと話題を変えて目を輝かせたのは、隣の紳士物コーナーだ。目立つ位置に陳列された革手袋を手に取ると、片手に嵌《は》めて振り向く。愛くるしい笑みを零して、はしゃぐ無邪気な少年の声を上げた。

「いいなぁ、コレ。欲しいなぁ……惣一、今度買ってくれる？」

「へ？」

「クリスマスプレゼントでいいからさぁ」

「ああ……ならまぁいいけど」

どうにも逆らいにくいおねだり。ほかの男が言おうものなら『寝ぼけたことぬかすな』となるところも、広海に言われると『たまにはいいか』で収まってしまう。

『コレだからね、覚えておいてね』と念を押す広海に、敷はなにか騙されているような気がした。

「……おまえってさ、もしかしてどっか黒くないか？」

計算、腹黒、上っ面などの言葉が頭をチラつく。

「えー、なんだよそれ～？」

細い首を傾げた広海は、澄んだ大きな眸を向けてくる。殊更《ことさら》強調するように、目蓋をぱちぱちと閉じたり開いたりさせるオプションつきだ。

母親へのプレゼントの購入も済ませて満足げに並び歩く友人を、横目で窺う敷の眼差しは不審なものでも見る目つきだ。ふとした弾みに生まれた疑惑を、いやいやと振り払う。

広海に限ってそんなはずがない。日頃有佐のような奴とつるんでいるから疑心暗鬼に陥るだけだ。

——あの野郎、ついに俺の人格にまで害を及ぼしたか。

「惣一、このあとどうする？　俺、喉渇いちゃったな、どっか店入ろうよ？」

「ああ、そうだな」

「ドーナツも食べたいな。ほら、この時期、リングリングドーナツでクリスマス限定のケーキっぽいやつ出てるじゃん。こっち、こっち、こっちに店あったからさぁ」

「えっ、ああ……」

そんなに急ぐ必要もないだろうに、腕を引っ張られた。

広海は甘いものに目がない。女の子みたいに無邪気に誘いかけられれば、やっぱり可愛く見えてならず、ほんわりした笑顔の残像効果で遥《はる》か下方で歩みに揺れる旋毛を見ても癒される。

「いいよ、俺は普通のドーナツでいいけど。ちょうど小腹が減ったとこだしな」

ショッピングモールの外側、歩道に面した壁面に店はあるらしい。

二人は真っすぐに表に向かった。大して店を回ったわけでもないのに、もう午後三時過ぎだ。天気は崩れていないものの、冬の日差しは早くも弱り始めていた。

土曜の昼だけあって、モールの入口に面した駐車場には多くの車が出入りしていて、人の姿も目につく。仲良く手繋ぎでこちらへ向かってくるカップルに、ふと有佐のことが思い浮かんだ。今頃どこぞの空の下で、幼馴染みもデートの相手と仲睦《なかむつ》まじく歩いていることだろう。

うっかりまた謎の苛立ちに嵌まりそうになった敷は、追い払うように頭を振り、そして向かってくるカップルから目を逸らそうとして『げっ』となった。

「どうしたの、惣一？」

広海も訝るほど敷が注目したのは、モールの壁に並ぶ店の一つだ。高校生や家族連れで賑わうドーナツ屋ではなく、ちょっと小洒落《こじゃれ》たオープンカフェのほうだった。店の外に並んだテーブルにはカップルや女性客の姿が目につく。その中に、もっとも目にしたくない……そのくせ、もっとも頭を支配する男の姿があった。

丸テーブルの端に片肘をつき、長い足を持てあまし気味に組んで座っているのは、あろうことか有佐だ。

運命の悪戯《いたずら》か。高校生の行動範囲なんてたかが知れているといっても、なにもばったり鉢合わせる必要もないだろうに。

コーヒーカップを傾ける男は、数メートル先のこちらに気づく様子はない。その顔は小さなテーブル越しに向き合う相手へと向けられていた。よく見れば覚えがなくもない女だ。たぶん隣のクラスだか、隣の隣のクラスだかの女子だ。

あれが今のターゲットなのか。満更でも……というより、見るからに浮かれた表情の女は、有佐へ甘い視線を送りつつお喋りを楽しんでいる。皿のケーキを口元に運ぶと、屑《くず》がこぼれでもしたのか、身を乗り出した有佐がテーブル越しに女のセミロングの髪に触れた。払う指先に擽《くすぐ》ったそうな高い笑い声が上がり、有佐もつられたように笑う。

ついぞ見たことのない笑みだった。皮肉っぽくも冷笑でもない、優しい微笑み。十数年傍にいて初めて目にしたと思える、穏やかで和らいだ表情。

本当に演技なのか。眩しさすら覚える微笑が、有佐をいつになく表情豊かな男に変える。

「……惣一～？　惣一ってば！　おーい、どうしちゃったんだよ？」

立ち尽くす敷の顔の前で手をひらひらさせる広海も、有佐の存在に目を留める。

「わー、びっくり、有貴だ！　奇遇だねぇ、デート中かなぁ！」

わざとらしいほどに大きく上がった声に、敷はハッとなって我に返る。まるで金縛り状態だった身の硬直が解けると同時に、広海のダッフルコートの腕をむんずと摑んだ。

「構うな、行くぞ」

むすりと言い、目的地であるドーナツ屋に向けて猛進し始めた。

ドーナツ屋からゲーセン、ゲーセンから広海の家へと梯子《はしご》した。新しいゲームを買ったか

らと誘われたのだが、何気なく始めた対戦ゲームに熱中するうちに時間も過ぎ、勧められた夕飯までごちそうになると、帰りは九時を過ぎていた。

夜も更け、途端に冷え込みが厳しくなった路地を家に向かって急ぐ。帰り着いたアパートの二階の自室は当然ながら暗く、そして隣の部屋も明かりは灯ってはいなかった。

――あいつ、まだ帰ってねぇのかよ。

うっかり確認してしまった有佐の不在に、嫌な気分に陥りつつ家に戻る。居間兼寝室である部屋に明かりを点けた敷は、着替えるのも億劫《おっくう》でベッドにそのまま寝転がった。

くそ、さっさと帰れよな。高校生がいつまでも遊んでんじゃねぇよ。

たった今帰宅した自分は棚に上げ、有佐に向けて覚える保護者めいた叱責。寝返りを打とうとして、脇腹に当たった不快な感触に敷は眉を顰《ひそ》めた。

ブルゾンのポケットに突っ込んだ携帯電話だ。邪魔臭げに取り出し、なんとなく画面を操作すると、無意識に指が滅多にかけることのない登録ナンバーを引き出しそうになる。

有佐に電話してどうしようってんだか。『今どこ？　早く帰ってこいよ』ってか？

まるで息子の帰りを待つ母親だ。いや、むしろ夫の居場所の気になる妻か？

「……なにやってんだか」

隣に住んだりしているから気になってしまうだけだ。あいつが好き好んで隣に引っ越して来たりさえしていなければ――

自分はどこまで無関心でいられただろうか。

安アパートなんて近くに五万とあるのに、何故ここに決めたのだろう。

携帯電話を放り出し、俯《うつぶ》せに寝返りを打った敷は床に手を伸ばした。ラグの端に転がったテレビのリモコンを拾い上げようとするも、微妙な距離で届かない。ベッドから下りれば早いと判っていながら、意地になったように悪戦苦闘。虚《むな》しく何度も指で空をかいたのち、舌打ちして起き上がった。

腹立たしげにリモコンを握り締めてベッドに戻りかけ、ふと背後を振り返る。

「……？」

人の気配を感じた。なにかがゆっくりと壁に向けて倒れかかってくるような音。空耳ではなさそうだけれど、隣人が発した物音で納得しようにも、隣は有佐の部屋だ。今しがたまで真っ暗だった部屋に有佐がいるはずがない。ドアの開閉音も聞こえなかった。

まさか泥棒か？　もしくは心霊の類か。どちらでも得意ではないし、遭遇したくもないが、気づいてしまえば確かめずにはいられないのが人の性《さが》だ。敷は足音を忍ばせ、ベッドとは反対側にある隣との境界の壁に歩み寄った。

耳をそばだてても、すぐには判らなかった。誰かいる、そう確信したのは足を戻そうとした瞬間だ。なにか壁に重くもたれかかったものが擦れるような音がした。それから微かだが衣擦《きぬず》れと思《おぼ》しき音。

もっと確かめようと耳を強く当てた敷は、驚きに身を弾ませる。

「……ぁっ……」

鼓膜を震わせる小さな声。

有佐の声だ。

たかが一文字、されど一文字、十年来の付き合いの悪友の声を聞き違えるはずがない。ただその一声で、有佐が部屋にいたことも、明かりを点けていない理由も知れてしまった。堪えきれずに漏れ出したような掠れ声。自分の予想を疑うまでもなく、熱を帯びた淫らな息遣いまでもが続いてカッとなる。

頭も体も、一気に熱が上がった気がした。

——デートだけだって言っただろうが！

滅多なことではしないと言った最終手段とやらに、有佐は及んでいるのだ。昼間見かけた女を思い出すも、様子が違った。相手の声はまったく聞き取れない。よほど積極的でリードを取りたがる女だとしても、切れ切れに響く音は有佐の発するものだけだ。

まさか早々に女とのデートは切り上げ、夜はべつの……男とのデートに切り替えたのか。

お忙しいことで、なんて毒づきを思い浮かべる余裕もないほど、敷の意識は壁の向こうに奪われた。盗み聞きなんて悪趣味なのは判っている。けれど、気になる。下世話な好奇心というより、その場を離れようにも、なにかまだ違和感を覚えて仕方がなかった。

変だ。いつもと違い、集中しなければ感じ取れない声。ご近所迷惑なつくり声とは明らかに異なる。

高らかに上げようとするのではなく、必死で押し殺そうと自らに課してでもいるかのようだ。聞かれたくない。誰にも知られたくはない。まるでこれは秘密の行為だとでもいうように。

敷の耳を貫く、躊躇いがちな甘い呻き。

「……っ……ぁっ……ふ…ぁっ……」

明らかにフェイクとは違う。

「ん…っ……んっ……あ、やっ……」

聞いて初めて、今までがどれほどに嘘であったか判った。切れ切れの音は幼馴染みのものだと思うけれど、連なる淫らな響きは初めて耳にするものだ。有佐の感じ入った声。それは嬌声と呼ぶにはあまりにも小さく、けれどぞっとするほどに艶めかしく、血液まで沸騰させるかのように敷の身を熱くさせた。

ゴクリと自ら喉を鳴らした音さえ、敷の中で心臓を打ち鼓動をはね上げる。

——あいつの声……か？　これが？

あの冷たい氷みたいな眸を情欲に潤ませ、乱れている姿など想像がつかなかった。

けれど、現実に有佐はそうしているのだ。この薄っぺらな壁一枚向こうで。

「……あ……ひ…ぁっ……」

思わぬ場所に触れられでもしたのか、上擦る声に敷は壁に置いた手をぎゅっと握りしめる。そのまま声と同じく震わせそうになった。男の愛撫の手がいいところへ当たっているのだろう。立て続けに「あっ、あっ」としゃくり上げるような嬌声は続く。

あるいは、手などではなく——

いくら身を寄せても、目を凝らしても、たった五センチだか十センチだか向こうの様子を視界に収めることはできない。それでも幻ではないと、声や気配が執拗なまでに伝えてくる。たしかに有佐はそこに存在していて、自分の知らない相手に体を撫で回され、恍惚《こうこつ》としているのだと。

「あっ……あっ、も……っ、も…うっ、いく…っ、から……」

快楽に溺れきった男の声はトーンを上げ、近づく終わりを壁越しに伝えてくる。

「も…うっ、おまえもっ……し…っ」

縋《すが》りつくように、誰かの名を呼ぶ声。聞き取れなかったのは、上擦っていたからだけじゃない。カッと上昇した熱が、敷の思考を焼き払い、判断力を奪った。

「……っ！」

拳を振り上げた自分にビクリとなる。

なにをするつもりなのか。壁を打ち破らんばかりに叩きつけようとした自分に気がつき、すんでのところで思い留まった。

どうかしている。

こんなふうに激しく苛立ち、興奮する自分を敷は知らなかった。普段から有佐の前では始終苛ついている。けれど、それでもこれほどまでに心を掻き乱されたためしはない。

行動で示そうとした自分に、抑えきれない怒りに熱くなった自分を思い知る。

吐息混じりの甘く引き攣《つ》る声は、壁の向こうでさらに呼吸の間隔を縮めた。忙《せわ》しない息遣い。同じ男だ、有佐がもういくらももたないのは判る。

どこか悲鳴にも似た細い声を最後に、有佐の部屋が静まり返っても、敷はしばらくその場を動けないでいた。


「……なぁ、広海。アレってさぁ……付き合ってる相手とかいんのかな?」

放課後、敷は教室の可燃ゴミの袋を引っ提げ、校舎の裏庭の収集場所に向かっていた。傍らにはぴったりついて歩く広海の姿。敷に付き合ってくれてでもいるかのような光景だが、掃除当番なのは広海のほう。重そうによろよろと歩く姿に声をかけると、『惣一のほうが背が高いし、持ちやすいよね』と笑顔でゴミ袋を渡されてしまった。

手を貸すつもりはあったとはいえ、上手く使われている気がしないでもない。

「へ？　アレって？」

手ぶらで身軽な広海は、ふらふらと後ろ歩きしながら問い返してくる。

敷は言い淀み、しばし手の下で揺れるゴミ袋の音だけを響かせたのち、不貞腐《ふてくさ》れたような声音で返した。

「だからさ、あいつだよ。その……有佐の奴」

広海は急に歩調を緩めた。ただでさえ歩幅の違いで遅れがちな広海は、完全に敷の視界から消え去る。

小さな友人を探して振り向けば、広海は驚いてか目を丸くしてこちらを仰いでいた。

特別な話を振ったつもりはない。変に持って回った言い方をしてしまったせいだろうか。

べつに焦る必要はないだろうに、広海はいつもののんびりした喋りを早送りでもするかのように倍速にして問い返してきた。

「な、なんで俺に聞くの？　有貴のことなら惣一のほうが知ってんでしょ。付き合い長いんだからさ」

「まぁそうなんだけどな……俺、よく考えると、あんまあいつのことは知らねぇかも。女の話とかしないしな」

色恋関係の話は、会話に上ったためしがない。あの性格だ、端《はな》から興味がないものと決めつけていたところがある。

実際、知る限りでは浮ついた話は『別れさせ屋』に関わるものばかり。ずっと傍にいながら、初恋なんて甘酸っぱいものが幼馴染みに存在したのかも定かではない。

『恋』に関わる話を有佐がしたのはたった一度。それも本人の恋ではなかった。

三年前、中学二年生のときだ。『上級生から告白されて困っている』と愚痴を漏らされた記憶がある。

相手は男だと告げられ、驚かされた。

話をしたのは校舎の屋上だ。たしか初夏だったと思う。夏には違いなく、半袖の制服シャツから伸びた有佐の腕が今より遥かに細くて、抜けるように白かったのを鮮明に記憶している。

あの頃は、背丈もまだ低かった。女子に混じっても違和感のなさそうな細い体。美形というよりあどけなさの残る可愛らしい顔をしていて、陽光を浴びれば今と同じく天使の輪っかが栗色の髪に眩しく輝いていた。

本当に羽でも生えて飛んでいきそうな容姿だった。

けれど、中味は今と変わらずだ。性格の悪さはすでに滲《にじ》んでいたとはいえ、学年も違う上級生にそれは伝わらなかっただろう。

「敷、おまえどう思う？」

まだ少し高かった声。唐突に問われて困った。

有佐ならそんな告白されるのもありか。そう分析しつつも、男同士の告白なんて異次元の世界の出来事に思えてならず、正直ピンとこなかった。

「まぁ、好きなら付き合えばいいんじゃねぇの？　おまえの気持ち次第だろ」

素っ気ない反応をしてしまった。告白を受けただけで変につき纏われている様子もなく、嫌ならすっぱり断ればいいだけだと思った。見た目に反して有佐はそれができる男だ。

あのとき、有佐はなんと返してきただろう。

屋上の手摺《てすり》をぎゅっと握りしめている手も、顔や腕と同じく白かった。たしかに女子の手みたいだな……なんて今までにない感想を抱き、動揺しつつ見ていると有佐はぱっと放るように手摺を放した。

「俺の気持ち次第か、そうなんだ。判ったよ」

たしかそんなふうな言葉だった。あのとき有佐の口調が不必要なまでに刺々《とげとげ》しくなった。

「な、なんだよ、だって恋愛なんて他人がどうこう口出すもんじゃないだろ。その、相手がたとえ男でもさ」

「……そうだな。それで俺が好意を持ってるなら付き合えばいいと、おまえは思ってるわけか」

「お、思ってるっていうか……」

まだ想像が追いついていなかった。

「……つ、付き合うのか？」

上っ面だけに等しかった言葉を具体的な想像に変える。変えてみれば心臓が嫌な感じにドクンとなった気がして、視線を泳がせながらも問い返した。

「まさか、断るに決まってる」

「そ、そうか、おまえ振るなら言葉には気をつけろよ。時々……っていうか、いつも結構きっついからな」

どこかでほっとしつつ、なにか言おうと言葉を探した。こっぴどく振られた先輩とやらが逆切れストーカー化しないとも限らないなんて、ピントのずれた心配をしたところ、有佐の表情が曇った。

「ふうん、誰だか知りもしない先輩まで心配か。敷は本当にお人好しだな。みんなに平等に優しくか」

褒められていないことくらいすぐに判った。皮肉っぽく告げた有佐も、そのまま踵《きびす》を返して歩き去ってしまいそれきりだった。背を向ける瞬間、伏し目がちになった表情が淋《さび》しげに映ったけれど、なにが気を損ねたのか判らなかった。

恋愛は当人の気持ち次第だ。十四歳でまだまだ子供だった自分にも、それぐらいは理解できた。告白を受けるか受けないかも、決めるのは有佐だ。とやかく口を出すべき問題ではない。

有佐はあのとき、自分にどうしてほしかったのか。

——もしかして、俺に決めてほしかったんだろうか。

他人に意見や選択を乞う男じゃない。当時からおとなしそうなのは見た目ばかりで、頑固でマイペースを貫く子供だった。

判らない。あの頃いくら考えても判らなかったものが、今になって解けるはずもなかった。

「……有貴に付き合ってる人、ねぇ」

ブロックに囲まれたゴミの収集場所は、すでに各クラスの排出したゴミ袋が堆《うずたか》く積まれていた。

崩さぬよう慎重に積み置く敷の背後で、広海がぼそりと呟く。

「知らないけど、一人ぐらい本当はいるかもね。有貴は照れ性だもんなぁ、隠してるのかもよ」

「照れ性？　有佐がか？　照れたりするような奴かよ」

「ああ見えて有貴はシャイだよ。惣一みたいにクールでもないし。判らないかなぁ」

いつだったかも広海とこんな会話をした気がする。有佐が不器用だとかなんだとか。

以前も首を捻るばかりだったが、今回も変わらずだ。おまけに、俺みたいにとはどういう意味か。まるで自分が冷血漢で、有佐のほうがちょっと感情を出すのが不得手なだけの情熱的な男だとでもいうようだ。

謎かけは得意じゃない。

「そんなこと言われても判んねぇよ。おまえさ、なんかチョイチョイ俺と有佐を見る目が間違ってるだろ？　騙されてるな、絶対。おまえには結構いい顔してるからな、あいつは。早めのクリスマスプレゼントだとかって、時計やったりしてたしなぁ、怪しすぎだろ。タダでモノ寄越すような奴じゃねぇぞ」

広海はこちらの表情を窺うようにじっと見上げてくる。

「な、なんだ？」

「いや、そこまで判っててどうして……」

血色のいい唇は半開きで一旦停止した。

「まぁいいけど。うーん、有貴は有貴だと思うよ。それ以上でも以下でもないっていうか」

「……なんだ、そりゃ。ていうか、有佐の付き合ってる奴って誰だよ？　校内の生徒か？　女か？　それとも……男か？」

無意識に身を乗り出し、敷は詰め寄る自分に気づいていなかった。迫りくる体を押し留めるべく、広海が手で突っ撥《ぱ》ねたことにも。

一歩後ずさり、広海は言った。

「だ、だからそれは知らないって。ただの推測だよ。あれだけモテてたら、一人くらい本気になっても不思議はないでしょ。惣一だって今まで何人も彼女つくってるじゃん」

「う……ま、まぁな。いや、何人もってほどじゃ……」

相槌《あいづち》は打ったものの、納得したくない気分だった。

広海と肩を並べて教室に戻ってからも、敷は渋い顔をしていた。確かに有佐はモテてはいる。高校生が『別れさせ屋』なんて小遣い稼ぎをしていられるのも、並外れたモテパワーがあってこそだ。

けれど、あいつの金への執着やモラルのなさはどうだ。

『素を晒すとあまりモテないらしい』

川に落ちた先週、有佐も自らそう口にしていた。

それでも構わない、むしろ見目のよさを貶《おとし》めて余りあるその性格の悪さが愛《いと》しい……なんて酔狂な人間がこの世に存在するのだろうか。

土曜の夜の出来事は、忘れようにも忘れられない。記憶から抹消しようにも、敷はつい昨日の夜も聞いた。

耳について離れない、有佐のあの声。もしも人知れず恋人がいるというのなら、それは十中八九あの相手に違いない。

有佐にフェイクを止めさせ、本気に変えた男。来る者は拒まない、大抵は振られるまで付き合ってやっていると言っていた。それがきっかけでずるずると仲を深めた男か、別のところで知り合った相手か。

あの有佐だ、そうそう他人に心を許すとは思えない。けれど、あるいはそう、社会人で資産家や起業家の金持ちであったならどうか。莫大な現金というエサ……もとい、魅力をチラつかされれば、現役引退間際のヒヒジジイでも有佐は惚れないとは限らないのではないか。

無性に気になる。有佐の恋人が気がかりな一方で、なにより引っかかるのは、恋人ならモラルに反しているわけでもないのにやけに拘る自分だった。

期末試験が嵐のように過ぎ去り、平和なはずの週末が再びやってきた。

試験の結果が判るのは週明けで、終わったものはジタバタしても仕方がない。本日は寝坊の心配もいらず、好きなだけ惰眠を貪っていられる日曜日。なのに今朝は目覚ましもかけていないにもかかわらず目が開き、無駄に早起きしてしまった敷は不機嫌だった。

カーテンの隙間《すきま》から差し込んだ朝日の悪戯か、それとも動向の気になって仕方のない隣人でもいるからか。今の敷は間違いなく後者である。

先週と変わらず澄み渡った空。雲の塊は広い空の数箇所にほわりほわりと漂うのみで、『生憎《あいにく》の雨模様』になる気配はない。

——絶好のデート日和《びより》か。

起き抜けから幾度目かの溜め息をつく敷は、ともすれば隣の壁に向けそうになる目線を引き戻す。

バカバカしい。たとえ有佐が世間の五万といるカップルの一組に成り下がろうが関係はない。暇だから余計なことまで気になるのだ。早起きは三文の得どころか、なんの得にもならない溜め息で費やした敷は、昼までテレビを見たり食事を摂ったりしていたが、ついに我慢できずに腰を上げた。

暇をなくすには遊びに出かけるに限る。けれど、すでに時は遅く、相手となるはずの広海やその他の友人はすべてつかまらなかった。是が非でも部屋から出る用を作りたい敷は、ここは一つ学生らしく勉学の道具でも買いに行くかと思い立った。

テストが終わってから買ってどうしようというのか。自分に呆れつつも、着替えをすませて家を出る。肌寒い外気に身を縮める敷はガチャリと鳴った音に顔を向けた。隣のドアノブの音で、通路に現れたのは澄まし顔の幼馴染みだ。先週と変わらず小綺麗な服装の有佐は目を瞠らせ、敷もまた判りやすく『あ』となる。

「なんだ、いたのか」

二人は同時に発した言葉も同じなら、

「俺の部屋だ。俺がいてどこが悪い」

不満げに返したセリフまで一字一句同じだった。

不仲にしては変に息が合ってしまい、気まずいったらない。

視線を逸らして鍵をかけ始めた有佐の横顔に、敷は問う。

「出かけるのか？」

「ああ、約束があるんだ。見れば判るだろう？　おまえは見ても判らないけどな。ちょっとそこのコンビニまでなのか、街まで出るのかも」

ラフな服装を皮肉っているらしい。休日も辛辣な口を休めるつもりのないらしい男は、敷を揶揄《やゆ》るとくすりと笑った。いちいち腹の立つ男だ。確かにコンビニに行くのも街へ向かうのも似たようなブルゾンやジーンズだが、それなりに拘りの服である。目の前の男のように綺麗めに纏めたところで似合わないだけだ。

「駅前の本屋に行くんだよ。買おうか迷ってた参考書があるからな」

「この時期に参考書？　マンガじゃないのか……今日は雲行き怪しくなりそうだな。傘を持って出るべきか」

――俺が参考書買ったら雨が降るってのかよ！

睨み据える敷の視線をかわし、有佐は部屋の脇の階段に向かった。いそいそとどちらへお出かけなんだか。付き合いの悪い有佐は、友人は多くない。はっきり言って非常に少なく、その友人関係は例外なく敷の友人の一部、共通の仲間だ。

広海もそれ以外も捕まらない以上、約束の相手はたぶん友人ではない。

だとすれば――あれこれ推測するのも面倒だとばかりに、勝手に手が動いた。

「敷……？」

廊下を数歩歩んだ敷は、階段を下りかけた有佐の手首を引っ摑んだ。行かせないとでもいうように、自分の元へグイと引き寄せる。

「な……なんのつもりだ、おまえ」

有佐の声が僅かに上擦って聞こえたのは、気のせいか。反応までしっかりと感じ取る余裕はなかった。勝手に暴走して行動を起こした右手に、自ら狼狽《ろうばい》する。

「あ……い、いやべつに……」

「『べつに』、でおまえは人を引き止めるのか？」

驚きに吊り上がった有佐の眉は下がり、代わりに訝る表情で眉間《みけん》に皺を刻む。

敷は咄嗟《とっさ》に思い立った言葉を低い声でぼそぼそと告げた。

「ひ、暇ならさ、俺に付き合わねぇか？　おまえ、参考書選びとかそういうの得意だろ？」

有佐の眉間に走った皺が掻き消える。意外すぎたのか動揺も顕《あらわ》に視線を揺らし、それから取り繕うかのように返してきた。

「用事があるから出かけるんだ。暇なわけないだろう」

「どうせロクでもない用事だろうが。また報酬目当てに女とデートか、それか……」

そうじゃなければ――あの相手。あの声を聞かせている男の元へ行くつもりなのか。

「自分の時間をなんに使おうと俺の自由だろう？　それに、おまえの非生産的な休日の利用法よりよっぽど建設的だ。まぁ、そうは言ってもおまえがゲーセンやカラオケで費やしている金も、消費低迷を緩和してると言えなくも……」

貶《けな》しているんだか、フォローをしているんだか。後者はただの嫌みに違いない。堅っくるしい言葉でもっともらしく語る有佐を、敷はとりあえず黙らせる。

「つべこべ言うな。いいから、付き合え！」

飛び出したのは自分でも驚くほどに強引な誘い。とうとう右手に留まらず、声帯までもが暴走を始めたか。

反乱を起こした右手は手首を捉えたまま。有佐を引き連れ、敷は階段を下り始めた。

「敷？　お、おい、ちょっとっ……」

戸惑う男を引きずり、路地まで出る。そのままグイグイと連行し、目的地へ向かおうとするも、幸か不幸か我を取り戻すのに距離も時間もかからなかった。

「惣一」

動揺する男に珍しく名を呼ばれ、ハッとなる。

「わ、悪い」

敷は足を止め、手の力を緩めた。

「痛いんだよ、このバカ力が」

予想どおりの悪態をつかれる。

けれど、てっきり険しくしていると思っていた有佐の表情は、穏やかといかないまでも、普段の人形顔だった。皺一つなくクリアな眉間。力の抜けた敷の手から、するりと自分の手を取り戻し、コートの袖から覗く白い手首をじっと見つめる。赤くなったりはしていないはずだが、戸惑った表情の有佐は確かめるように手首を軽く撫でた。

痛かったのか、傍から覗いてみてもコートの下では判らない。どんな嫌みが飛び出してくるのやらと身構える敷を置きざりに、有佐は無言で歩き出した。

「おっ、おいっ……」

数歩進んだところで振り返る。

「参考書選んでほしいんじゃないのか？　さっさとしろ、行くぞ」

人を顎でしゃくる、相変わらずの偉そうな態度。同行すると告げられたのだと判るのに、しばし時間がかかった。

「……え？　あ、ああ」

敷は一瞬ポカンとした顔を晒し、それからまた追いかける。

摑んだ有佐の手首の感触が、まだ手のひらに残っていた。子供の頃ほど細くはないが、自分と比べれば華奢なその感触。触れた手のひらをなんとはなしに確認しようとした敷の隣で、有佐はポツリと独り言のように言った。

「二人だけで出かけるのは久しぶりだな」

購入を見送ったものに限って、再び店を訪ねてもなくなっている気がするのは何故なのか。敷の目当ての本は、最寄駅の傍の小さな書店の棚で埃《ほこり》を被《かぶ》るままになっていたような参考書にもかかわらず、見当たらなくなっていた。

是が非でも欲しい本でもなかったとはいえ、買い逃してしまった感は否めない。

「敷、どうした？　ないのか？」

「ああ、売れてしまったみたいだな。しょうがねぇ、これですませておくか……」

「ちょっと待て、俺に選んでほしくて付き合わせてるんじゃないのか？　勝手に妥協するな。そこの発行元のは字が細かくて見づらい上にまとめが甘い。無駄買いしたくないならやめておけ」

適当に選び取ろうとした敷は、ピシャリと制される。

「こんな品揃えの店じゃ選択のしようもないな、移動するぞ」

有佐は街まで出ると言い出した。

渋々付き合っているわけではないのか。やけに乗り気な男は、どこか楽しそうですらある。

不思議だった。参考書選びのどこが楽しいのか――『おまえの用事はどうするんだ？』という問いは喉から出かかったが、忘れているならそれに越したことはないとばかりに、敷は飲み込む。

きっと買い物への拘りが捨てきれないだけだろう。スーパーでジャガイモの袋を選ばせたら、一グラムでも多く詰まった袋を気がすむまで選びそうな男だ。

「けど有佐、本はどこで買っても同じ定価だぞ」

「は？　少しでも使いやすいものがいいに決まってるだろうが」

「なんだ、おまえのことだからてっきり一円でも安いのを求めているのかと」

「同じ金を使うなら、内容が判りやすく充実しているに限る」

どうやら損を避けたいのはある意味ジャガイモと変わらないようだが、異論はない。

「降りるぞ」

移動のために乗り込んだバスは、有佐に急かされ一つ手前の停留所で降りた。

「おい、有佐。次のバス停のほうが近かっただろ？」

「ここから料金が上がるんだ。一つぐらい歩け」

「……そうですか」

言い返す気にもなれない。『おまえの参考書のためにバスに乗ってるんだ、交通費払え』とでも返ってこないだけマシか。敷は沈黙という賢明な道を選び、大型書店に向かっておとなしく並び歩いた。

商業施設の多い街には、地元の商店街とは比べものにならないほどの活気がある。師走《しわす》の街の通りには人が溢れ、デパートのショーウインドウには華やかなクリスマスの飾りつけが施されていた。壁に設置されたサンタの巨大なバルーンに、煌《きら》びやかなツリー。街全体が見る人の目を楽しませようとでもしているかのようだ。

賑やかで気忙しい特別なこの月が、敷は実のところ嫌いではなかった。

「クリスマスって、なんか気分が浮き立っていいもんだな」

プレゼントでも選びにきているのだろう、心なしか多いカップルの姿を目に留めながら、敷は無意識に呟いた。

口にしてから後悔する。この世で最も遊び心と無縁の男を相手になにを言っているんだか。敵に塩、小馬鹿にさせる口実を送ったようなものだ。そもそもキリストの誕生日前夜を主にカップルのイチャつきで祝ったあげく、一週間後には神社仏閣に参拝、『ご縁がありますように』なんて五円玉を投げてみたりする、無節操なお国柄だ。ツッコミどころに事欠かない。

さぞかし噛みついてくるだろうと思いきや——

有佐が漏らしたのは思いがけない一言だった。

「……そうだな」

白い息を吐きながらの短い言葉に、敷は呆気に取られた。

どう捻っても肯定としか取れない。ふと見ると、足を止めた有佐がデパートのショーウインドウに見入っていた。

ディスプレイ用のスペースにクリスマスツリーが収められている。

白くて大きなツリーは、敷の家でのクリスマスパーティを思い起こさせた。子供の頃、母親が毎年飾っていたツリーにとてもよく似ている。家に来ていた有佐も何度も目にしていたものだ。

背を向け、食い入るように眺める男の表情は窺えない。向けられた後頭部は、冬の冷たい風にさらさらと髪が揺れ、形のいい小さな両耳は寒さのせいかほんのり赤く染まっていた。

そういえば、最初に有佐を家に誘ったのはどうしてだったか――

じっと背中に見入れば、不意に有佐がこちらを振り仰いだ。見つめる敷の視線に気づいてか、思い出に水を差すように付け加えてくれた。

「クリスマスはいい。ケーキもブランド品も売れに売れて日本経済が潤う。金が循環しないと景気は下がる一方だからな。クリスマス万歳だ、おまえもプレゼントはケチケチせずに買えよ？　俺はもちろん買わないけどな」

一瞬でも懐かしんでいるなどと感じた自分が愚かなのか。

腹の足しにもならない他人の家のツリーを、有佐が記憶に留めているわけがない。

「有佐、おまえなぁ……どうしてそう夢も希望もないことを言うんだ」

「夢と希望じゃ飯は食えない。そういや、小学校高学年までサンタクロースを信じてた奴がいたな。普通に考えても、全国の子供たちにプレゼントを贈ろうと思ったら国家予算規模の資金が必要だと思うが。それとも国の補正予算はそのために組まれているとでも思ってたのか？」

小学校の卒業間際までサンタクロースを信じていた男。それは誰あろう、敷のことだ。母親に欲しいものを告げると、サンタがプレゼントを持ってやってくる。父親のボーナスが少ないときには希望のものがやってこないこともあったが、それはそういうシステムなのだと思っていた。よくも悪くも単純。今も昔も物事を深く追求するのは苦手だ。

——純粋でなにが悪い。

「有佐、おまえのそういうところが嫌いなんだよ。あー、マジでムカックったら……あっ、おい、無視すんな！」

「価値観の相違は会話じゃ埋められない。俺とおまえは話すだけ無駄だな」

ふっと笑ってから、どこかぽつりとした声音で続ける。

「知ってるよ。敷、おまえが俺を嫌ってることぐらい」

背を向けて舗道を急ぎ歩き始めた男の顔は俯いた。肩を落としたようにも見える。

なんだなんだ？　イジケてでもいるのか？

慌てる間に、丸まった背中は『くしゅん』とくしゃみを一つ。単に寒かっただけらしい。

ぶるっと身を震わせ、下げた肩を今度はいからせる。

——格好つけて薄っぺらいコートなんか着てるからだ。

「…………」

その背を追いかけた敷は、一瞬迷ったのち、巻きつけていた自分のマフラーを外した。

「え……おい、なにを……」

焦る声に構わず、首を絞めるかのような乱暴な仕草で有佐の首元に移す。

「……敷？」

二人は路上の真ん中で立ち止まった。

手荒にマフラーをグルグル巻きにされた有佐は、苦しげに表情を歪《ゆが》め敷を見上げてきた。

「また急にぶっ倒れられでもしたら面倒だからな」

敷はぶっきらぼうな口調で言った。他意はなくとも照れくさい。気配り上手でもなければ、スマートな男でもない敷は、彼女相手にも上着をそっと羽織りかけたりなどという真似をしたためしがなかった。

くっきりと男前、濃い眉の端を敷は指先で掻く。ふっと息の漏れる音が耳に響いた。

不審がる有佐の口元に、ふわりとした笑みが浮かぶ。それは一週間ほど前の午後……ちょうどほぼ同じ時刻に、カフェテラスで有佐が隣だか、隣の隣のクラスだかの女に見せた表情に似ていた。

毒気の抜けた優しい笑み。自分を眇《すが》め見る眸が、細めたためか潤んで見えた。

それは冬の柔らかな陽光の起こしたマジックとやら。偶然の産物だったのかもしれない。光を纏って風にゆらゆらと揺れる前髪の下で、有佐の薄い目蓋がゆっくりと瞬《まばた》く。儚《はかな》く脆《もろ》く、幻にも似た微笑み。

十年来の付き合いの友人が、まるで今初めて出会った存在——ひどく頼りない繊細な男に見えて、敷の心臓はばくりと鳴った。

『有貴はさ、ちょっと不器用なんだよ』

ふとこんなときに広海の言葉を思い出した。

「なんだ、敷、俺は嫌いなんじゃなかったのか？　舌の根も乾かないうちによく……おまえって本当にお人好しだな。そういうところが俺は……」

きつく巻きついたマフラーを指先で緩めながら、有佐が言葉を紡ぐ。敷の心臓は変に心拍数を増やしたまま落ち着こうとしない。

思えば昔から、か弱い類のものが無視できなかった。幼稚園では成長前の有佐の愛くるしさに騙されて手を取ってしまい、幾度となく路上の片隅や橋の袂《たもと》で子犬や子猫を拾ってきては母親に叱られた。現在、広海に上手く使われているのも同じ理由だ。

変貌《へんぼう》して映る男を前に、敷はまごついた。

——そういうところが、なんだ？

魂を吸い取られたかのように見つめ返していると、有佐はついと視線を逸らした。

「そういうところが嫌いだよ」

元の冷淡な人形めいた顔を取り戻し、言った。

頭の片隅に書き綴《つづ》りかけていた言葉……予想とは反した言葉に拍子抜け。ご丁寧に見慣れた冷笑まで添えられて、敷は不貞腐れる。

「……なんだそりゃ。親切にしてもらって礼の一つもなしでそれかよ。気が合うな、俺もそういうおまえが嫌いだと思ってたとこだ。さっさと返しやがれ、俺のマフラー」

くるりと身を反転させ、人込みを縫って歩き始めた有佐のマフラーの端を引っ張る。

「いいとも。中古だから安く譲ってやろう」

「なにふざけたことぬかしてんだ、俺のだろうが！」

「すでに譲渡されたんだ。所有権は俺にある」

「やるなんてひとっ言も言ってねぇっ⁉」

「敷、隣の庭から自分の庭に伸びた柿の枝になった実は、誰に所有権があるか知ってるか？　自分だ。俺が望んだわけでもないのに寄越したおまえのマフラーは、柿の実と同じく俺に所有権がある。諦めろ、日本の法律がそう言っている」

いつぞやのことわざといい、世界も法律も有佐の味方か。

「そんなわけあるか！　無理矢理法律まで捻《ね》じ曲げんな……あっ、こら待てって」

追い縋る敷の前を、有佐は颯爽《さっそう》と歩いていく。自分より七センチほど身長が低いくせして、何故歩くのが速いんだか。もしや足の長さが同じ……と考えかけてやめた。それについては深く追究するまい。封印しておいたほうがいい。

「有佐ぁっ、テメっ！」

敷は喚《わめ》き、有佐は笑った。

次の書店に辿り着くまで久しぶりの攻防だ。賑やかな言い争いに通行人の視線は煙たげだったが、敷は気づかず――そして有佐も同じようだった。

「実家ぁ？」

選び抜かれた参考書を書店で買い終えたあとも、マフラー一つのことですったもんだと揉めていたところに告げられた有佐の行く先は、思いも寄らぬ場所だった。

「用事があると言っただろう？　家に取りに帰りたいものがあるんだ」

「なんだよ……用ってまさか家に帰るだけだったのか」

「なんだと思ってたんだ、おまえは？」

不思議そうに問い返され、敷は首を振る。

「い、いやべつに。気にするな」

「変な奴だな。おまえも来るか？　母さんが喜ぶ。おまえのファンだからな」

「えっ、そうなのか？」

「ああ、ルックスさえよければ、頭のスペックにはこだわらないんだ、あの人は。我が親ながら呆れる」

呆れるのはこっちだ。どうしてそう人の神経を逆撫でたがるんだか。

敷は憤るのにも疲れ、溜め息をついた。

「おまえは一言も二言も余計なんだよ。そういうのをな、蛇足《だそく》って言うんだ」

「へぇ、おまえにしては言葉を知ってるな。じゃあ蛇足の言葉の由来は知ってるか？」

「当たり前だろ、常識だ」

「なら説明してくれよ。戦国策の故事から」

「えっ……」

自分の添えた言葉こそがまさにその『蛇足』だったのか。言葉とは奥が深い。などとヤケクソ気味に感心するしかないほど、成り行きで向かうことになった有佐の家までいらぬ講釈を聞かされる羽目になる。

同じ幼稚園に通っただけあり、昔はすぐ近所だった有佐の家は、今は敷の実家とは少し離れた場所にある。四年前、有佐の両親は晴れて一軒家を購入し、借家を離れて移り住んだのだ。

いつ見てもご立派な家だ。いささか趣味の悪い成金仕様。自動で開閉する無駄に大きな門を潜ると、薔薇《ばら》のアーチの垣根の向こうに覗く芝生《しばふ》の庭に無意味に点在するパンダの彫刻。洋館風の母屋《おもや》の観音開きの扉は、有佐が開くまでもなく待ちかねていたらしい母親の手によって内から開かれた。

甲高い奇声……いや、歓迎の声が二人を迎える。

「お帰りなさい、有貴！　まぁまぁまぁ、惣一くん！　いらっしゃい、久しぶりね〜！」

「はぁ、お久しぶりです。急に来てすみま……」

「惣一くんたら、ますます格好よくなっちゃって！　パパの若い頃にそっくりよ」

歓待してくれるのはありがたいが、有佐の母親のテンションにはついていけないものがある。

いつもこうなのだ。冷めた息子の分まで感情豊かと言おうか。落ち着きがなく、妙に抜けてもいる。敷が広海と共にこの家を訪れたのはつい一ヶ月前だ。『久しぶりね』も『ますます』もあったものではない。似ているという有佐の父親も、気はよくともやや寂しくなった髪でスラックスのベルトの上に腹をのっけた典型的な中年男だ。敷とは似ても似つかない。

将来そうなるという予言なら、遠慮したい。

「さぁさぁ入って、二人とも！」

「ただいま、母さん」

興奮気味の母親の脇を抜け、仏頂面《ぶっちょうづら》で有佐は家に入る。

変にテンションが高いのも困りものだが、息子の極端な素っ気なさはどうだろう。

この親にしてこの子あり。蛙《かえる》の子は蛙。それらの語句を全面的に否定する有佐は、容姿、性格、計算高い頭においても両親とはかけ離れている。成金といっても父親は時代を先読みした事業に成功したわけでもなく、他人から見れば道楽でゴミに等しかった趣味のアイデア商品の一つが、なんの弾みにか一山当てた特許成金だ。

小難しい特許申請のアドバイスをしたのは、当時小学生五年生だった有佐。これぞまさにトンビが鷹《たか》を生んだ状態である。

「ゆっくりしていってね、惣一くん」

「あ、はい、どうも」

案内されたのはリビングだった。

座るよう勧められたのはちゃぶ台の前である。どこまでも変わった家だ。だだっ広いリビングには、立派なソファセットもその他の家具も、マントルピースまであるのに、何故かそれらを避けるかのように片隅のちゃぶ台を愛用している。

有佐の母親は、どうも未《いま》だ庶民感覚が抜け切れていない節がある。質素な丸いちゃぶ台は、子供の頃から敷も見知っているものだ。それが置かれていたのは長屋の借家で、２ＤＫ風呂ナシかろうじてトイレ付き、という今時逆に珍しい物件だった。

ようするに貧乏暮らし。なにかとクラスで噂のネタにもされており、有佐の性格に影響を及ぼしているのは間違いない。

「荷物、取ってくるから」

そう言い残すと、有佐は二階に上がっていく。ちゃぶ台には不釣合いな革のフロアクッションに敷は腰を下ろした。

「立派なツリーですね」

出された湯呑《ゆの》みのお茶を飲みながら敷が目を向けたのは、マントルピースの脇にある存在感いっぱいのクリスマスツリーだった。

敷の背丈ほどもある。

「そうでしょ～、パパが本場から取り寄せてくれたの。せっかく飾りつけもしたのに、あの子ったらクリスマスも家に帰らないって言うのよ？　惣一くん、どう思う？」

――クリスマスの本場ってどこだ。

ささやかな疑問を抱く敷を前に、母親がこぼし始めたのは薄情な息子への愚痴だった。

「まぁね、お正月はちゃんと家で過ごすって言ってるんだけど……よっぽど惣一くんたちと過ごすのが楽しいのかしらねぇ。そうそう、どうせならうちでパーティやったらどうかしら？　ちゃんと人数分のケーキも予約するし」

人数分って……まさかホールケーキをお一人様ひとつのノルマで食べろというのか。天然がかった有佐の母親なら、本当に注文しかねない。

ぞっとする想像を巡らせつつ、敷は応えた。

「あ……いえ、今年は一緒に過ごす予定じゃないんで」

「あら、そうなの？　毎年そうだったからてっきり。なら帰ってきてくれてもよさそうなものなのに。はぁ、息子がいても張り合いのないものね。高校生にもなると、男の子はやっぱり親と過ごすなんて嫌なのかしら」

「そんなことはないと思いますけど……」

「そう？　元々うちはクリスマスなんてやってなかったから、あの子も興味が持てないのかもしれないわね。もっと早くから祝える余裕があったらよかったんだけど」

残念がる有佐の母親は、年々美しく若返って見える。昔は服や化粧に構う暇も余裕もない様子だった。朝から晩まで家計を支えるべくパート勤め。アイデア商品開発……といえば聞こえはいいが、ガラクタ作りに没頭する父親も、生活費と開発資金稼ぎにバイトに奔走。まさに貧乏ヒマなしを地で行く家庭で、有佐の両親を当時の敷は家でほとんど見た覚えがない。

——そうだ、思い出した。

子供の頃、有佐を家のパーティに誘ったのは、クリスマスを毎年一人で過ごしていると知ったからだ。

幼い頃は家族で祝って当然のクリスマス。有佐は別段淋しそうにはしていなかった。

『クリスマスに家に一人でいるのは変なの？　毎日夜は一人なのに、クリスマスだけダメってのはなんでだ？』

哀《かな》しそうではなく、不思議そうにしていた。どんなものか端から知らないのだから、哀しみようもない。本気で判らないでいる有佐の言葉が、余計に痛かった。

『絶対に一緒に過ごしてやらねば』と使命感に燃え、敷は家に招いた。

敷の家の白いクリスマスツリーを前に、有佐は特にはしゃぎもせず、喜んだ素振《そぶ》りもなかった。けれど、何故だかホッとさせられた。

それは捨てられた猫を拾い、家に連れ帰ったときの安堵感《あんどかん》と同じだったのかもしれない。路上の片隅に取り残され、寒さに凍える子猫を想像するのは嫌だった。目の届く場所に連れ、『もう大丈夫だ』と安心していたかった。可哀想な子猫などどこにもいないと。

あれはただの自己満足だったのかもしれない。有佐はどう思っていたのだろう。

デパートの前で白いツリーに見入っていた男の姿を思い起こす。やはり、少しは昔のことを思い返していたのだろうか。

背を向けた有佐の後ろ姿からは、なに一つ感情は読み取れなかった。

なにを思い、そして考えていたのか。今も昔もよく判らない男だ。

「あの子、一人暮らしはちゃんとやってる？　勉強に集中したいからって言ってたけど、効果あったのかしら？」

母親の言葉に敷は眺めていたツリーから目を戻した。

「あ……それはまぁ、はい。あいつはいつも成績はいいですから」

効果もなにも、有佐は常に学年主席だ。

「やだっ、もしかして彼女とかできてるのかしら!? クリスマスに帰ってこないのはそのせい？ そういえば、バイトもしてるとかって言ってたけど……」

ちゃぶ台に身を乗り出す母親を前に、お茶を啜《すす》りかけた敷は焦ってぶっと噴きそうになる。

どう返せばいいのやら。広い意味ではバイトだが、真実を知ったらこの無邪気な母親は卒倒してしまいかねない。恋人のできるお年頃どころか、それを逆手に取った金儲けをやっているだなどと。

「彼女、可愛い子かしら。あの子のことだから、勉強もできないとうるさそうよね。お正月に紹介されたりしたらどうしましょ。反応に困るわ、彼女にもお年玉はあげたほうがいいと思う？ ケーキも用意したほうがいい？ それとも一緒に焼いたりすべきかしら!?」

「ま、まだそんな心配はしなくても……」

「惣一くん、有貴に彼女がいるの判ったら教えてね？ きっとよ、約束よ？」

のん気なのかシビアなのか判らない母親は、真剣な表情で言う。

ちゃぶ台の上で手を取られ、両手でぶんぶんと上下に揺らされ、敷は頷くしかなかった。

「悪い、用意に手間取ってしまった。敷、まだゆっくりしていくか……」

大きな旅行用のボストンバッグを提げた有佐が、二階から下りてきた。

少しばかりその眉が吊り上がって見えたのは、気のせいだろうか。一種異様な光景だ。リビングに辿り着いた有佐は、ちゃぶ台の上で手と手を取り合っている二人を、訝しげな目で見た。

「……俺もお茶淹《い》れる」

くるりと踵を返され、言い訳するタイミングを逃してしまった。

「なんなんだ、その荷物？」

結局、敷が有佐家を後にしたのは一時間ほど雑談を交わした後だった。

家を出て再び駅へと向かう有佐は、荷物を詰めたボストンバッグを重そうに肩にかけている。

「ただの冬服だ。引っ越しのときにあまり持って出なかったせいで、足りなくてな。おまえこそ、母さんとなに話し込んでたんだ？」

「え？」

「俺が二階から戻ったとき、親密そうにしてただろう？　手と手を取り合って……人妻相手に口説いてでもいたのか。離婚問題はごめんだ。まだ家のローンも残ってるんだからな、資産分配もややこしくなる」

「バカ、違っ……あ、あれはちょっと込み入った話をしていただけだ」

「どう込み入れば人の親と手を握り合うようなことになるんだ」

「ちょっと相談に乗ってただけだって」

有佐の表情は微妙に険しいまま。まさか本気で誤解したわけでもないだろう。

「相談って、なんだ？　俺ではなく、おまえに頼るような問題があるのか？」

ズバリ有佐の恋人について、とは言いづらい。敷は曖昧に濁した。

「可愛げのない息子をどうにかできないかって話だ」

「へぇ……どうにかって、『惣一くんみたいな息子だったらよかったのに』とかか？　まぁ、デキの悪い子ほど可愛いって言うからな」

有佐は目を細めると、くすりと笑う。

それは婉曲に……いや、ほぼ直接的に敷のほうがデキが悪いと言っているも同然だ。

「……よく言う。おまえだって、成績はよくてもデキは悪いだろうが」

「どういう意味だ？」

「良い悪いはテスト結果で決めるようなものでもないしな。人間性でいえば、おまえはけしてご立派ではない。口が悪すぎんだよ」

「なるほど」

有佐は頷きこそしなかったが、一言ですませた。どんな罵詈雑言《ばりぞうごん》が続くかと、自ら藪《やぶ》を突いておきながら身構える敷は拍子抜けさせられる。認めているのか。まぁ、仏のように人がいいなんて自分で思い込めるほどずうずうしくはないだろう。

「そうだ、敷、夕飯はどうするんだ？」

「え、ああ……」

「うちで食べさせてもらえばよかったな」

「いや、いい。先週も広海んちでご馳走になったし、そんなに人の家にばっか世話になる気はねぇよ。いつものコンビニにすっかなぁ。それか……どっかで一緒に食って帰るか？」

「そうだな。おまえがそうするなら」

有佐は軽く頷く。

驚いた。倹約家のドケチ男は、無駄な外食はしないものだと思っていた。

自分との食事は有佐にとって浪費ではないのか。

「言っとくけど……奢《おご》らねぇぞ？」

眉を顰められてしまった。

「はぁ？　失礼な。俺がおまえの小金なんかあてにしたことがあるか」

そういえば有佐は金に汚いが、たかろうとしてきたことは一度もない。広海には何度も乗せられてジュースだのゲーム代だのを奢らされ、しまいには手袋を買ってやる約束までさせられてしまっているけれど、有佐はそういった意味で人を頼りはしない。

甘えを知らない個人主義。単にプライドの問題としても、考えようによっては淋しい奴だ。

それとも自分の知らない誰かの前では、素直に甘えてみせる一面もあるのか。

駅に向けて並んで歩く有佐を、敷は見た。

その首には自分から奪い取ったままのマフラーが、しっかりと巻かれている。

服にも顔にも似合わない、ボーダーのローゲージマフラー。安物だし、趣味に合うとも思えない。どこがそこまでお気に召したのか。

日も落ちて灯り始めた街灯の下に浮かび上がる有佐の横顔は、相変わらず感情の読めない作り物めいた顔だ。

ふと、笑えばいいのにと思った。

マフラーを巻いてやったあの瞬間のように、素直に笑えばきっと……昔みたいに可愛かった小さな有佐に戻る。

純粋な笑顔を、どうすれば有佐は再び自分に見せるのだろう。

ひどく見たいと思った。滑らかな線で描いたような有佐の横顔のライン。綺麗だが、あまり綻《ほころ》ぶことのない唇を突いてでも笑わせたい衝動に駆られた。

あの微笑みをもう一度浮かべさせ、あの瞬間みたいに自分の顔をその目に映しこませて、それから。

それから——

「……敷？」

立ち止まった敷は、有佐の腕を摑んでいた。人気のない住宅街の道であっても公道にもかかわらず、無意識に引き寄せ、そのまま覆い被さりでもするかのような勢いで深く身を寄せる。

緩く首を傾け、まるで至極当たり前の行為のようにすっと顔を近づければ……僅か数センチと、すぐそこに迫った距離から見つめ返す有佐の眸に射貫かれた。瞬きもしないでいると体温や息遣いを感じさせない、冷たく澄んだ眸。冷水を浴びせられた気分になる。

「あ……いや、あのな……」

それから——なにがしたかったのか。自分は、今有佐になにをしようとしたのだろう。

触れたい。

そう、思ったのだ。

3

――俺は病んでいる。

入院経験は己の身体能力を過信して、中学時代にスノーボードで崖《がけ》っぷちに等しい雪の段差を飛び降り、骨折をした際のみ。風邪《かぜ》をひいてもウイルスはすぐに音を上げて体内から出ていき、持病の類《たぐい》もアレルギーの一つもない。敷《しき》は生まれてこの方、健康優良児で通ってきた。

けれど、健やかに頑張ってくれている個々の細胞に感謝の念も抱《いだ》かずにいたのが悪かったのか、ここにきてツケが回ってきたらしい。それも心の病という厄介《やっかい》な形でだ。

触れたいってなんだ、触れたいって。

キスでもするつもりだったのか？

その己への問いかけは、ボケにもツッコミにもならない。まさにそのとおり、だったからだ。

たとえ神様の目が欺《あざむ》けても自分の心は欺けない。一時の気の迷いにしても友人……それも悪友、おまけに同性……どこをとっても適当でない相手に、あろうことか口づけを施そうとしてしまった。そんな愚かな人間がクラスに何人いよう。十人に一人でもいたなら、級友を見る目を改めねばなるまい。

無駄だと理解しつつも、現実から目を逸《そ》らそうとでもするようにボケたりツッコんだりを繰り返す。

「……はぁ」

敷は大きな溜《た》め息《いき》を漏《も》らし、組んだ膝《ひざ》の上に広げていた雑誌を閉じた。教科書どころか、マンガの内容まで頭を素どおりだ。

誰もが心待ちにしている冬休みまで、残すところあと一週間。期末テストも終わって、すっかり浮ついた空気の漂う校内で、これほど深い溜め息をついているのはきっと自分ぐらいだ。

昼休みに入って三十分ほどが過ぎ、斜め前の席にも教室内の騒がしい生徒の輪の中にも、有佐《ありさ》の姿はない。敷にとっては幸いだ。変に意識せざるを得なくなった存在がないのは、非常に助かる。

授業中も視界と思考を占拠して離れない、有佐の顔。そこに収まったパーツの一つの唇。もしも、あの帰り道で奪っていたらどうなっただろう。罵《ののし》られるだけならいざ知らず、慰謝料を請求、今頃簡易裁判の準備でも始められていたかもしれない。

——減るもんじゃなし。

時と場合によっては手段に活用、相手によってはタダで使用させてやっている唇だ。

壁の向こうの甘く悩ましげな声。昨夜《ゆうべ》……というか今日、聞こえたのは深夜二時だった。

草木も眠る丑三《うしみ》つ時《どき》、有佐の部屋の玄関ドアが開く音を敷は聞いた。昨日は有佐の家にも行って昼から夜まで行動を共にしたのに、まさか夜中に来訪しようとは。丑の刻参りじゃあるまいし、見事なフェイントがかったタイミングに衝撃は倍増だった。

相手の顔を拝めれば、この胸の不快感……得体の知れないムカつきからは多少は解放されるのかもしれないが、有佐の部屋のほうが階段側で、敷の部屋から出入りは察しづらく、未《いま》だ相手は判《わか》らないままだ。

どこのどいつだ。知る限りの顔を思い描いてみても、しっくりこない。正体不明の隣人の恋人に頭を悩ませ、ついには自分自身がキスをしそうになるなんて。

——完全に、病んでる。

「やっぱこれ、返すわ」

「って敷、借りるの楽しみにしてなかったか？　次、山本《やまもと》に回すぞ？　当分返ってこねぇぞ？」

「いい」

雑誌を持ち主の男子生徒に返した敷は、ふらりと教室を出ていく。

傍《はた》から見てもおかしな態度。覇気のない敷が向かったのは屋上だった。

とりあえず新鮮な空気でも吸おう。肺の空気を隅々まで入れ替えれば、居ついた妙な感情も出て行ってくれるかもしれない。

敷は廊下を歩き続けた。屋上は出入り禁止にはなっていないが、そこへ上る階段は一つしかない。音楽室や調理実習室、文化部の部室などの多い一角にある階段は普段から人気《ひとけ》が少なく、真冬に屋上に出たがる物好きもそういないため、途中誰とも擦《す》れ違わなかった。早くも寒々しい、階を上るにつれてひやりとする階段。当然誰もいないだろうと予測していたところ、そこには意外な先客がいた。

あと数段で屋上へ辿《たど》り着く、階段の踊り場だ。

「……いいけど、気が早すぎないかなぁ？」

ぼそぼそと響く話し声。敷は息を吞《の》んだ。

聞き馴染《なじ》んだ声の主が、間違いなく広海《ひろみ》だったからだ。少し舌足らずで歯切れの悪い、男子らしからぬ広海の話し声は、特徴的ですぐに判る。

「いいの～？　ホントに～？　なんか俺、すごい悪いことしてるって感じだなぁ」

口ぶりに反し、広海はどこか楽しげにくすくすと笑っていた。誰となにを話しているのだろう。普通に声をかけるつもりが、密談くさい内容にタイミングを計り損ねる。

踊り場の見える位置まで上り、敷は身を強張《こわば》らせた。手摺《てすり》に手をかけた格好のまま、ますます身動きが取れなくなってしまった。

広海より背の高い相手は、採光用の窓から差し込む光を受けて髪を輝かせている。

中味は悪魔なくせして、天使の輪っかを頭に載せた男だ。

「感じ、じゃなくてしてるんだよ。もう今更後には引けない、俺もおまえもな。判ってるだろう？」

そう言って広海の胸にやんわり指を突きつけ、微笑《ほほえ》んだのは誰あろう有佐だ。今、この世で最も距離を取っておきたい男。こんな場所で出くわしてしまい、すぐにでも教室に舞い戻りたいところだった。

不穏な会話さえ、耳にしていなければ。

敷は二人を見上げたまま、思わず低い声を発した。

「なに話してんだ、おまえらこんなところで？」

取るに足らない話なら、こんな場所に出向く必要はない。

「そ、惣一《そういち》……!?」

広海は判りやすく顔色を変えた。敷に気がつくと、動揺を隠せない表情で疑惑を肯定。胡《う》散《さん》くさい。べつにとって食いやしないというのに、有佐の背後にまで逃げ込む。

一方の有佐は眉《まゆ》一つ動かさぬまま。さらりとした髪を揺らして小首を傾《かし》げ、いつもの調子で言い放つ。

「敷、おまえこそなにをやってるんだ？　さては期末テストの結果が悪かったか？　だから一夜漬けはやめておけと言っているのに。屋上で自害の予行演習でもしたいなら場所を空けてやるが……飛び降りはやめとけ、この冬の寒空の下で後始末をさせられる人間の身にもなってみろ」

つらつらと煽《あお》る言葉に、敷は乗らなかった。

有佐が話を逸らしたがっているのが判る。発展性のない言い争いに持ち込み、この場を誤《ご》魔《ま》化《か》す算段だ。

「俺は気分転換に来ただけだ。おまえらはなんの用だって聞いてんだよ、こそこそとなんの話だ？」

見下ろす有佐は、敷の冷静な反応にも動じた様子はなかった。

一言、クールなよく通る声で言った。

「関係ない」

「え……？」

「おまえには関係ない話だ。行くぞ、広海」

きっぱりと突き放した口調。唖然《あぜん》とする敷に構わず、有佐は広海の制服の袖《そで》を引っ張った。

「え、えっと、ちょっと待ってよ、有貴《ありたか》！」

「ああ、もう話は終わったんだったな。敷といたいならどうぞご自由に」

戸惑う広海を解放すると、さっさと一人階段を下り始める。立ち竦《すく》む敷の脇《わき》を滑るように下りる男とは、目を合わせる間もなかった。

「えっ……あ……ちょ、ちょっと待てったら、有貴っ！」

階段に残ったのは気まずい空気と放心状態の敷。その中に取り残されそうになった広海は、まごつきながらも有佐の後を追って猛烈な勢いで駆け下りていった。

二人分の足音が遠退《とおの》くのを聞きながら、敷はじわじわと胸を黒い感情が占めるのを感じた。

——関係ないって、なんだそれ。


こそこそと人に隠れて密会。あげく放たれるには随分な言葉だった。

昼間の二人の態度は、敷を大いに不愉快にさせた。

義理人情はそれなりに大事にする敷である。一度懐《ふところ》に入れたものには甘い。判りやすく口には出さないものの、友情も大切にしているからこそ、なかなか有佐とも切れないでいた。それだけに裏切られた感は大きい。有佐はああいう性格だから仕方がないとしても、まさか広海までにあんな態度をとられるとは思ってもみなかった。

「敷くん歌わないの〜？」

リモコンの先でちょんと腕を突《つつ》かれ、カラオケルームの真ん中のテーブルを見据えて心ここにあらずになっていた自分に気がつく。

隣から控えめに指摘してきたのは、今日初めて会ったばかりの女の子だった。

クラスメイトの鈴木《すずき》が主催で、広海経由で誘われていたカラオケだ。期末テストの後ということで、前々から今日の夕方に決まっていた。男女比率は、五対五。カラオケといいつつも、ただの遊びではなく私服にも着替えて完全に合コンの空気である。女の子のうち三人は他校の生徒で、右隣に座っている彼女もその一人だ。

おとなしめのセミロングの黒髪で、五人の中で第一印象は一番敷の好みの子だった。

まだカップルが成立する気配はない。狭いルーム内はそれなりに和気あいあい、高校生らしくピザやフライドポテトなどのフードを食べたり、選曲もそっちのけで喋《しゃべ》ったり、鈴木が新曲かと聞き違えるほど音程の外れたヒット曲を披露している中、上の空の敷は一人浮いていた。

「ああ、歌……あんま俺、得意じゃないんだけど」

「そうなんだ？　ねぇ、敷くんって趣味はなに？　見た感じ、スポーツとかやってそう！　部活とか入ってんの？」

ルックスは及第点とよく言われる敷は、こういう集まりに参加すれば好みの女の子と親しくなれる確率は高い。高いといっても度々《たびたび》参加しているわけではないけれど、今まで付き合った彼女のうちの二人も出会いはそうだった。

今はフリーなのだから積極的になるべきだ。彼女ができれば、きっと有佐へのおかしな関心も失《う》せて心も体も健康な元の自分に戻れる。そもそも、有佐のせいで急に彼女と別れさせられたゆえの後遺症かもしれない。

憎しみがなんの弾みにか一周だか半周だか回って関心へ。妙な執着を断ち切るには十代のうら若き男らしく、可愛い彼女を手に入れることだ。

せっかく隣に座っていながら、気もそぞろになってどうする。

敷は気を取り直して彼女の話に乗った。

「中学んときはバスケ部入ってたけど、今は特にはやってないかな。冬にスキーとスノボするぐらい。親が好きでさ、ガキの頃からよく連れて行かれてて……今は一人でも行くよ。親戚が長野のスキー場の近くにいてさ」

親戚だけでなく、自由に使える親の別荘もあるのだけれど、あまり余計な家庭の事情は口にしないでおく。坊ちゃんの多い敷の高校とは違い、他校ではそんな話だけでも浮くことがあるという。

「じゃあ冬休みは滑りに行くの？　いいなぁ、私滑ったことない……あれ？」

「なに？」

隣の彼女は、テーブルの端に置いた敷の携帯電話に目を留めた。

「このスマホ、敷くんのでしょ？　私と一緒、ケースもおそろだ、ほら！」

嬉《うれ》しそうに彼女が取り出したのは、敷のモノトーン色とは色違いの、ビビッドなピンクが印象的なケースの携帯である。

「気が合うね！　ねぇ敷くん、登録してもいい？」

にこにこと笑う彼女は、そう言ってインスタントメッセンジャーのアプリを立ち上げる。

まだ出会って自己紹介をすませて三十分と経《た》っていない。電光石火で連絡先を交換し合う姿は、ほかの野郎どもの羨望《せんぼう》の的……いや、憎しみの的か。たとえ共通点などなくともこの手の『いい思い』をする敷は、男から見ればある意味メンバーに加えたくないタイプだ。

異性の好感度のデフォルト値は、どうしてもルックスが幅を利かせる。

「敷くん、登録してくれた～？」

「ああ、待って今……」

「はいはい、ちょっとごめんね！　ここ、入れてくれる～？」

カラオケそっちのけで、一見仲睦《なかむつ》まじそうに画面を覗《のぞ》き合っていると、無粋《ぶすい》な声が降りかかった。

「広海……」

誘った当人なので、メンバーには広海も加わっている。

「惣一さぁ、昼間はごめんね～？」

まさか、わざわざ邪魔をしにきたわけでもないだろう。天然ボケか、空気をまるで読まず、ソファの敷と彼女との僅《わず》か二十センチ足らずの隙間《すきま》に無理矢理割って入ってきた。

――おまえは電車の座席取りのオバサンか！

そんな嫌みの一つも言いたくなるほど強引にコーデュロイパンツの尻《しり》を捻《ね》じ込んだ広海は、そのまま腰を落ち着け、敷の手前のテーブルにグラスを差し出す。

「喉渇かない？　はい、ウーロン茶。なぁなぁ、惣一、昼間のこと怒ってる？」

「……知らん。そんなもんで懐柔されるか」

「あ……やっぱ怒ってるんだ」

広海は今度はしゅんと小さな肩を落としてみせた。

詫《わ》びるのはいいが何故《なぜ》このタイミング。これではせっかく親睦を深めかけた彼女も引かざるを得ない。「じゃあ、また後でね」と席替えに立ち上がった彼女に少し寂しげな笑みを向けられ、敷は慌てて愛想笑いを返す。

その目線の道筋すら、広海はひょっこり頭を突き出して遮断した。

「惣一～、話聞いてくれてる？」

「頭出すな、広海。聞いてるよ、おまえとあいつが内緒話するほど仲よかったとはな。なにを話してたんだ？」

ムッとしつつも、敷は返した。腹は立てていても、広海にはキツく言えず無視もできない。それもこれも、ほんわりとした和み系の容姿と、天然くささの漂う口調の相乗効果だ。けれど、次の言葉にはさすがの敷の眼差《まなざ》しも剣呑《けんのん》になった。

「んー、それはナイショ！」

教えたくないのなら、わざわざ詫びにくるなと言いたい。

「内緒って……おまえなぁ、どういう関係なんだよ、有佐と」

「有貴は、うーん気が合うんだよ。似た者同士っていうかさ」

「似た者？　おまえと有佐に似てるところなんかねぇだろ」

「それは……あるようなないような……えへへっ」

広海は意味深にへらりと笑った。

『えへへ』ってなんだ。語尾に間違いなく胡散くさいハートマークがついていた。やはり天然っ気は計算か。

敷は疑い深く広海を見つめ、うっとなった。

このあてつけがましい笑顔は、まるでノロケ。有佐との特別な間柄を誇示、自慢しているようにも見える。思えば有佐は、広海にだけは以前から接し方が違った。忘れもしない、早めのクリスマスプレゼントと称して時計までもを買い与えていた。

今もあまり似合っていないごついスポーツウォッチは広海の手首に嵌《は》まっており、存在感たっぷりでちらちらと上着の袖口から覗いている。

もしや。クラスや校内の誰と頭の中で並べてみても、しっくりとはこなかった有佐の特別な相手。それが広海である可能性はあるだろうか。

「……いや、ありえねぇって。ないないない」

敷は疑念を振り払おうと呻《うめ》くように呟《つぶや》き、気持ちを入れ替えるべく手を伸ばした。

テーブルの上のグラスを引っ摑《つか》み、ぐいと勢いよく飲み干す。

随分と苦いウーロン茶だ。奇妙な味がする。そう思ったときには喉がカアッとなり、通った食道から胃にかけて熱くなったように感じられた。

「広海、これ……ウーロンじゃねえだろ？」

一気飲みの後にじわじわと襲ってきたのは、体の火照《ほて》りだけでなくアルコールの酩酊《めいてい》感《かん》。見守るようにじっと敷を見つめていた広海が、急に焦った声で応える。

「あ……あれぇ？　あ、ごめん……それ、さっき間違えて届いたウイスキーかも。そ、惣一……大丈夫？　惣一っ⁉」

「やっ、やめろ、揺するな！　バカ、揺らしたら……！」

グラグラと激しく揺さぶられ、余計に酔いが回る。気持ちが悪い……ような、むしろいいような。ほわりと体が温まり、ふわりと視界のほうは舞い上がりそうにスイングする。騒音でしかなかったクラスメイトのヘタクソな歌声さえ、ほどよく遠退いて心地よく聞こえた。

――やばい、なんかいい具合に酔ってきたかもしれん。

「……広海」

「な、なに？」

顔を俯《うつむ》け、一時黙り込んだ敷は、自分を揺する友人の手をがしりと掴み返した。「わっ！」と広海が声を上げたのも無理はない。起こした顔は頬《ほお》こそ赤くなっていないが、ウイスキー一杯で早くもほろ酔い加減の据わった眼差しだ。

「よし、今日は飲むぞ！　飲んで忘れる！」

「えっ、忘れるってなにを？」

「いいから、今のもう一杯だ。注文しろ」

負けじと揺すり返す敷は、現実から逃避するように命じた。


「……はぁっ……起きろ、敷……限界だ、起きろって言ってるだろうが……！」

声は否応なしに耳に飛び込んできているのに、目蓋《まぶた》が重くてなかなか目覚められなかった。

目を開けなくては。早く目を。命じる声に応じて自らを奮い立たせる敷は思うように実行に移せないまま、唐突に覚醒させられた。

いきなり空の高みから床に転がされれば、死体でもない限り目を覚ます。

酔っ払って眠気に誘われるまま、心地いいのか悪いのか判らない眠りについていた敷は、鈍いが確かに感じる腰の痛みと部屋の明かりの眩《まぶ》しさに目を瞬《しばた》かせる。

「これ以上ないマヌケ面《づら》だな」

労《いた》わりには程遠い発言を受け、なんだか少し回っている感のする視界に収めたのは、幼《おさな》馴染《なじ》みの男の不機嫌そうな顔だった。

呼吸の荒い有佐は、だるそうに肩を回しながら自分を覗き込んでいた。

「……有佐？　なんでおまえがココに……」

「ここって、どこだと思ってるんだ？　カラオケ屋に見えるか？　よく見ろ、俺の部屋だ。酔っ払ったおまえを介抱してやってるんだよ。よかったな、高校生が合コンのカラオケで急性アルコール中毒なんて事態になってたら、笑い話じゃすまなかったぞ？」

「かいほう……？」

「そうだ。クソ重たいおまえをタクシーに押し込んで、ここまで運んでやったんだ。理解できたら次におまえがすべきことは判っているよな？　俺への感謝だ」

渋っ面を見せているのは、自分の体重で肩を痛めたかららしい。米袋を担ぐのとはわけが違う。おまけに二人の住む二階建てアパートにエレベーターなんてものはなく、担いで階段を上れたのは奇跡だ。

「敷、大丈夫か？」

「ああ、今のでケツ打ったみてぇだけどな……いてて、悪かったな迷惑かけて……」

敷はのろのろと床に身を起こした。

釈然としない頭で応えかけて気づく。この腰の鈍痛は、酔ったせいではなく手荒に放り出されたゆえの痛みだ。負荷に堪《た》えかね、あっさりと人を荷物のように捨て置いておきながら、『大丈夫か？』もへったくれもない。

「ふう、いい運動させてもらったよ。まったく世話の焼ける奴だな。広海に呼び出されて行ってみれば……おまえ、俺に迷惑かけたら高くつくのは判ってるだろうな？」

有佐はどさりとベッドの端に腰を下ろし、疲労困憊《こんぱい》の息をついた。

予想外の運動に体温も上昇したらしい。コートを脱いで放った有佐は、下の白っぽいニットの襟元《えりもと》を摑んで扇《あお》ぎ始めた。

「べ、べつに俺がおまえに助けてくれって頼んだわけじゃねぇし。だいたい、好きで酒なんて飲んだわけでも……」

そうだ、きっかけはなんだっけか。胡坐《あぐら》をかいて頭を抱える敷は、ギシギシと軋《きし》みそうに鈍った思考を巡らせる。

「二杯目は自分から飲んだって聞いたけどな。そういえば、女子と早速アプリで繋《つな》がってたそうだな。広海が言ってたぞ？　相変わらず第一印象は高く評価されるようだが、中味知ってがっかりされるなよ？」

「……おまえに言われたかねぇ。偉っそうに、余計なお世話だ」

「で、どいつだ？　見る目のない女子は。ああ、これか？」

服のポケットから落ちたのか、床に転がった携帯電話を有佐は屈《かが》んで拾い上げた。勝手に弄《いじ》り始めたかと思えば、『あ』と一言声を発する。

「……おい、なんだ今の『あ』は？」

「悪い。トーク画面を開こうとして、登録を消してしまったようだ」

「消してって……おい、なに考えてんだおまえ！　勝手に人の！」

「わざとじゃない。タッチパネルは誤操作が多くて扱いづらいな」

スマートフォンの扱いに不慣れな中高年でも、指先の不器用な粗忽者《そこつもの》でもあるまいし、言い訳にもならない。

「なんの真似だよっ、テメーは！　消したですむかよ、テキトーに弄りやがって……」

「おまえが無駄な運動させるから、疲れて頭が働かないんだ。女の連絡先ぐらいでつべこべ言うな。どうせ酔っ払ったおまえなんて、向こうも呆《あき》れて興味なくしてるさ。それとも……そんなに気に入った女だったのか？」

携帯電話を敷の手に放り渡す有佐は、どこか苛《いら》ついた仕草で額《ひたい》に落ちる髪を掻《か》き上げる。

偉そうな態度は普段どおりだが、目を合わせようとしない。

「べつに、大して話してもねぇよ。つか、そういう問題じゃないだろ。疲れたですむか！　だいたい頼んでねぇし、勝手におまえが広海に呼ばれてノコノコ出てきたんだろうが！　広海の頼みなら、気軽にタダでも引き受けるからな、おまえは」

酩酊感は抜けきらないが、有佐の姿を見るうち記憶は少しずつ頭に戻っていく。

昼間の出来事までもが、聞き捨てならなかった言葉と共に。

「は？　なんで俺が広海に奉仕しなきゃならないんだ」

「実際、してるじゃねぇか。高いもん買ってやってたり、テストの山教えてやったりな」

「ああ……あれか。それなら、おまえだって広海にはいろいろしてやってるだろう？」

「俺がするのと、おまえがすんのじゃ訳が違うんだよ」

訳というより重みか。なんにせよ、細かいことで不満を爆発させる自分は、格好悪いの一言に尽きる。酒の力でどこぞの扉が開放されてしまったのか、女々《めめ》しい言葉が溢《あふ》れ、グラグラしたままの頭を抱える敷に有佐は盛大な溜め息を聞かせてくれた。

「俺が気前の悪い倹約家だからってか？　あのな、だったら言わせてもらうが、俺は今夜デートだったんだ。仕事だったんだよ。予定狂わせてまでおまえを迎えに行ったってのに、随分な言われようだな。違約金でも発生したら、おまえが代わりに払ってくれるんだろうな」

有佐は腰をかけたベッドを軽く叩《たた》いた。布団ごとカバーが捲《めく》れ、心なしかシーツも乱れた感じのするベッド。普段なら潔癖性がかったところのある有佐らしく、丁寧にカバーがかけられているはずのベッドの乱れは、よからぬことを連想させる。

広海に呼び出されなければ、誘惑した誰かとコトの真っ最中だったとでもいうつもりか。

アルコールが残った熱も手伝い、敷の頭は容易《たやす》くカッとなった。

「まだ、んなことやってんのかよ。いいかげんやめろ！」

床に腰を据えたままの敷は、有佐を見上げ鋭く言い放つ。今まで幾度も口にした、呆れから発した忠告とは違う。堪《た》え難い気持ちから噴出した言葉だった。

有佐は一瞬押し黙った。真っすぐに向けた敷の双眸《そうぼう》を見つめ返し、それからふっと苦笑を浮かべた。

「……おまえに言われる筋合いはない。だって関係ないだろう？」

またそれか。

関係がない。熱くなった頭に火がつく。乾ききった心は紙切れと同じくよく燃えるのか、荒《すさ》む一方の口調を抑えるのもしんどい。

「関係ない関係ないって、バカの一つ覚えみたいに。そうだな、おまえと俺は『ただの他人』だもんな？」

「敷、何故そう食ってかかるんだ。『他人』は元々おまえが最初に言い出したことだろう？ 絶交とか言ってな」

「へぇ、じゃあおまえのほうはどう思ってんだよ？」

問い返しに、有佐は一瞬押し黙った。仄《ほの》かに赤く色づいた唇は一文字になったのち、開かれる。

「俺とおまえは幼馴染み、親しい友人だ。それ以上でも以下でもない。だから、俺がなにをしようが必要以上に口を出される謂《いわ》れはないな」

幾分、声の張りは薄れ、力を失ったように感じられたものの、返事を受けた敷はゆらりと立ち上がる。動くとまだふらつきそうになる体をどうにか制御して、有佐を見下ろした。

「親友？ バカじゃねぇの、ただの腐れ縁でついてきた肩書きだろ？ いらないんだよ、本当はそんなもの」

自分でもぞっとするほど温度の低い声。吐く息は熱くとも、その声は今まで誰にも向けためしのない冷ややかさだった。なにかにひどく腹を立てていた。目の前の男を、深く傷つけてやりたいとでも思っているかのように。

有佐の唇は動かなかった。

なんの雑言《ぞうごん》もなく、代わりに自分を見返していた眼差しが一瞬揺らぐ。返答に困ったらしい男は顔を僅かに伏せ……くしゃりと髪を掻き上げた細い指先が、微《かす》かに震えたのを敷は目にした。

けれど、再び自分を見上げた顔にもうショックの色はなかった。

あっさりした声で有佐は言った。

「そうか、判ったよ」

いつもどおり。何度諍《いさか》いを起こしても手応えはない。情の薄い幼馴染みは、ただの一度も和解を求めてきたことはない。まるで本当にその程度の薄っぺらい関係、壊れたからといって修復する必要はないとでも言いたげに。

「……敷？」

髪に絡《から》んだままの有佐の指を、敷は取った。髪から引き剝《は》がし、自分の手の中に収めて強く握り締める。

いらない。そう思った。ただ悪態をつくばかりの男も、それにくっついた幼馴染みなんて肩書きも欲しくはない。

本当に欲しいのは――

「敷、なんのつもりだ？」

声も視線も無視した。握り込んだ指を離さぬまま、敷は華奢《きゃしゃ》な男の体をぐいと押しやった。

不意を突かれた有佐は容易くベッドに沈み込む。

ふらつく敷の体は、少し傾いだだけで勢いよくその上へと倒れ込んで、有佐を圧した。

「……敷？」

「関係ないって言っても、おまえは金さえ払えばなんでも言うことを聞いてくれんだよな？　払うさ。だから俺にもやらせろよ」

口から飛び出したのは、耳を疑う暴言。酔って頭がおかしくなったとしか思えない。言葉も、幼馴染みであるはずの男に伸《の》しかかり、馬乗りになっている自分も信じられなかった。

有佐は驚きに目を見開く。瞬時に意味は理解したらしく、枕に後頭部を埋めさせられた男は心外そうに表情を険しく変えた。

「バカ言うな。俺は売りやってるわけじゃないぞ。やむを得ないときに仕方なくそうしてるだけだ」

「同じことだろ、結果的にヤってるなら。それとも、俺とはどうしてもできない理由でもあんのか？　おまえの言う、親友だからか？」

皮肉って言う。まるで立場が逆転したかのようだ。

抵抗を示して胸元を突っぱねてくる両手を引っ掴む。握り込んだ手首は思いのほか頼りなく、指は楽に一周して、シーツに縫い止めるのは容易い。

「敷、おまえ、なに考えてっ……」

それ以上、言葉を継がせまいとした。問い詰められたところで、どうせ自分ですら答えは判らない。

背けようとする有佐の顔を追いかけ、首を傾ける。そのまま深く頭を落とせば、唇を重ね合わせるのはすぐだ。路上と違い、ベッドに逃げ場などない。

薄い唇にふっくらとした弾力はあまりなかった。けれど、冷たいとばかり思い込んでいた有佐の唇は、ほんのりと温かかった。かさついたところもなく滑《なめ》らかで、しっとりと吸いついて敷のそれに馴染む。まるでこうするのが自然であるかのように。

違和感のなさは逆に敷を少しばかり慄《おのの》かせ、躊躇《ためら》わせた。

「……っ……」

唇が離れる。生じた隙に侮蔑の言葉を吐きつけてくるはずの有佐は、なにも言おうとはしなかった。天井からの明かりに照らされた眸《ひとみ》は揺れ、鈍く反射する光を散らして、濡《ぬ》れたように潤んで見える。

吸い込まれるほどに綺麗《きれい》な淡い茶色の眸。覆い被《かぶ》さる自分をじっと見つめていた。熱いのか冷たいのか、それすらも判らない眼差しはしばらく敷を射竦《いすく》めたのち、不意に逸らされた。伏目がちになった目蓋が微かに震え、長い睫《まつげ》が細かに揺れる。音を立てまいと静かに息をつく薄く開いた唇は、まるで誘っているかのようだ。

「………なぁ、有佐」

なにを言おうというのか。

理性が崩壊してしまう。怒りだけではない興奮は、熱に変わって全身を駆け巡る。

滅茶苦茶にしてやりたい。冷静さなんて保てない、自分と同じところまで引きずり下ろしてやりたい。ふとそんな乱暴な感情が過《よぎ》った。

「敷…っ……」

続く言葉は聞きたくなかった。遮り、深く唇を押し合わせる。抉《こ》じ開けるようにして開かせた唇の間に舌を捻じ込み、敷は口腔《こうこう》を貪《むさぼ》った。僅かな段差もない綺麗な歯列をなぞり、その奥にある舌を探って引きずり出すように自分のそれと絡ませる。有佐の舌は唇と同じく薄いのか、どことなく小さな気がした。

いくら絡め合わせても吸い回しても、満たされない。深く味わえば味わうほど、飢餓感は強くなっていく。どんな反応が欲しいというのか。暴き立てるように口内を犯した。ざらつく上顎《うわあご》の裏を舌の先でなぞり、奥歯の裏まで嘗《な》め回した。閉じられぬ口から溢れた唾液が、有佐の口角から筋を作り、その生意気で整った顔を汚していく。

「……ん、ふ…っ……」

苦しげな声が、有佐の鼻から息となって抜けた。

「し……敷っ……」

焦点の合っていない眼差し、有佐のものとは思えない熱っぽい声。鼻にかかった切なげな声で名を呼ばれ、嘘みたいにぞくりとなった。敷の首へと回った両腕に、力が込められる。

縋《すが》りついてくる腕は、まるで欲しがっているのが自分ではなく有佐のほうであるかのようだ。

抱き寄せられ、敷は戸惑った。

「あ、有佐……?」

動揺に名を呼んだ瞬間、首に絡んだ腕はピクリと強張った。

敷を引き剝がし、有佐はぶるりと頭を振るう。上がった熱を冷まそうとでもするように。

元の涼しげな表情を繕った綺麗な顔は言った。

「金……ちゃんと払うんだろうな?」

「え……」

「勘……違いするな。はっ……払うって言うから、させてやってるんだ。俺の本意じゃない」

らしくもない、少し歯切れの悪い口調。けれど、敷を苛立たせるには充分だった。

有佐のニットの裾の辺りを引っ摑む。誰かと会っていたという男の服は、制服ではなくアイボリー色のニットにライトグレーのパンツだ。優しい色は有佐の白い肌にはよく合う。

「……敷？」

逡巡《しゅんじゅん》するように強く握り締めた敷は、その声に突き動かされた。

「……いくらか知んねぇけど、払うさ。それで俺の好きにしていいんだろ？」

怒気を込めた低い声で告げた。先を急ぐように荒っぽく脱がせながら、組み敷いた男を見下ろす。

「ああ……払えば……な」

そんなふうに言われて、もう後に引けやしない。

たくし上げたニットを強引に頭と腕から抜き取る。現れたのは子供の頃から数えきれないほど目にしてきたはずの体。男の体だ。どうかしている。こんなふうに熱くさせられる自分は、変な酒癖でもあるとしか思えない。クラクラする。頭が熱を待ち、ぐらついているように感じるのは、欲求のせいなのか残った酔いのせいなのか判別がつかない。

組み伏せた白い体は、華奢だが痩せぎすではなかった。薄くとも、女にはないしなやかな筋肉が張っている。

首元に浮き上がった細い鎖骨に視線を留めた敷は、あの夜のことを思い出した。有佐が川に落ちた夜、目にした小さな鬱血《うっけつ》の痕《あと》。

綺麗に見えても自分の知らぬところで、有佐はこの体を何度も他人に触れさせているのだ。

体中に口づけを許し……あられもないさまで男を煽り、淫《みだ》らな声を上げ、そして——ぶわりと、収まりかけた感情が湧き返った。

「……いっ……痛っ！」

有佐が身を竦める。敷は浮き出た鎖骨に歯を立てた。噛《か》みついて吸い上げ、あの夜残っていたのと同じ痕を作る。白い肌は面白いほど簡単に赤く染まった。

「……敷、バカっ……おまえ……痕つけるな…っ……」

抗議する男を無視し、首筋から胸元へ。唇で辿りながら思うさま印を残していく。

一つ、二つ。三つ以上はもう数えなかった。

「や、やめっ……」

「……好きにさせてくれんじゃなかったのか？　悪いか？　痕、残ったら次のデートで困るからかよ？」

「そんなこと言って…なっ……待てって、待っ……あぅっ……」

再び歯を立てた。色素が薄いせいか有佐の体のパーツはどこもかしこも淡い色をしていた。胸に浮き出た二つの飾りの一方に歯を立て、責め苛《さいな》む。食いついて歯先で圧し、痛めつけては舌で包んだ。やんわりと上下に転がして、またチュクチュクと音が鳴るほどにきつく吸い上げ赤く充血させる。

ひどく乱暴な気分だった。

情欲が昂《たかぶ》りすぎているのとも少し違う。体を突き動かしている感情は主に怒りだ。性欲をただ満たしたいのではない。征服したいのだ。この、よく言えば気高くて、傲慢《ごうまん》な幼馴染みを辱《はずかし》めて征服し、手中に収めたい。

そして——二度と誰にも触れさせたくない。

頭が焼けつきそうだ。この感情を形容する言葉は、独占欲だ。自分の中にそんな嵐のような感情が潜んでいたのを、今初めて知った。

愛撫と呼ぶにはあまりにも荒っぽい行為。身を捩《よじ》って逃れようとする有佐を押さえ込み、敷は唇を這《は》わせ、手指を進めた。耳朶《じだ》に口づけ、今にもまた噛みつきそうに歯を滑らせながら、有佐の体の中心を探る。ズボンのファスナーを寛《くつろ》げると、中心はほとんど反応を示しておらず、驚きと恐れに縮こまってしまった感じさえする性器を引きずり出した。

「……う…ぁっ……」

体の下で微かな苦痛の声が上がる。敷はきつく握り込み、それを扱《しご》き上げた。

「痛っ……敷、しき…っ、力……入れすぎだ。もっと……」

「もっと、なんだよ？　ほかの奴らはこうじゃなかったって？　いつも触ってくれる奴は、もっと優しく触ってくれるってか？」

暗く嫉妬《しっと》めいた言葉を耳に吹きかける自分は、もう頭がおかしくなったとしかいいようがなかった。

「なっ、なに言ってんだ、おまえ……あっ、い…っ、痛いって言って……くそっ……」

キツく握り締めたまま、激しく擦《こす》り立てる。自分の身の下で痛みにビクビクと震え、小さく呻く有佐の声。険しく眉を顰《ひそ》める表情に欲情を駆り立てられた。こんなのはおかしいと判っていた。怒りによって目覚めた自分のサディスティックな一面。激しい衝動に駆り立てられながらも、満たされない空洞のようなものが心に空いている。

「……痛い？　そりゃあ痛いだろうな、酷《ひど》くしてるんだもんな」

「おま…えっ……こんなのがっ……楽しい、のかっ？」

「さぁ……どうだろうな。優しくしてほしいか？　俺に……優しく抱かれてぇ？　言ってみろよ、有佐。優しくしてくれって……俺に、してって……」

「……ひっ…ぁっ……」

望む返事を口にしようとはしない男に焦《じ》れ、手の内の性器を締めつける。

「……言えって、ほら……早く」

——早く、言ってくれ。もう。でないと自分が嫌になる。

ただ、優しくされたいと言わせたかった。

ほかの誰でもなく、自分に。

俺だけに——

「し、敷っ……」

苦痛を感じていても直接的に刺激されれば感じもするのか、手の中の有佐が次第に存在を主張し始める。上下に動かす指の輪に濡れた感触を覚えた。先端を確認してみれば、ぬるりと指が滑った。酷くしているのに、感じてきているのだ。

「なんだよ、有佐……痛いのもキモチイイんじゃねぇの、おまえ」

「や…めっ……」

「……ほら、ガマン汁。ぬるって、先っぽどんどんなってんだろ」

「……う…ぅ……」

「……せろよ、俺にも……俺にもさ、あの声聞かせろって、ほら…っ」

濡れそぼる先端の小さな割れ目をくじるように弄ると、ビクビクとベッドに敷き込んだ体が跳ねた。それだけで息も乱れるほど興奮し、執拗に滑《ぬめ》る穴を嬲《なぶ》る。ぬちぬちと弾ける卑猥《ひわい》な音、熱を帯びた有佐の肌の匂い。身を捩って逃れようとするのではなく、蕩《とろ》けた腰がやがて快楽を求める動きに揺れ始める。

「……ぁ、あっ……」

シーツの上の尻を前後させながら、有佐が漏れ響かせた声にくらりとなった。

目が回る。酸欠かもしれない。興奮しすぎていた。互いの吐息が熱くて、籠《こも》った空気は息苦しく、頭は霞《かすみ》がかかったようになる。体に残されたアルコールがさらに意識を淀《よど》ませた。

「……くそっ」

遠退いていく。今にも元の深い場所へ。欲望と快楽に飲まれる一方で、眠りの場所へと敷は引きずり込まれそうになった。

気が急《せ》いてしょうがなかった。早く遂げてしまわなければ、次なんてきっとない。手に入らない。せっかくこうして目の前にあるのに。

「……しいんだよ、有佐。すげぇ、おまえが欲しい…っ……」

言葉に有佐の身はびくりと竦んだ。震えてぎゅっとなる。

自覚もないまま呟いた敷に、その反応を読み取る術《すべ》はなかった。意識はすでに途切れそうに混濁し、ギリギリのところで保っていた。

「欲しい、欲しい」

何度も言った。何度も耳に囁《ささや》き、そうすれば許されるかのように吹き込み、自ら衣服の前を寛げて昂る欲望を引きずり出す。有佐の足に絡んだままのズボンを抜き取り、女を抱くときのように両足を抱え上げて望みを達成する場所を探った。

最後に敷の記憶に残ったのは、耳を突いた有佐の細い悲鳴だった。

幼稚園のとき、迎えにきた幼稚園バスにどうしても乗りたがらない子供が一人いた。

たしかマーくんだったかターくんだったかだと思うが……どちらにしても犬猫じゃあるま

いし音引き交じりの名前が存在するはずもないので、単なるあだ名だろう。

毎日飽きもせず、バスが来る度乗るのを嫌がって大泣きしていた。動き出せないバスは毎朝決まってそこで時間をロスし、運転手のオジサンも幼稚園の先生も弱りきるばかり。敷には、なにがそこまで彼を幼稚園に行きたくないと思わせるのか判らなかった。幼稚園には広い遊び場もあったし、みんなで食べるお弁当も楽しみの一つだった。

小学校、中学校、そして高校。登校するのが面倒くさいかったるいと感じやすい年頃になっても、駄々を捏《こ》ねてまで行きたがらなかったマーくんだかターくんの気持ちは理解できないでいた。

——そう、今日までは。

今朝、学校に向かうため鞄《かばん》を手に取った敷の気持ちは、幼稚園バッグを肩から引っ下げてオンオン泣いていたあの子供の気分だった。

行きたくない。学校に猛烈に行きたくない。教室にはあいつがいる。イジメっ子……いや、昨夜ベッドを共にしてしまった幼馴染み、有佐有貴。酔っていたとはいえ、病んだ心がついに発作を引き起こした。それも、命は脅《おびや》かさずとも取り返しのつかない危機的事態だ。

だから未成年の飲酒は禁じられているのだなんて、殊勝になって項垂《うなだ》れる敷の足取りは向かうほど重くなってくる。遅刻寸前にもかかわらず急ぐ気になれない。有佐はとっくに教室で教科書を広げている頃だろう。

いつ起きて出ていったかは知らない。今朝目覚めると、有佐の部屋にもかかわらず当人の姿はなかった。むっくり起き上がり、昨夜の記憶の波に揉《も》まれて顔面蒼白《そうはく》となった敷の目に映ったのは、テーブルの上に残された銀色に光る合鍵だった。

『鍵をかけて勝手に出ていけ、顔も見たくない』

なんて書き置きこそ残されていなかったが、罪悪感がそう語っているように思わせた。

幼馴染み、しかも男。その上、不仲にもかかわらず寝てしまった。それだけでも十二分に驚異の出来事であるにもかかわらず、さらには無理矢理に等しき状態。一応同意の上ではあったが、途中から強引に事を運んだ記憶だけが、敷の頭を支配していた。それもふつりと途切れていて一体どこまで及んでしまったのか判らない。

あれで怒っていないほうがおかしい。

ガラリ。ついに教室の前まで辿り着いてしまった敷は、地獄の門ならぬ教室の引き戸を開ける。予鈴はもう鳴った後だ。幸い教師の姿はまだない。

ざわついているものの、誰もが席についていた。

「おはよー、惣一。遅かったね、滑り込みセーフって感じ？」

机の間を縫って後方の自分の席に向かえば、広海が純真無垢《むく》な笑顔を向けてくる。

「ああ、おはよ」

「昨日は大丈夫だった？」

「き、昨日……悪かったな、途中で寝ちまってその、みんな困ってたろ？」

「ううん、最初に俺が間違えて飲ませちゃったのが悪いんだし。よかった、まさか二日酔いでダウンかと思って焦ったよ。有貴と一緒に来てないしさぁ」

不意に有佐の名を振られ、椅子《いす》に腰をかける敷には緊張感が漲《みなぎ》る。

「べ、べ、べつにたまたま一緒じゃなかっただけだ」

己の悪事を隠蔽《いんぺい》、あわよくば揉み消してしまおうなんて考えてはいないが、まさかこの場で『それがなぁ、昨夜うっかり寝ちまって。あ、添い寝じゃなくてセックスのほうね。もう気まずいのなんのって、あはははは』なんて頭を掻くわけにもいかない。

「ふーん。で、首どうかしたの？」

椅子の上でくるりと体を後ろに向けた広海は、後方の席である敷の机に頬杖《ほおづえ》をつき、顔を覗き込んでくる。敷は不自然にも顔を固定していた。右九十度、広海の隣席の有佐の机とは真逆の方角にだ。

いつから自分はこれほどのヘタレになったのか。かねてからである気がしないでもないが、今この瞬間は有佐の顔を見るのが恐ろしい。

「ね、寝違えたんだ」

「へぇ、そうなの？　惣一、寝相悪そうだもんねぇ。有貴は？　有貴も寝違えちゃったの？」

「はぁ？」

開いた教科書とノートに視線を落としていた有佐が顔を上げる。冬休み前の浮かれて授業も適当な時期に予習でもしているのか、さすが優等生は違う。なんて、素直に感心してしまった敷の前で、しれっとした声で広海が言う。

「ん？　そういや有貴は、さっきから下向いてばっかりいるなぁと思って。こっちに首回らなくなっちゃった？」

本当に無心なのだろうか。天然を装っているとしか思えない広海のツッコミだ。

けれど、広海は昨夜のことを知るはずがない。ただの偶然だろうと、敷は広海から有佐へとそろりと視線を移した。

「俺は無駄話の時間が惜しいだけだ。時は金なりっていうだろう？」

いつもどおりだ。いつもどおりのいけ好かない奴。そう思いつつも、ふっと目を向けられ視線が絡めば硬直もする。有佐の目線一つで、敷はメデューサにでも睨《にら》まれたかのように石化、生ける石像と化した。

「敷、随分遅かったな、遅刻かと思って心配したぞ」

けれど、有佐には特に睨みを利かせた様子はなかった。愛想もないが怒気を孕《はら》んでいるふうもない。言うなれば普通、普通のスカした仏頂面《ぶっちょうづら》の有佐だ。

いや、それより格段にいい。言葉尻に屁理屈《へりくつ》がかった嫌みがついてない上——

そう、今『心配』とか言わなかったかこいつ？

「お、おう。どうにか間に合った」

まさか、夢。昨日の出来事は禁断の飲酒の果てに見たドリーム。実はカラオケルームで雑《ざ》魚寝《こね》でもしてオールしただけ、なんて都合のいい過去が後づけで用意されて……いるはずがない。

「起立！」

教室の引き戸が開き、教師が姿を見せる。日直の号令で生徒は全員立ち上がり、敷は椅子から腰を浮かせる有佐が僅かにバランスを崩したのを目にした。

一瞬後にはもう普段の姿勢のよすぎる男に戻っていたが、間違いない。

今、ふらってしたよな、フラッて――

気のせい。見間違い。否定の単語が頭に並んだが、それらを一掃する。注意を払ってよく見れば、有佐の様子はいつもと微妙に違っていた。

椅子に腰を戻すときには眉が心持ち寄り、やがて始まった一時限目の授業ではしきりにペンで眉間《みけん》を掻いていた。

なにか考え込んでいるときや調子の悪いとき、ペンの頭で眉間を擦るのは有佐の癖だ。答案用紙を返却された期末テストの結果が、有佐に限って不本意だったとは思えない。

やはり体調が……体が痛むんだろうか。

酔っていて詳しくは覚えていないが、酷くしてしまった記憶はある。

病に冒され発作でも起こしたかのように衝動的に行動に移した自分は、まるで多重人格だった。男になんて興味ナシ、まして腐れ縁の幼馴染みなどいくら顔がよくとも願い下げ……なんてこれまでのスタンスはどこぞへかなぐり捨てて襲いかかった。

本当に頭も心も、恐ろしいウイルスにでもやられたのか。性格や嗜好が変化する病気は実際にあるというけれど、人を自在に操るなど生物兵器クラスだ。どこぞの国の陰謀に巻き込まれ、実験体にでもされたか。男を男に襲いかからせてメリットがあるとも思えないが、少子化に拍車をかけ、緩やかな人口減少を招くためならあるいは——

そんなわけがない。

次々とテスト用紙の返却される教室のざわめきも耳に入らず、机に視線を落とした敷は緩く頭を振った。

違う。アレは、自分の意思だ。

現実逃避で偽ろうとする心を否定する。

欲しかったから、そうした。きっかけはアルコールであれ、ただそれだけの理由。国家レベルの陰謀も危機もない。ただの劣情、有佐への衝動を抑えきれなかっただけの話だ。

詳細は覚えていなくとも、あのとき自分を占めた感情は忘れていない。今も胸に燻《くすぶ》ってい る。欲しいと思った。抱いて、自分のモノにしたいとただそう思ったのだ。女の子を手に入れたがるときのように……いや、あんな激しい感情は今まで誰にも持ったことはない。

欲しいのは、好きだからだ。

友情の延長でも気の迷いでもない。頑固な捻《ひね》くれ者で、情に乏しい冷血漢。金に抜け目のないドケチで、口を開けば高圧的で偉そうで可愛げの欠片《かけら》もない、そんな男に心惹《ひ》かれている。

こともあろうに、自分は有佐有貴に惚《ほ》れてしまったのだ。


「有貴、それ食べないならちょうだい。おかず足りなくなっちゃったよ」

食べ物の入り混じった匂いが、冬の閉めきった教室に漂う。

昼休み、白ご飯のみとなった弁当箱を淋《さび》しそうに抱え、箸の先で示した広海は言った。

「箸でものを指すな、行儀が悪いぞ広海。しょうがないな、配分を考えて食わないからだ」

「やったぁ、ありがと！」

母親の小言めいたことを言いつつも、おねだりにあっさり折れた有佐が、隣の席からフライの一つを広海の赤い弁当箱に入れる。なんとも微笑ましい、学生ならではの昼食の光景。

ただし気前よく譲ったのが有佐でなければだ。

「……おまえもいるか、敷？」

「へ……なんで？」

「なんでって……俺は食欲がないんだ。おまえ食べろ」

欲しがってもいないのに、ご飯の上にエビフライを載せられた敷は、ビクリと身を竦めた。

怖い。怖すぎる。有佐が変に人に優しい。恋を自覚して世界が隅々までバラ色、フィルターがかって有佐が善人に見えるのだろうか。

けれど、白いご飯の上で赤いしっぽを衣から覗かせているのは、幻覚ではなく紛《まが》うことなきエビフライ様である。かつて醬油《しょうゆ》大さじ一杯を百円で売りつけようとした男が、黙って寄越す代物《しろもの》ではない。

まさか毒入り。昨日の怒りが収まらず、並の復讐では満足できずにサスペンスでも幕を開けようとしているのか。

「ひ、広海、悪いけどそのフライと交換……」

敷は掲げかけた薄っぺらなプラスチック製の弁当箱を机に置いた。高校生らしく自宅住まいの広海は母親の手作り弁当だが、敷と有佐の弁当は学生食堂の傍らの売店で購入したものである。毒を盛りようもない。

しかし、有佐が変なのはたしかだ。

「有佐、ちょっと来い！」

食事を終えると、敷は立ち上がり男の腕を取った。

「なんだ？　用があるならここですませろ」

「すませられないから言ってんだよ。いいから、来てくれ」

「敷っ、なんだ……？」

揉める二人を前に広海は呆気《あっけ》に取られていたものの、なにかを察したかのように『いってらっしゃい』とひらりと手を振り、ゲーム話で盛り上がっているクラスメイトの輪に加わる。

それ以上、誰に目を留められることもなく、敷は有佐の腕を引っぱって教室を後にした。

勢いで強引に連れ出したものの、行くあてはない。どこもかしこも生徒の姿のチラつく昼休みの校舎内を避け、結局向かったのは屋上だった。

「おい、どこまで行くつもりだ？　敷……い、痛っ……」

あと数段で最上階、屋上へのドアの手前まで辿り着くというところだった。軽く呻いたかと思うと、有佐は階段の手摺に手をかけた。なにがどう悪いと訴えずとも、不調は確かだ。

食欲不振も体調不良も、自分の行いのせいなら詫びるつもりが逆に負担をかけてどうする。

「だ、大丈夫か？　有佐、悪い」

焦って支える手を伸ばした。肩に触れると、有佐は首を振る。

「ああ、なんでもない。平気だ、気にするな」

サラサラの髪が動きに合わせて揺れた。

てっきり睨むかと思いきや、有佐は緩く笑んだ。筆で色づけしたような桜色の唇が綻《ほころ》ぶ。

金品を差し出したわけでも、中古のマフラーを与えたわけでもないのに、無感情な人形めいたその顔が笑みを浮かべた。敷の気持ちを宥《なだ》めるかのように、優しく笑いかける。心臓に杭《くい》でもズンと打ち込まれたみたいだった。趣味悪くもこの性悪男に惚れてしまっていると自覚したばかりの身には、刺激が強すぎる。

しばし放心。見入ってしまい、敷は有佐の顔に視線を釘づけた。

「……敷？」

怪訝《けげん》な顔をされ、慌てて目を背けようとして気づいた。

制服の襟元から覗く、首筋の赤い痕。生々しい昨夜の行為の痕跡。意識しなければ見えない場所だが、シャツと首の僅かな隙間からはっきりと目に映る。

有佐のきっちりした制服姿にも白い肌にもそれは不釣合いで、痛々しい暴力の痕のように映った。それが自分がつけたものであることも、いくつも体に残っているだろうことも、考えれば居たたまれない気分に駆られる。

そのまま屋上に出た敷は深々と頭を下げていた。

「有佐、昨日は悪かった。本当にすまないと思ってる」

冬の曇り空の下、冷たい灰色のコンクリートの屋上に人影はなかった。体を忍ばせる場所もないけれど、ここなら誰かに見咎《みとが》められる心配も、立ち聞きされる偶然もない。

屋上の端に並び立った。時折強く吹き抜ける風だけが耳元で音を立てる、静かなフェンス際。潔く詫びを入れて頭を下げると、眼下に広がる校庭が視界の端に映った。

好きなだけ罵ってもらい、慰謝料も常識の範囲内なら甘んじて受けよう。地道に払うにしても、まずはバイト探しからか。あまりもたもたしていると、有佐のことだ、利息も請求してきそうだが。

覚悟は決めた。

「……なんだよ、頭なんか下げて。殊勝だな」

しかし、敷の頭に降ってきたのは苦笑混じりの声だった。

――シュショウってなんだっけか。示談にでも必要な法律用語か？

顔を上げ戻し、穏やかな男の表情を目にして意味を理解する。ぽかんと締まらない顔になってしまった敷に対し、有佐はくすりと笑った。

冷笑とは違う、そこはかとなく甘い微笑み。やはりまだ夢の途中にでもいるようだ。

「おまえ……有佐だよな？」

「は？　なに言って……」

「いや、悪い、なんでもない。とにかく、あんなふうにするつもりじゃなかったんだ。なんかその……突っ走っちまって……それで……か、体は大丈夫なのか？」

無意識か痛むのか、問えば鬱血の痕の覗いた首筋をシャツの襟の上から押さえ、僅かに顔を俯かせて苦笑《にがわら》う。困ったように視線を逸らしつつも、機嫌を損ねた様子はない。

「べつに平気だ」

ぽつりと返された。

有佐の態度がやっぱりおかしい。激しく変だ。心なしか頬も染まって見える。自覚と共に頭にセットされてしまった恋のフィルターのせいか、それは敷にあり得ない状況を連想させた。

——もしかして照れてるのか？

うっすらと赤らんだ白い頬。なにか硬い鎧《よろい》が剥がれ落ちたかのような柔らかな表情。鼻持ちならない幼馴染みが、急に可愛い純情な生き物に変貌《へんぼう》して見えた。

今、もしも抱きしめてキスしたなら、どんな反応が返ってくるのだろう。好きだと告げてみたなら、この悪態しか語らない唇はなんと応えるだろう。

興味と、それから淡い期待。吹き抜けの屋上で、目には見えない甘やかな空気に包まれてでもいるかのようだ。不確かな『雰囲気』という助勢に背中を押され、敷はそろりと長い腕を伸ばした。

「おまえ、顔……赤い……」

無意識に呟きながら、節ばった指の関節で頬を撫《な》でる。

滑らかな感触。けれど、刺激を与えたのがいけなかったのか、有佐の顔はヒクリと引き攣《つ》った。指摘した途端に、薄氷がパリンと割れてしまったかのようだ。

それこそ繊細な夢のように。桃色空間は薄氷どころかシャボン玉並みに脆《もろ》かったらしく、伸ばした敷の手は次の瞬間にはもう叩き落とされていた。

「……ちょ、調子に乗るな。わざわざこんなところまで呼び出して、言いたいことはそれだけか？」

「それだけって、おまえ……」

有佐は長い睫の目蓋を何度かパチパチと上下させ、頭を振って髪を揺らす。

「昨日のことならもういい。べつにあれくらい慣れてるからな」

「慣れてって……いつもやってるってか。なんだよ、辛《つら》そうにしてるから俺はっ」

フンと鼻を鳴らして返された。弾けた甘い空気は鼻息一つで吹き飛ばされ、荒野同然の屋上を吹き抜ける風がすべてを浚《さら》ってなかったことにする。可愛い純情な有佐など元からいないと。代わりに流れ込んできたのは不穏かつ馴染んだ空気だ。

有佐はゆったりと腕を組んだ。細く尖《とが》ったおとがいをツンと上げ、高慢な見下しポーズ。見慣れた態度に戻ったかと思えば、言い放ってくれた。

「辛いとしたら、そりゃあおまえがヘタだったからに決まってるだろう」

淀み出した空気が凍りつく。身の内で覚えたムカつき。有佐といても今朝から一度も感じることのなかった慣れ親しんだ感情が、敷の腹に湧き上がった。

「なん……だって？」

「二度も言わせたいのか？　俺の温情を無駄にするな。おまえが自信喪失してインポテンツにでもなったら気の毒だと思って、言わないでおいてやったんだ。それともあれか？　我を忘れるほど俺を抱きたかったのか？　必死だったからな、おまえ」

「必死って……」

ええ、そうでした。頭がおかしくなりそうなほど欲しかったんです。

そう口にしたなら、どうなるだろう。

もう甘い期待は抱きようもない。鼻で笑い飛ばされるか、末代まで笑い者に貶《おとし》められるか。だいたい上手《うま》くいったところで、有佐の恋人という立場はどうだ。惚れた弱みにつけ込み、利用され尽くされるだけに決まっている。

よく考えろ、これが惚れるに値する男か？

答えを弾き出すより早く、ほとんど反射で返した。

「お、おまえに興味なんてあるわけねぇだろ。あれは……たっ、ただの酔った勢いだ！　おまえのせいで、彼女にも振られたしな、ちょっと……そっ、そう溜まってたんだ。暴走しただけだっての、勘違いすんな！」

「かんちがい……」

薄い笑みを浮かべた有佐の顔は、そのまま凍《い》てつき動かなくなった。

それから、ゆっくりと一度目を瞬かせた。深呼吸のような大きな息をつき、感情などどこかへ置き捨てたような眼差しで敷を見返してきた。

「ふん、そんなことだろうと思ったよ。性欲も自分の意思でコントロールできないバカだったとは驚きだけどな」

「なっ……」

「ホモ・サピエンスも誕生から二十万年だ。進化は緩やかに進むといっても、そろそろ猿と変わらぬ思考は死滅してもいい頃だろうに」

「ホモ誕生二十万年？　なに言ってんだ、おまえ？　だから俺はホモじゃねぇって。おっ、おまえなんかに興味はないって言って……」

ボケたつもりは欠片もない。ふっと零《こぼ》された溜め息の理由は判らなかったが、小馬鹿にしたらしいことだけは伝わってきた。

「まぁいい、とにかく報酬期待してるぞ、敷？」

「報酬？」

「まさか酔った勢いで誤魔化すつもりじゃないだろうな？　言ったよな、金を払うと。『お金は払います。だからどうか好きにさせてください』、おまえの泣き言は一字一句漏らさず記録済みだ。前頭葉にな」

「い、一字一句って微妙に違うじゃねぇか、それっ……」

「言っておくが、事後のクーリングオフはきかない。出世払いもなしだ。可哀想だからローンにはしてやるよ。十回払いだ、毎月小遣いの半分を寄越せ。もちろん利子は別だ」

絶句。敷は言葉を失った。

有佐の物言いには懐かしさすら覚えるも、いつもの調子は戻ってこない。憤る気力は削《そ》がれ、ただ沈黙した敷はじっと有佐の目を見つめ返した。

整いすぎた顔、姿形。本当にその中はひんやりと冷たく空っぽで、なにも存在しないのだろうか。心のないセルロイドの人形のように。淋しい男だと思うと同時に、自分への気持ちもなにも最初からなかったのだと思えば虚《むな》しさがだけが募る。

「有佐」

「なんだ」

横殴りに吹きつける風に、前髪を煩《わずら》わしげに押さえた男は応える。

「おまえだって少しはその気だったんじゃねぇのかよ？　メチャクチャしちまったのは判ってるけど、キスしたとき、おまえ……」

ほんの短い間、けれどたしかに有佐が見せた表情。自分の腕の中で放った甘い吐息と、首に回された手に込められた力——

風に暴れるように揺れる前髪の間に覗く眸の奥。なにか特別なものでも映ってやしないかと覗き込むように見つめれば、すっと視線は放るようにフェンスの向こうの校庭へと移される。屋上と同じ、昼休みにもかかわらず人気のない校庭は、動くものもなく寒々しい景色が広がっているだけだ。

「バカを言え、あれはフェイクだ」

「……フェイク？」

事もなげに有佐は言い、なぞり返した自分の声が敷には他人のもののように聞こえた。

「そうだ。おまえもよく知ってる演技だよ。金払うって言うだろうとサービスしたまでだ。おまえの言い出しそうなことぐらい判るからな。まさか本気にしたのか？」

なにかがふつりと切れた気がした。

「そりゃあ……気をつかわせて悪かったな」

抑揚の失せた平らな声が、自分でも気持ちが悪い。

敷は背を向け、続けた。

「……とでも言やぁいいのか、俺は。有佐、判ったよ。おまえにはついて行けそうにねぇし、これきりにする。おまえだってそのほうがいいんだろ……約束の報酬さえ、ちゃんともらえればな」

有佐の表情は判らない。見たって、どうせ想像と同じ。それ以上でも、以下でもない。

背中で言い放った敷は、そのまま屋上を後にした。『顔も見たくねぇ』なんて、もう何度目かも判らないことを、かつてないほど重い気分で心の中で噛み締める。

下り口のドアを開けて校舎内に戻ろうとして、敷はそれでもつい一瞬だけ首を捩った。

振り返って目にした、ゆっくりと閉じゆく扉の隙間。冷たく街を覆う薄く青い空を頭上に、屋上の端に佇《たたず》んだままの男の姿が見える。首筋を手のひらで押さえ、俯いた有佐の視線の先は、見るものはないはずの無人の寂しい校庭。栗色の髪が風に靡《なび》いて横顔を覆い、表情は判らなかった。

ただ、寒さのためか丸めた有佐の肩が少しだけ震えているように見えた。

4

——バカバカしい。

放課後までの間に、何度も振り切るように敷はそう思った。今朝自覚して昼にサヨウナラ。たった四時間あまりの恋心だったとはいえ、あんな男に惚れるなんてどうかしていたと。

しかも耳までおかしくしていたらしい。あの胡散くさいつくり声を聞き分けられず、本気になっていたかと思うと、恥ずかしいやら情けないやらだ。

本当にフェイクだったってのか。どこの誰だか知らない奴には甘い声を聞かせるくせに、俺には嘘っぱち。しかもローンで払え、毎月小遣いの半分を寄越せってか？

「いくら請求するつもりだ、あいつ」

思わず思考が声になって零れる。独り言を漏らしつつ歩んでいるのは、学校から駅のほうへと続く公道だ。公の道には、当然同じ学校の生徒ですらない一般の通行人もいる。

「……ざけんな、くそっ」

赤く点《とも》った信号を見据えた敷は誰にともなく呟き、同じく信号待ちの主婦たちをビクリとさせた。ガタイもよく、荒んだ雰囲気漂う目つきの悪い高校生。人は見かけに寄らぬもので、中味が人畜無害のただの十七歳だとは伝わりようもない。

周囲を脅かしているとも知らず、信号が変わると同時に敷はまた勢いよく歩き始めた。

部活も入っておらず、有り得ない事情でこれから探す必要が出てきたとはいえ、今のところはバイトもない敷に、放課後急いで向かう場所などない。ただ怒りに歩幅が大きくなってしまっているだけだ。

横断歩道を渡りきると、主婦たちのテリトリーである商店街に入る。毎朝の登校時には人影まばらな商店街も、夕刻にはそれなりに賑《にぎ》わっており、通行人の間を縫って歩く敷にも、『オニイサン、買ってかない？　今ならオマケしとくよ〜』なんて声がかかった。高校生が正月準備にしめ縄を買うとも思えないが、早くも投げ売り状態なのか。

ナイロンバッグを小脇に挟み、前のめりに歩みながら両手をコートのポケットに突っ込む。指先にカサリとした感触が触れたのと、向かう先で洋鈴がカランカランと鳴り響く音が聞こえたのはほぼ同時だった。

主婦みたいに買い物メモを突っ込んだ覚えもなく、引っ張り出した紙切れは黄色い色上質紙。長い間コートのポケット内で揉まれるうち、緑色の『ハッピークリスマス抽選券』なる安い印刷文字もところどころ掠れた、商店街の福引券だった。

いつだったか、朝のゴミ出しに加えるつもりが捨てるに忍びなく、コートのポケットに突っ込んだのを敷は思い出す。

有佐が寄越した福引券など誰が使うものかと思うも、まるで運命であるかのように目の前に迫った特設の抽選所からは、再びカランカランと呼び込みの女性の声が響いた。

「抽選は今日が最終日だよ〜！」

限定品、ラスイチ、最終日。人はどうしてこうも限りあるものに心惹かれるのか。希少性の原理に逆らえず、足を止めてしまった敷は間違いなく庶民、極めて標準的な日本人だ。

気がついたときにはフラフラと立ち寄った抽選所で、福引券を差し出していた。

「……これ、今年の抽選券？」

皺《しわ》だらけでアンティークと化した券に、係の中年女性は疑いの眼差しを向ける。

「そうですよ」

ムッと大きめの口を歪めた敷と、券を交互に見た彼女は『あっ』という顔をした。

「あらあら、あなた、有貴くんの友達の！」

こんなところでまで有佐の名を聞かされるとは。あろうことか抽選所の担当は、有佐をヒイキにしている魚屋のおばちゃんだった。商店街は店主たちの協力関係で成り立っている。

「有貴くんは、今日は一緒じゃないのね？」

ゲンが悪いったらない。有佐より二年近くも前に移り住み、密かに商店街の常連客。魚は滅多に購入しないが、店主泣かせの値引きを強要したこともない自分が『有佐の友達』の一点においてしか価値がないとはだ。

「回してもいいですか？」

回転式のガラガラ抽選器のレバーになにげなく手をかけると、突然ピシャリと手の甲を叩かれた。

「なっ……なんすか!?」

「あっ、いやそのね、ちょっと準備があるのよ！」

「準備？」

「最近調子が悪くって、これ！　もう古いのかしらねぇ」

『おほほ』と愛想笑いを添えつつ抽選器に手をかけ、もたもたと魚屋のおばちゃんが揺すったり傾けたりすることしばらく。ほかに客もいないが、次第に待つのも馬鹿らしくなってきて、『いいからさっさと参加賞のティッシュでも飴《あめ》でも寄越せや！』という気分で寒さに鼻水を垂らしそうになった頃、ようやくゴーサインが下りた。

「そんじゃ」とぐるんと八角形の箱を回した。

ヘロヘロへろり。本当に調整はできたのか、抽選器からは飛び出すというより零れ落ちたという感じで玉が出てくる。

ぽろりと皿の上にのっかった小さな玉は、銀色だった。

——なんだこりゃ、仏壇屋の隣のひなびたパチンコ屋『ラッキーパラダイス』の玉でも交ざってたのか？

凝視する敷の耳を、魚屋のおばちゃんが振り鳴らしたベルの音が劈《つんざ》く。

カランカランカランカランカラン。

「出ました！　おめでとうございます、一等ベアーランド招待券～!!」

　それまで慌ただしく周囲を行き交うだけだった人々が視線を向けた。にわかに注目を浴びる敷は、商店街のラッキースター。『おめでとう～』と両手で握らされたのはポケットティッシュでも飴でもなく、テーマパークの招待券入りの封筒だ。

　敷はかめない鼻を啜《すす》り、呆然《ぼうぜん》と立ち尽くした。


　当たってしまった。

　アパートの部屋に帰りついた敷は、制服を着替えるのも忘れてベッドの端に腰を落とし、鞄から取り出した袋を見つめた。

　去年オープンしたばかりのテーマパークのペアご招待券。福引きの一等賞だ。特等でこそないものの、大きな当たりには違いない。ただ、素直に奇跡を喜ぶには一つ大きな問題があった。チケットはペア、お二人様である。出かけるには誰かを誘わなければならない。

　一人しか行けないよりはマシか。遊園地に単独で出かけるほど心臓は強くない。

　タダ券なら、誰に声をかけても喜んで乗ってくるだろう。開園したばかりの『ベアーランド』は人気のスポットで、入園料も高いため高校生が気軽に行ける場所でもない。

　問題は誰を誘うべきかだ。

「……やっかいなもん当てちまったか？」

ここはやはり、一番この手の場所を喜びそうな広海……と選びかけ、敷は躊躇《ちゅうちょ》した。

目線を起こし、隣との境の壁を見る。

福引券をくれたのは有佐である。当てたのがたとえ自分でも、誘うのが筋という気はする。

遊園地ではしゃぐ有佐なんて想像もつかないが、声をかけてやるのが義理と人情というもの。

ならばと決断して、いそいそとコートのポケットから携帯電話を取り出した、敷はロックを解除しかけて動きを止めた。筋や義理人情の前に、なにか大事なことを忘れてやしないか。

昼休み、屋上で冷たい風に吹かれながら言い渡したアレだ。

「……なにやってんだ、俺」

あれほど深刻な思いで告げたにもかかわらず、些細《ささい》な行き違いでポロリと漏らした言葉であるかのように、忘れかけていた自分に呆れる。まだ半日も経っていないのにこれでは、先が思いやられる。

いや、半日も経っていないからこそか。あまりにも長い間近くに居すぎたため、すぐに思い当たるに違いない。

「それにしたってな……」

有佐を思い出すのは仕方ないとして、誘おうだなどとどうかしている。

しっかりしろ。そう自分を叱咤《しった》するも、アイボリー色の壁を目にすればついその向こうにいるはずの幼馴染みの姿を想像してしまう。隣人なんてご近所すぎる距離のせいだと自分に言い訳しつつ、悩みの種となったチケットの袋と携帯に視線を落とす。

とりあえず、無難に広海にでも声をかけてみるかと決めたそのときだった。

手の中で、まるで以心伝心したようにメッセージの着信音が高らかに鳴り響いた。

ドキリとなって目にした名は、広海かと思えば違っていた。携帯電話の画面に表示されたのは、『エリ』の二文字。

誰だっけか、と思った。メッセージを開き見る敷は憮然《ぶぜん》としていた。

クエスチョンマークにエクスクラメーションマーク、頭には『?』だの『!』だのが複数飛び交う。けれど、それは短い間だった。脳裏を埋め尽くしかけたマークは失せ、代わりに隣のクラスの女子の姿が描かれた。

『惣一くん、今時間あるかな?　電話してもいい?』

それは、青天の霹靂《へきれき》……かどうかも判らない謎のメッセージ。すっかり忘却しきっていた、三週間ほど前に別れた彼女からの連絡だった。

「エリ、髪切ったんだな」

冬休み前の最後の日曜日、久しぶりに会った彼女は記憶していたB組の佐藤江里菜《さとうえりな》とは違っていた。

背中で揺れていた彼女のロングヘアは、肩にかからないほど短いショートボブへと変わり、歩く度にふわふわと浮いて揺れる快活なスタイルに変わっていた。

「えー、気づいてなかったんだ、惣一くん。切ったの、二週間も前なんだけどなぁ」

残念そうに言われても困る。クラスも違うのに気づくはずがない。それとも別れていようが元カノの髪型をチェックしておくのはマナーなのか。

やや不満そうな彼女は、敷の手からベアーランドのチケットを受け取ると、足取りを弾ませてパーク入口に向かう。そう、かかってきた電話で話すうち、いつの間にか彼女と一緒に行く約束ができ上がっていた。

福引きが当たったと、つい話してしまった敷は迂闊《うかつ》だった。まさか別れた彼女が至極当然のように『次の日曜なら私空いてるよ？　冬休みに入ってからのほうがいい？』なんて言い出すとは思わない。カッコ、もちろん一緒に行くんだよね？　カッコ閉じる。そんな言葉に含まされた本音の圧力に押し切られた。

嘘も方便、『行く相手は決まっているから』とさらりと拒否するには、敷は正直者すぎた。けして嫌いで別れた彼女ではなかったゆえ、冷たくあしらえなかったのもある。

「へぇ、そんなに前に切ってたのか。気づかなかったな」

「ひどいなぁ、惣一くんと別れたから切ったのに～」

パークの入口で振り返る彼女は、拗《す》ねた声を上げる。遥《はる》か下方、二十センチほど下からこちらを仰いでくる彼女の顔は以前と変わらず可愛い。丸く大きな眸によく動く唇。髪を切ったからといって顔のつくりが変化するはずもなく、性格も変貌してしまうわけもない。

甘え上手は最初からで、調子がいいのも気がついていた。

なのに、ズレを感じるのはどうしてだろう。

「別れたからって……」

まるで振ったのは自分であるかのようだ。女の子が恋愛絡みで髪を切るのは、昔からほぼ失恋と定義づけられている。『そうだったかな、ごめんごめん』なんて、頷《うなず》けるほどさすがに馬鹿でもお人好しでもない。

振ったのは彼女だ。あの日の、『好きな男ができた』発言や、ごめんなさいの涙に爽やかに身を引こうとした自分はなんだったのかと思った。

けれど、元はといえば事のきっかけは有佐だ。彼女は勘違いで巻き込まれた身でもある。

「惣一くん、どうしたの？　ねぇ、最初はここ行かない？　一番人気のアトラクションなんだって、きっとすごい混んでくるよ」

「え……ああ、そうだな。おまえの行きたいとこでいいよ、俺あんま詳しくねぇし」

ガイドマップ片手の彼女について敷は歩き始めた。

テディベア似のクマをパークキャラクターにしたベアーランドは、主に女性や子供をターゲットに客を呼び込んでいる施設だ。園内には女性の二人連れや家族連れは目につくも、むさ苦しい男ばかりのグループは稀《まれ》だった。

そして多くを占めるカップルの姿。クリスマス前の最後の休日で賑わう園内には、越冬に飛来してきた鴨《かも》の大群のように、どこもかしこも仲良くペアとなった男女で溢れ返っている。

「うわぁ、なんか結構過激そうだね。怖かったらどうしよ」

まだ開園して間もない朝の早い時間にもかかわらず、一番人気のアトラクションは行列ができていた。並んでいる間に、何度も目の前の急勾配《きゅうこうばい》を垂直落下の勢いで通過し、人工的に作られた森林内に消えていくローラーコースターに彼女は呟く。『ベアーランド』なんて可愛らしい名称のわりに、絶叫系に限りなく近いアトラクションだ。

「案外怖がりなんだな、おまえ」

あいつなら……有佐なら顔色一つ変えないだろうけど。

敷は慌てて頭を振った。どうしてそこに、あの野郎の名前が出てくるのか。

いわくつきで手に入れたパークチケットだからか。頭から振り払ったところで、その後も行く先々で再浮上しては有佐がチラつく。アトラクションを移動する度に、有佐の反応に敷はつい想像を巡らせた。

絶叫系とはかけ離れた乗り物だろうと変わらない。周りはカップルだらけのコーヒーカップもどきの遊具、すでに別れたカップルさえもが雰囲気に飲まれそうになるロマンティックな乗り物だというのに、ワルツ曲に合わせてスイングしても有佐が頭を過る。こんなカップに乗りたがる彼女はやっぱり女の子らしいなと思うと同時に、あいつなら……有佐なら『クルクル回ってなにが楽しいんだ。金と時間の無駄だ』とでも言い出しそうだなんて。

向き合う彼女への感想とともに、アトラクションの数だけ有佐ももれなくついてくる。

——呪《のろ》われている。このチケットは呪いがかかっている。そのうち有佐の幻覚、ドッペルゲンガーが目の前に現れ、『俺がやった福引券で当たったチケットを返せぇ～』と追いかけてくるんじゃないか。なんて、バカな妄想まで始めた。

一日かけてパークを一巡、日も暮れる頃には敷は変に憔悴《しょうすい》しきっていた。

もういいかげん降参せざるを得なかった。

ここにはいない有佐が、自分に干渉してきているのではない。取り憑《つ》いているのは有佐ではなく、執着している自分のほう。

敷の中に住む有佐、住み着いた想いがそうさせているに違いなかった。

「もう友達だと思ってる」

別れ際、最後に彼女に告げた自分の言葉に、敷は後味の悪い気分になっていた。

一日遊んだベアーランドからの帰宅途中、『冬休みに入ったら部屋に遊びに行くね』と言った彼女は『もう一度付き合わない？』と添えてきた。その返事の末の友達宣言だ。

電車の中だった。そこそこ混んでいて周囲に人もいたし、誰か聞いていたかもしれない。まるで断られるとは思っていなかったのか、彼女は居心地の悪そうな顔になって黙り込んだ。

三週間前、彼女から振ったのだ。十人中九人は自分の返事を妥当だと頷いてくれるかもしれない。

けれど、敷は非は自分にあると思えてならなかった。

まだ嫌いじゃない。だが、好きかと問われれば、そうではない。

そして気づいた。今日も平気で彼女の誘いに乗れたのは、冷めたとは感じなかったからだということ。感じないのは、今も燻る想いや熱があるからではなく、元々熱くはなかったせいだ。自分が恋だと思い込んでいたものは、コンロに載せただけの火にかけていないヤカンやフライパンと同じだった。

恋人という形にとりあえず置いてみただけの恋愛。

『それに元々惣一が好きになって付き合い始めたコじゃないでしょ？』

彼女と別れてしまった際、そんなふうに言った広海の言葉をふと思い出した。

『ああ見えて有佐はシャイだよ。惣一みたいにクールでもないし』

いつだったか、そう言われたことも。

考えてもみなかった。好きでもない子とでも自然に付き合えた自分は、案外広海の言うように冷めた男なんだろうか。

「……げ、しまった」

足元でぐしゃりと鳴った音に、敷は小さく声を上げる。

ぼんやり歩いて膝で蹴り上げてしまい、形を崩した紙袋にうろたえた。

一人降り立った自宅近くの駅から、敷は青やピンクや色とりどりのクマの顔が描かれた紙袋を手に歩いていた。男が片手に提げるには少しこっぱずかしい、ベアーランドの土産袋。

中味は、有佐への土産だ。

結局、福引きを当てたことさえ言わないままだ。筋と義理人情を果たさず、チケットを黙って使った良心の呵責《かしゃく》もある。けれど、土産を買ったのはやはり一日中頭について離れなかった有佐自身が気になって仕方がなかったからだ。

夜になり、風が冷たくなるにつれて思い出す。

あのとき、屋上に一人残った男の姿。時間が経つにつれて薄らいでいくどころか、輪郭《りんかく》は鮮明になっていく一方で、敷の記憶の中の有佐は取り残されたように肩を震わせて佇んでいる。

本当は淋しげに映ってならなかった。今ならきっと、走り戻って薄い肩を抱きしめる。吐き捨てられた暴言の数々がなければ、たぶん自分はあのときだってそうしてしまっていた。

「有佐がシャイか……」

アパートの前まで辿り着いた敷は、駐車場の脇にある金属製のお飾り程度の低い門に手をかけ、二階を見上げた。

真っ暗な自分の部屋の隣に明かりが灯《とも》り、青いカーテンから光が透かし漏れていた。


「敷……か。なんの用だ？」

ノックしてからそう待たずに部屋のドアは開いた。

顔を覗かせた有佐は、廊下に立つ敷を見ると驚いた表情を見せた。

「ちょっと渡したいものがあってな。今、誰か来てるのか？」

「いや、一人だ」

小綺麗なシャツに発色のいいディープブルーのカーディガン、そしてジーンズ。もしや例の謎の来客中かと思ったけれど、単に家に一人でいても服装は緩みきっていないだけらしい。

有佐らしさに、敷は心底ホッとしつつ告げた。

「上がってもいいか？　すぐすむ」

「なんだ、絶交したんじゃなかったのか？　まぁ絶交したって、こないだ好きにさせた分のローンはなくならないけどな」

両手を広げて大歓迎されるだなんて楽観視はこれっぽっちもしていなかったが、せっかく下手《したて》に出ているのにこの反応。数日経ったところで、有佐は少しも変わっちゃいない。相変わらずの態度に安堵《あんど》を通りこしてこめかみがひくつくも、敷は広海の言葉を呪文にどうにか堪《こら》える。

有佐はシャイ、照れ屋なんだ。

本心じゃないかもしれず、本音は俺と仲直りしたがって——

「ああ、夜逃げするなら上手くやれよ？　あとは破産宣告しかないな。まぁさくっと手続きできる利口さがあったら、男相手にサカってくだらない借金を背負ったりはしないだろうけどな」

「…………ちょっと、いいから黙れ」

あと一息切れ目が入ったら、間違いなくぶち切れる。心の糸が断絶寸前だ。

有佐が戸口についた手を押し除《の》け、敷は部屋に上がり込んだ。

「おい、勝手に人の部屋に……」

「ほら、受け取れ。土産だ」

追いかけてきた男のほうを振り返ると、紙袋を胸に押しつけた。

「……土産？」

訝《いぶか》しげな顔をした有佐は、カラフルな袋の中味を探り始める。

開かれたラッピングの包みから出てきたのは、ベアーランドのキャラクターのクマのぬいぐるみ。何種類もいる中で、アイボリー色の毛並みと、セーラーカラーの水兵服が特徴の一匹だ。自分で選んだ物ながら、改めて見るに選択を誤ったと敷は感じた。愛くるしいキャラクターマスコットと有佐、この上なく違和感いっぱいの組み合わせだ。

二十センチほどの大きさのぬいぐるみを手にした有佐は、当然解《げ》せない顔をしていた。

薄茶色のクマの丸い瞳が、誰かに似ている気がして手に取ったのだ。にっこり笑った口元も、ほんわかした和み系の毛並みも似ても似つかないが、ガラスのように透き通った綺麗な淡い茶色の目がちょっとだけ有佐に重ね合わさった。

「なんだ、これは？」

「あ……と、だからぬいぐるみ……」

「これはベアーランドのやつだろう？」

言われて初めて敷は『あっ』となった。

「そ、そう、おまえにもらった福引券でクジ引いたら、実は一等が当たってさ。ベアーランドのチケット。それで今日、前の彼女と行って……礼に土産ぐらいと思ってよ。まぁ、クマなんておまえの趣味じゃないだろうけど」

ベアーの顔を見ていた有佐が視線を起こす。その顔は明らかに気分を害していた。

強張った表情で自分を見据えてくる。本気で怒ると、喋るより黙ってしまうタイプなのだと、このとき察した。

「悪かったよ、黙って行っちまって。おまえもチケット欲しかったか？　けど、おまえ遊園地もクマも興味ないだろ。ああ……そうか、チケットを換金するって手もあったか。まいったな、券はもう使ったし……」

覆水盆に返らず。いつだったか有佐が口にした言葉を使って諦《あきら》めろと言おうかと思ったが、余計に機嫌を損ねるに決まっている。

どうにかその場を取り繕おうと焦る敷の前で、有佐は予想外の行動を起こした。

「……べつに。おまえにやったものだ、その結果チケットが当たろうと俺に所有権はない」

そう言ったかと思うと、有佐はぬいぐるみを右手で鷲摑《わしづか》んだ。おもむろに手を振り上げる。

蛍光灯の下で、投げられるまま無抵抗にクマは弧を描いた。薄茶色のガラスの瞳を一瞬だけ輝かせ、次の瞬間……ぽすりと軽い音を立てて部屋の隅に綺麗に収まる。

ゴミ箱の中へと姿を消した。

「有……なっ、なにすんだよ、おまえはっ！」

声を荒らげた敷に、有佐は事もなげに言った。

「アホか。俺がぬいぐるみなんてもらって喜ぶと思うか？　ああ、チケットの所有権は俺にはないが、おまえが寄越したアレは俺がもらったものだからな。どうしようと俺の勝手だ」

ゴミ箱を顎で指し、耳を疑うセリフを吐いた。


「相変わらずだねぇ」

終業式も目前のその日、日直に当たったのは敷だった。

放課後、クラスメイトの大半が帰った教室で、敷は日誌を書き綴《つづ》っていた。

黒板の掃除を手伝うわけでも、日誌の文面を考えるでもなく、なんら手を貸す素振《そぶ》りも見せない広海は、敷の書く粗い文字を手前の席から退屈そうに覗き込んで言った。

「惣一さぁ、また有貴とケンカしてるよね？　こないだようやく纏《まと》まったと思ったのに、もうケンカなんてね。二人ともマゾっ気でもあんの？」

有佐とは土産を渡しに行った日曜日から口をきいていない。といってもたったの二日だけれど、学校では席も近い二人が一言も会話を交わさなくなっては、周囲にすぐ知れる。

広海には、すでに昨日の時点で丸判りだっただろう。

手を貸さないばかりか文字を書いているペンの先を突いてみたりで、わざと邪魔をしているとしか思えない広海に、敷は鬱陶《うっとう》しそうに応える。

「やめろ、いつまでたっても書き終わんねぇだろ。つーか、纏まったってなんの話だ？」

「だから、こないださ。惣一が酔っ払ったカラオケの翌日、二人して妙に照れちゃって、いかにも『付き合いたてのカップルです』って感じだったじゃん。早速犬も食べたくない痴話ゲンカ？」

「……はぁ？　なんの話してんだ、おまえ」

興味津々の顔で、広海は下から自分を覗き込んでくるも、まったく話の意図が判らない。

「え、違うの？　嘘、あんだけお膳立て……あ、えっとさ、じゃあなにをまた揉めてるわけ？」

敷は俯き、日誌を書き続けながらむすりと応える。

「……有佐のボケが、俺のやったぬいぐるみをゴミ箱に投げ捨てやがったんだ」

「ぬ、ぬいぐるみ？　って、なにそれ、有貴にそんなもの贈るほうがどうかしてるよ。よりにもよってさ、実用性ゼロじゃん。敷、もしかしてセンスな……」

ツボにでも嵌まったのか甲高く笑いかけ、広海は口を噤《つぐ》んだ。ねめつけるより早く、両手で唇を覆い押さえる。あと一歩遅ければ、下降しっ放しで地を這う精神状態の敷は広海相手でも切れるところだ。

「ほっとけ。悪かったな、センスなくて。福引きの礼に買ったんだよ。おまえが時計もらったときに俺が受け取った商店街の福引券あったろ？　あれな、ベアーランドのチケットが当たったんだ」

驚くかと思いきや、意外にも醒《さ》めた反応が返ってくる。

「へぇ、それで？」

「んで、おとつい、B組の佐藤と行ってさ、有佐に土産を……」

「……ウソっ！」

広海はガタリと机を鳴らした。自分の机ならともかく敷の机のせいで、ただでさえ美しくはない日誌を書く文字が歪んだ。

彼女と行ったと話した途端、時間差で大げさに驚愕し、言葉を失った広海の顔を見る。

「嘘じゃねぇよ。マジで当たったんだって、俺もびっくりしたけどよ」

「……じゃなくて。さすがに酷くない、それ」

「だろ？　あの野郎、せっかく俺が用意した土産を……」

「だから、そうじゃなくて」

唐突に指を顔に突きつけられ、敷は面食らった。

「酷いのはさ、この人でさ」

「……は？　俺なのか？　あのなぁ、ぬいぐるみを捨てたのはあいつだぞ？　なんで俺が酷くて、あいつが可哀想なんだ。センスが悪かったのは認める。けど、気に入ろうが気に入るまいが、人にもらったもんを目の前でゴミ箱に捨てるっつーあいつの神経が許せないんだよ、俺は。そこまで最低の奴だとはね」

思い返すのも腹が立つ。これでも気を回し、譲歩して、多少の言動の悪さは目を瞑《つぶ》り……せめて元どおりの関係を取り戻そうとした結果がアレだ。

ゴミ箱の縁から、アイボリー色の丸い両耳の端を数ミリ覗かせていた憐《あわ》れなクマのぬいぐるみ。

可哀想に。俺に購入され、有佐の手なんかに渡ったばっかりに——

クマへの憐憫《れんびん》と湧き上がる怒りに、敷は筆圧を強くする。日誌に押しつけたシャープペンシルの芯は、ぼきりと音を立てて折れた。

筆圧が上がりすぎたからではなく、広海がまた机を揺すったからだ。

「バカっ、なにして……」

「惣一、いいかげん、俺もう飽き……じゃなくて、付き合ってらんないんだけど。たまにはよく考えてみない？」

「考えるって……なにを？」

「有貴ってさ、理由もなく物を捨てたりするかなぁ？　新品のぬいぐるみだよ？　新品タグつき！」

広海は教え聞かせるように言った。

言われてみれば、たしかに変だった。腐っても鯛、クマのぬいぐるみだろうが新品は新品。普段の有佐ならどうする？　売り払うに決まっている。気に入らないからと言ってゴミ箱に突っ込んだところで一円の得にもならない。

「そうだな、なんであいつあんなこと……」

敷はペンを握る手を緩め、唸《うな》った。首を捻り、額を指先で掻く。

疑ってみても、おかしいとしか判らない。クマへの恨み、トラウマでもあるのか。考えるほどに的外れな方向へと向かい、自分の思考が明後日《あさって》の方角を向いていることさえ気づかない敷に、唐突に広海がなぞなぞの答えを明かした。

敷がどう頭を捻り回したところで、出てきやしない答え。

「福引券は、有佐が敷と一緒にベアーランドに行くために用意したものだからだよ」

意味が摑めないあまり、左の耳から右の耳へとスコンと綺麗に素どおりしそうになった。

日本語じゃないのかとさえ、一瞬思った。

「な……に言ってんだ、おまえ」

「なにって、本当のことだよ」

嘘でも冗談を言っているわけでもなさそうな表情。大きな眸が、机越しに真っすぐに自分を見据えてくる。やや苛立ちさえも滲《にじ》ませ、広海は言った。

「だからさ、敷とクリスマスに一緒に行きたかったんだって、有佐は」

「……ベアーランドに？　有佐が俺と？　おまえ……一体なんの話をしてるんだ？」

「福引きの話だよ！　商店街のハッピークリスマス抽選券！　ほかになにがあるっての？　判ってるだろ、惣一も。あの性格だから普通に一緒に行きたいって言えないんだよ。福引きに当たったったら、自分があげた券だし、惣一の性格からして自分を誘ってくれると読んでたわけ、有貴は！」

夢の話か？　こいつ、白昼夢でも見てるのか？

そう思うも、やけに真剣な広海の様子に、なにか重大な事実を告げられようとしているのが判り始める。放課後の教室にまだ幾人か残っている生徒たちの話し声も、物音や気配も意識から遠退き、代わりに理解し難い目の前の友人の言葉が、少しずつ敷の耳から頭へと届き出した。

広海は人畜無害そうなあどけない唇で溜め息をつき、敷をチラと窺《うかが》う。なにか腹を括《くく》る必要でもあるらしい。

「知りたい？　全部知りたい？」

「あ……ああ」

訳も判らず頷く。

「教えてやるよ、俺は有貴より役に立つ惣一のほうがずっと好きだからね」

役に……立つ？　利害で友人を選んでいるかのような腹の真っ黒な言葉だったが、今はそこに引っかかっている場合ではない。たぶん広海が言いたいのはそれではないのだろう。

「俺とこそこそしてたのはさ、有貴が協力を頼んできたからなの。きっかけはアパートの件……惣一の住んでるアパート、うちの親の不動産だって知ってるよね？　だから有貴も住むには俺に頼むしかなかったみたいでさ」

「ああ、そういえば……けど、なんでそれを俺に隠さなきゃなんねぇんだ？」

「だから！　有貴はさ、ずううっと惣一の隣に引っ越したがってたんだよ。部屋が空くの、待ってたわけ。隣に住んで、惣一の関心を引くためだけにね」

敷は瞬《まばた》きをするのも忘れた。

虫も殺さぬ顔立ちの友人が語る大それた秘密を聞き、困惑しきった。

「って、なんだよそれ。あれは別れさせ屋のためなんじゃ……」

「それは建前。有佐のただの趣味っていうか、バイト？　お小遣い稼ぎのために家なんかわざわざ借りるわけないでしょ」

「けど、あいつ、いつも『仕事』だって。事務所代わりだとか言って……」

「敷に本当のこと知られたくないから、言い訳したんだよ。本音と建前って言葉、有貴のためにあるようなもんだし」

――いかん、ますます意味が判らねぇ。

けれど、理解できなければならないことだけは判った。

困惑から困窮へ。頭を抱えたくなる敷に、広海はさらなる追い討ちをかけてくる。

「ちなみにさ、俺にも教えないけど、惣一と彼女別れさせちゃったのも偶然じゃないと思うんだよね。有貴がさ、人違いなんかすると思う？　惣一に彼女がいたら、今年は一緒にクリスマス過ごせなくなるからに決まってるよ。わざとだね、絶対」

「なんだそりゃ。たかがクリスマス一日のために……」

「そこまで知らないよ。知らないけど、有貴、クリスマスに執着してるもの。それに、べつにクリスマスだけの話じゃなくて、ようするに敷に彼女がいるのが嫌だったんでしょ」

「……なんで？」

広海は聞えよがしの溜め息を、たっぷりと聞かせてくれた。一週間分ほどじゃないかと思える盛大な溜め息だ。

そして、すべての絡んだ糸を一息に解きほぐす言葉を告げる。

「どこまで鈍いんだよ、惣一。有貴はね、惣一が好きなんだよ。好きで好きでたまんないから、ずるいことでもやりますってわけ」

敷は一週間分といわず、数年分ぐらいの驚きを味わった。

完全に体の動きを止め、危うく呼吸まで止めてしまいそうになる。

「ねぇ、惣一判ってる？　クリスマスは目の前。イブは明後日だよ？」

ケンカしてる場合じゃないと思うんだけどなぁ、とぼやいて、広海は動かなくなった敷の顔を覗き込んでくる。反応しようにも体が動かない。頭はもっと回らない。

どうにかしようと焦るあまり、ようやく行動できたときには爆発的に体が動いた。

椅子を弾き飛ばさんばかりに鳴らして立ち上がる。呆気に取られる広海の顔も見ずに机を離れ、戸口へ向けて駆け出す敷は、一旦舞い戻ると忘れかけた鞄を引っ摑んだ。

「それ、続き書いて出しといてくれ！」

思い出したように一言告げる。

「えっ⁉」

返事に構わず、再び出口を目指した。

やっと見つかりそうな出るべき道。

「ちょっとぉっ、惣一っ！　こんな汚い字真似できないよ！」

追い縋る声が聞こえた気がしたけれど、説得するのも放棄して教室を飛び出した。


有佐が俺を好きだって？

ライクでも怪しいところを、いきなりラブだと広海に指摘され、敷は混乱していた。生まれてこの方、これほど頭の中が縺《もつ》れ返ったことはない。けれど、一方で思い当たる節がまったくないわけじゃない。ぽつぽつと断片的にはある。目の前に落ちていても知らなければ通り過ぎてしまうような、ほんの小さなきらきらと光る欠片。

強引にセックスをしてしまった翌朝、教室で会った有佐は明らかに変だった。貴重なエビフライを寄越したり、変に優しくて、妙に甘くて。酷い目に遭わせたと思っていたのに、謝ってもなんだか嬉しそうで——あれは見方を変えれば、そう『幸せそう』だった。

けれど、その後の態度はいつもどおり。罵詈《ばり》雑言で自分をげんなりさせた。

クリスマスに拘《こだわ》るというのなら、その理由は判らなくもない。白いツリーを前に過ごした幼少の頃から、毎年一緒にいるのが当たり前だったクリスマス。けれど、そのときだって有佐は仏頂面で、去年のスキーでは『板で雪の上滑ってなにが楽しいんだ』なんて言うから、今年も期待しているだなんて思うわけがない。

照れ屋や不器用で片づけるには、あまりにも捻くれた言動の数々。地面に落ちたきらきらを探そうにも、目を凝らそうとしゃがみ込んだら車にでも轢《ひ》かれて生き残れそうにない。

シャイってのは、ちょっと口下手だったり、ちょっと内気なはにかみ屋だったり、その程度の人間を言うんじゃないだろうか。

有佐がそうだというなら度を超えている。病気の域だ。

「……信じらんねぇ。ビョーキはあいつのほうだってか？」

敷は思わず声にしながら、荒い足取りで家路を急いでいた。向かうはアパート、自分の部屋……の隣の部屋だ。変わりかけた信号に横断歩道を走り抜けたのをきっかけに、そのまま一心不乱に走り続ける。帰宅途中の生徒たちが横並びに歩いているのが邪魔だ。小脇にした鞄が揺れるのさえ煩わしい。

恋の病に冒されていたのは自分だけではなかった。

有佐の場合、恋以前の問題のようだけれど。

じりじりした思いを抱えながら、アスファルトを蹴ってひた走る。先に学校を出た有佐は、用がなければ家に帰っていると思うが、捕まえて正直どうしたいのかは判らなかった。

俺のこと、好きなんだって？　奇遇だな、俺も最近おまえに惚れたところなんだ。なんだよ、両想いじゃん俺たち。今日からよろしくなー、あっはっは！

――なんて言って、手と手を取り合って、アパートの狭い部屋ん中をクルクル回ったりしようってのか？

無理だ。天地がひっくり返っても、あの有佐からそんな対応が引き出せるとは思えない。あの冷めきった目で見られ、冷笑つきで馬鹿呼ばわりされるのがオチ。

だいたい福引きの件からして胡散くさい。あいつに狙《ねら》いがあろうがなかろうが、福引きが都合よく当たったりするはずが――

敷は思い返して『ん？』となった。

ヘロヘロヘろり。不自然に飛び出してきたあの玉、パチンコ屋『ラッキーパラダイス』の玉に似た銀色の玉。抽選所を担当していたのは誰だ。洋鈴を鳴らしたのは――

「誰にも言わないでよ？　バレたら商店街でハブられかねないんだからね？」

息を切らして立ち寄った商店街の店先で、黒いゴムエプロンを腰につけた魚屋のおばちゃんは、そう前置きした。和気あいあいと協力し合っているかに見える商店街に、そんなデリケートな一面があるとは驚きだが、今《ま》はそれよりも有佐だ。

美少年に打算つきの愛想を振り撒かれ、年甲斐《としがい》もなく高校生をアイドル視しているおばちゃんは気のいい婦人らしい。声を潜めて打ち明けた。

「なんでもね、あんたが身寄りのない一人暮らしで、見た目はすくすく成長して大きいけど、施設で育って遊園地にも行ったことがない不憫《ふびん》な子供だって言うのよぉ。可哀想だから、一生に一度ぐらいいい夢見せてやってくれって！　それ聞いたらもう泣けてきちゃって……」

友達思いの有佐に絆《ほだ》され、不正を働いてしまったのだと言う。

「そ、そんなことをあいつが……」

呆れも通り越して、弁解する気にもなれない。

――誰が天涯孤独だ。両親とも健在だ。今頃ニューヨークのロックフェラーセンターのジャイアントツリーのご近所でキリストさんの誕生日祝ってるよ！

心の内で叫びつつも、おばちゃんに伝える気力もなく、有佐を怒る気持ちも湧かない。

本当だった。広海の言っていたことは、嘘じゃなかった。

たぶん、すべて真実なのだろう。

魚屋を離れ、歩き慣れた商店街を後にする敷は、再び走り出すことなく今度は一歩ずつゆっくりと歩みを進めながら、致命的なまでに不器用な男のことを思った。

小豆《あずき》は箸でつまめても、恋が上手くできないぶきっちょな男。中学校の屋上で、告白を受けたと相談されたとき、素っ気ない反応をしてしまったら、物言いたげな目で自分を見つめ急に不機嫌になった。調味料を貸してくれと家を訪ねれば……そんな用でもなければ部屋を訪れない自分に、不満たらしくタダでは貸せないと口にする。

心では好きだ好きだと訴えながら、声を大にして嫌いだと言わずにいられない。

敷はなんだか脱力した気分だった。

家までの道程《みちのり》はのろのろと歩いた。


有佐を見つけたのは、アパートの隣室ではなかった。

敷は二階建てのアパートの屋根も見えないうちに歩みを止めた。公園から沿って続く細い川の小さな橋の上で、幼馴染みがぼんやりと佇んでいた。

冷たい石造りの橋の手摺に凭《もた》れ、川の水面《みなも》を見ている。両肘《りょうひじ》をついて突き出した手のひらを包み合わせ、肩を丸めた有佐は、冬の寒々とした川の流れを見つめていた。

物憂げな表情さえ絵になる横顔。制服の紺色のコート姿で立っていても大人びて見える。けれど、その一人立ち尽くす姿は、敷の目には幼稚園の運動場の片隅でポツリと膝を抱えて座っていたあの子を彷彿《ほうふつ》とさせた。

『いっしょにあそばねぇ？』

そう初めて声をかけた小さな敷に、唇を噛み締め小さな有佐有貴は首を振った。『うんどうしたらせきがでるし、こどものあそびはスキじゃないから』と、身長一メートルにも届かない子供のなりで拒んだ。生意気で可愛げがなくて、賢いつもりでいるだけの子供。そのくせ敷が諦めて離れようとすると、遊戯服のスモックの裾を摑んできた。

『もいちど……もういちどいったら、あそんでやってもいい』

大きな目で、必死な顔をして訴えかけてきた。

拒んだら泣き出しそうなその瞳に、小さな敷は逆らえなかった。

あの子は叫んでいたから。本当は上手く言葉にならない気持ちを伝えたがっていた。もう一度、もう一度だけ言って。心開けるようになるまで繰り返して、自分をその場から立ち上がらせてほしいと。

本当は自分で開きたくとも、重くて開けないドア。叩き壊してほしい。壊して、そして手を差し伸べてほしい。突っ立っていてもその手が届くところまで。

僕は動けない。動きたくない、何故なら傷つくのが怖いから――

変わっていない。有佐は十年以上たった今も、あの頃と変わらない中味を抱えた、ただの甘ったれた子供だ。

「……どうしようもない我《わ》が儘《まま》男だな、面倒くせぇよ」

バカな男だ。病んでる男。ただ好きと言えばいいのに、それだけのことができないのか。

――可哀想な、有佐。

男は敷の見つめる前で、思い出したように首元に手を運ぶ。その首には不似合いな縞《しま》模様のマフラーが巻かれている。真新しくもなく、センスもあまりよくない中古のマフラー。少し緩んだそれを、丁寧に首に巻きなおすと満足そうな表情を浮かべた。尖った顎の先を埋め、白い顔は白い微かな息を漏らして幸福そうに微笑んだ。

敷はその横顔を見つめ続ける。

そして黒い眸を一度瞬かせると、ふっと息を漏らして苦笑した。

「有佐」

力強い声で呼びかけ、男の顔をこちらに向けさせた。

「……敷」

柔らかだった顔はいつもどおり、表情をなくした人形めいた顔に戻る。

敷は有佐の元に歩み寄り、臆することなく告げた。

「広海から全部聞いたぞ」

男は目を心持ち見開き、それから眉間に薄い縦皺を走らせた。なにか言いたげに口を軽く開いては閉じ、そしてすっと顔を背ける。

自分がなにもかも知ってしまったのだと、誤魔化しはきかないと悟った態度だ。

「……で？　だからなんだ」

「おまえはどうしても言いたくないのかもしんねぇけど、俺は言う。駆け引きとか、ゴチャゴチャ遠回しなのは嫌いなんだ。だから、おまえの欲しい言葉をくれてやる」

敷は一呼吸置き、背けられた横顔に投げかけてやった。

「有佐、俺はおまえが好きだ」

あっという間の短い言葉。数秒足らずの言葉のあと、有佐の薄い尖った肩は震えた。

こちらに向き直ると、真っすぐに見つめ返してくる。敷を映した薄茶色の眸は、やがてゆらゆらと揺らぎ始め、薄い唇が躊躇いがちに開いた。すぐに条件反射であるかのように嘲《ちょう》笑《しょう》を形づくり、言葉を吐き出し始める。

「……それが……俺の欲しい言葉だって？　ふざけてるのか、おまえ。バカじゃ……」

敷は手を突き出した。二の句を継がせず、大きな手のひらで有佐の口元を塞《ふさ》ぎ込み言う。

「喋るな。今から俺はおまえにキスしようと思ってる。俺はおまえの望みどおりにしてやったんだから、さっさと俺の欲しいもんを与えろ。本気で嫌なら避《よ》けろ」

そろりと手を引き剝がす。動揺のあまりか、呆然となって口を開くことを忘れている有佐のほうへ身を近づけた。

少し上体を傾げ、敷は顔を傾ける。わざとゆっくりと顔を近づけていった。奪うことに意味はない。これは返事だ。言葉の代わりとなる答え。有佐にもそれが判ったのだろう。距離

を縮めるうち、閉じられた唇は戦慄き始める。

なにか今にも辛辣《しんらつ》な言葉が飛び出してきそうな、逃げ退いてしまいそうな唇。今、ようやく敷には有佐の葛藤が手に取るように判り、そして有佐は避けなかった。

直立不動の棒切れにするみたいなキスだった。キスの間もその後も、見開いたままの眸。

「好きだ、有佐。できれば間違いにしときたかったんだけどな、おまえに惚れてんだよ。今日からおまえは俺のもんだ……そん代わり、俺をくれてやる。おまえのもんにしてやる。いらないとは言わないよな？」

自分でも少し偉そうな口ぶりだと思った。

反論が返ってこないうちにと、有佐の体を抱き寄せ、もう一度口づけた。

腕に搔き抱き、息も継げないほどのキスをする。合間に覗き見た有佐の目は、いつの間にか閉じられていた。

幾度も口づけを繰り返す。歪《いびつ》な恋心は、今はほかに伝え合う方法がなかった。言葉で語り尽くせないもどかしさを埋めるものは、体の柔らかな部分を押しつけ合うほかにない。

病的に不器用な男の精一杯の愛情表現。長いキスの途中、棒切れになっていた有佐の腕が巻きつくように首に回され、しっかりとしがみついてくるのを敷は感じた。

「調子に乗るな、短絡思考が。俺が許すとでも思ってるのか？」

有佐が元どおりの幼馴染みに戻ったのは、部屋に入ってまもなくのことだった。

話し方を忘れてしまったみたいに言葉を失い、いつもはよく喋る唇を噤んでアパートまでの残りちょっとの道程を並び歩いていた有佐は変だった。

心ここに在らず。ぼーっとしていて、宙に浮き上がったような覚束《おぼつか》ない足取りで自室の鍵を開けた。部屋の中に敷がついてきても、なんら疑問も抱いていない様子だったのは、受け入れたというより頭がまるで働いていなかったのだろう。

その類まれに天《あま》の邪鬼《じゃく》な頭に再び始動されてしまったのは、習慣づいた動きで脱いだコートやマフラーをハンガーにかけ始めた有佐に、敷が触れたことによる。

欲するままに抱き寄せた。腕の中で感触を確かめるだけのつもりが、触れてその抱き心地や体温を知ってしまえばもっと先を知りたくなる。自らコートを脱いだりなんかもして、もっと肌の近いところで互いを知ろうとベッドに縺れ込んだ。十年以上の付き合いの中で、初めてとも言えるこの上なく甘さを予感させる空気。橋の上の告白の流れからしたら、別段おかしなことでもなかっただろう。

おかしいのは有佐だ。落ちたブレーカーでも戻ったみたいに、前述の言葉を放ってくれた。

「なんだよ、許してくれたんじゃなかったのか？」

ずるずると身の下から逃げ退く体をベッドの端に追い詰めてみたものの、危うく蹴られそうになる。逃げ場をなくして壁に到達し、背中をぴったり張りつかせても、有佐は変わらず有佐だ。

「き、キスを許しただけだ。都合よく解釈して猿みたいにサカるな」

「サル⁉」

「……猿だろう、どう考えてもアレは。失望させられたしな、俺は」

「失望って……へぇ、じゃあおまえこないだは期待してもいたんだ？」

「ばっ……」

「バカっていう奴がバカだ」

壁際で子供じみた攻防を始めた二人は、他人から見ればどちらも馬鹿に違いない。敷は逃がすまいと囲うように壁についた両手を、じりじりと狭《せば》めていく。馬鹿でもいいと、必死だった。

「あれは酔っ払って……その、ちょっと気が昂ってたからだ。有佐、リターンマッチぐらいさせてくれたっていいだろ？」

問いかけながらも、返事を待たずに唇を塞いだ。無駄に喋らせないのが正解であると学習したばかりだ。怒濤《どとう》の屁理屈に押し流されておあずけを食らうのは、今は絶対にゴメンだった。

「あ…りさ……」

何度も角度を変えて唇を吸う合間に、零れるような声で呼ぶ。薄く締まった唇が柔らかに解けてくるまで、淡い口づけを繰り返し、そして深く押し合わせた。肉が薄く尖った顎を手で捉《とら》え、動かぬように固定して、逃げ退く舌を思う様追いかける。

するすると摑み所なく逃げてばかりの心とは違い、舌は呆気ないほど簡単にからめ捕《と》られた。

「……んっ……」

苦しげに呼吸をしていただけの鼻腔《びこう》から、やがて微かな甘い呻きが漏れ聞こえた。

敷は口づけたまま、そっと顎から手を離す。息を飲んで上下に蠢《うごめ》いた白い喉元から、固く結ばれたタイの上、ニットベストの上へと指を滑らせる。もどかしげにニットの裾から手を滑り込ませれば、自分と同じ学校指定の制服シャツとは思えない、糊《のり》のきいた生地の感触。誘惑に駆られるまま一方の手もブレザーのジャケットの内へと差し入れ、敷は有佐に押し留《とど》められた。

「……やめろ」

肌に指が食い込むほど敷の手を握り締めた有佐は、きっぱりと拒絶する。

「な、なんで？」

「俺に今その気はない」

「あのなぁ、その気はないって……いつならその気になんだよ？　どうせなったって、おまえ教えねぇつもりだろうが」

したい、なんて言って擦り寄ってくる有佐は想像できない。押してダメなら引いてみろ、などという言葉がこの幼馴染みに通用しないだろうことは、もう嫌というほど判らされている。

押してダメなら、もっと押すしかない。

敷は拒む言葉を無視し、身を深く寄せた。広い肩や胸まで使って有佐を壁に押しつけ、腕の中へ捉える。ぎゅっとプレスした体は柔らかくはないが、ほんのりと温かく、有佐が欲も感情もある生身であるのを感じる。鼻先を埋めた髪や首筋からは、トワレの類の匂いなのか微かな甘い香りが漂い、敷をますますその気にさせる。

もう一度キスをして、撫でて擦《さす》って。はやる思いで先へと導こうとして、上がった声にドキリとなった。

「や……めろって言ってるだろっ……」

有佐らしくもない声だった。上擦った声音はまるで泣く一歩手前みたいだ。

こんなふうに動揺し、弱さをチラつかせた有佐を初めて目にした。

「……なんでしたくねぇの？　俺は……すげぇ、今したい。おまえのこと、本気で欲しいって思ってるから。ダメか？」

欲しい、と口にした瞬間、淡い茶色の眸が揺れる。決して本気で嫌がっているわけじゃない。そうであってほしい願望が混じっているのは否めないが、直感的にそう感じた。

あのとき、強引に抱いたときも、有佐は真剣には嫌がっていなかった。むしろ今思えば求められるのを待っていた節さえあった。なのに今は拒んでいる。

「なぁ、なんでだ？　言ってくれないとさ……たぶん俺、一生判らねぇよ。鈍いの知ってんだろ？」

「…………」

敷は俯いて口も利かなくなってしまった男の髪を梳《す》いた。口達者な有佐が喋らないのは、よほど余裕をなくしたときだ。

額から目の上にかかった髪を、指先で幾度も丁寧に梳いてやる。艶《つや》のある有佐の髪は、手触りもよかった。毎日のように目の前にあったのに、今までこんなふうに触れたことがないのが不思議な気さえする。宥めているつもりが、弄るのが心地よくて手放せなくなった頃、ようやく目の前で俯く男が口を開いた。

「……痛かったからだ」

有佐はぽつりと言った。

「え……痛かったって……」

少し拍子抜けした。だったら、痛くしなければ大丈夫じゃないのか。男同士でも今度は慎重にやれば……と短絡にも安堵しかけ、敷はどこまでも鈍い自分に気がつく。

たったそれだけ、を言うのが病的に素直になれない有佐にとっては激しい苦痛なのだ。

その苦痛を押してまで、伝える意味はなんなのだろう。

敷はまだ深く俯いたままの有佐の旋毛《つむじ》を見つめ、軽い溜め息を漏らした。

「平気なんじゃなかったのか？　男とやるのは慣れてるから平気、で……俺がインポになるのを心配して辛いのは言わないでやった、とかって言いたい放題だったろ？」

多少違っているかもしれないが、たしか屋上で有佐はそんな言葉を使ったはずだ。おかげで打ち解けそうだった雰囲気はどこへやら、今日まで遠回りをしてしまった。

「……作り事だ、全部。おまえが聞いてた……フェイクも。本当にフェイクだったんだよ。広海に全部聞いたんじゃなかったのか？」

「フェイクがフェイク……」

意味不明で首を捻りたくなる。

「……おまえを動揺させるための嘘だ。俺が別れさせ屋ぐらいのために、体を張るわけないだろ。そこらの奴を虜《とりこ》にするのに体まで使うと、おまえは本気で思ってたのか？」

気まずいのか、有佐は髪に触れて絡んだままの敷の指を払う。敷は振り払われたことに気づく余裕もなく、問い返した。

「って、どういう意味だよ？」

「まだ判らないのか。だから……ほかの奴らとはデート程度しかしていないってことだ」

フェイク。つまり偽物であり、まやかし。

「全部……演技だったってか？　朝、男を送り出してたのは……お、おまえ、ここんとこにキスマークつけてただろ？」

「送り出した振りをしたんだよ。キスマークってなんだ？　川から落ちたときなら、川底にぶち当たったせいで打ち身だらけになったが……」

「だったら……あれは？　あれは誰に聞かせてたんだよ？」

忘れもしない、自分を悩ませ続けてくれた声。絶対にまやかしなどではなかったと断言できる。日曜の夜、壁越しに響いてきた切ない吐息。快楽を求める有佐の淫らに押し殺した息遣いは、思い返すだけでジェラシーとしか表現のしようのない感情で身を熱く滾《たぎ》らせる。

「聞かせるって……なにをだ？」

「とぼけんな。誰としてたんだよ。フェイクじゃなくてその……よ、よく日曜の夜とか……夜中にここで……」

茶色の旋毛が動いた。顔を上げた有佐は困惑顔で、それから少しだけ笑った。

力ない苦笑いを浮かべる。

「そんなことまで盗み聞きしてたのか。変態だな、おまえ。あと一歩進んで盗聴や覗きになったら犯罪だ」

「す、好きで聞いてたわけじゃねぇ。知ってるだろうが、ここメチャクチャ壁薄いんだって」

言い訳がましくなってしまうのは、実際に聞き耳は立て、一度は壁に張りついてまで確認してしまったせいだ。

有佐がもう一度息遣いだけで笑う。膝を両手で抱いた男は困ったような素振りを見せ、けれどはっきりと言い切った。

「誰ともしてないし、聞かせてもいない」

「嘘つけ、たしかに……」

「聞いてたのはおまえだけだ、敷。おまえだって、AV見てアンアン言ってることあるだろう？　知ってるぞ、おまえがよく鈴木からその手のDVDを借りてるのは」

「だ、誰がっ……！」

誰が、アンアン言うか！　たしかにクラスの鈴木経由のAVは、多くのダチとともに世話になっているが——

それのどこが有佐の声と関連しているのだろう。敷は首を傾げかけ、げっとなった。

「あのな……もしかして、その……」

「俺には一人でする権利はないのか？」

あれは一人エッチだったというのか。それで誰にも聞かせてはおらず、例の仕事でもヤっていないとなると……どうなるのか。

敷は考えた。考えた末に発した言葉は、冷静を装いつつも動揺のあまり声が裏返りそうになった。

「じゃあおまえ、バージンってこと⁉」

「……男に対して適切な表現とは思えないが、まぁそういうことになるな。おまえがヘタクソすぎて、こないだは中途半端に終わったしな」

「こないだって、あんとき最後までやったんじゃなかったのか？」

「やれたと思うか？　猿みたいに前戯もなしに突っ込もうとしやがって、途中で蹴り出してやったに決まってる」

「蹴り……」

そこに愛はあるんだろうか。

疑問は芽生えたが、敷は深く追及はしなかった。なにやらアレコレ騙《だま》されていた事実。遡《さかのぼ》ればムカツキも覚えそうな予感がするけれど、今は追及は後回しにするのが賢明だ。

「だから、もうしないと決めてる。あれは最悪の経験だった」

膝を抱いた有佐は、足の先で乱暴に敷の腹を押しやる。再び蹴りを入れて遠ざけようとする扱いに眉を顰める間もなく、ぽつりぽつりと添えられた言葉に驚かされた。

「痛かったし……それにおまえも……冷たかったからな」

途切れ途切れの声は、僅かに震えて聞こえた。

求められたのは嫌ではなかったものの、その内容がショックだったとそういうこと。初めてだったなら尚更だ。敷は今更思い知って、衝撃を受けた。なにも知らずに勝手に嫉妬したり欲しがったりしていた自分にも、腹立たしさを覚える。

あのとき、有佐はどんな思いで自分に抱かれていたのか――

「……判った、もうしねぇよ」

再び俯きかけた有佐の顔を覗き込むと、精一杯優しい声音を作って言った。

「あんなふうにはしないって約束する」

唇を啄《ついば》みながら、敷はそろそろと有佐の体を探った。

あんなふうにしないとは言ったものの、詳しくは覚えていない。有佐のお気に召す方法が判るわけでもなく、あの手がダメならこっちでとチェンジできるほど経験も豊富ではない。男は敷だって初めてだ。有佐も初めてであると思えば、変な興奮に汗まで出てきそうになる。とりあえず慎重に徹することにして、『暴走するな、暴走やめろ』と呪文のように自分に命じた。

許されたキスで宥めながら、ニットのベストをたくし上げ、現われた乱れのない制服の白いシャツの胸元を探った。同性相手のセックスでも自然と胸を撫でたがるのは男の本能か、潜んだ二つの胸の粒を探し当てるのはそう難しくない。

「……ぅっ……」

小さな膨らみは撫で摩《さす》るうちに布の下で尖ってきて、引っかかりとなって敷の指先を楽しませる。転がすように押し潰《つぶ》し、布ごと指の腹でやんわり摩擦してやれば、壁に背中を預けたままの有佐の体がひくひくと揺れる。悪戯《いたずら》に爪先で強く引っかくと、今度は肩が跳ね上がってそこが性感帯であるのを知った。

「痛……くないよな？」

重ね合わせたままの唇を離し、確認する。薄茶色のガラスのような眸は敷が見つめただけで揺らいで、中心には自分が映り込んでいた。

「おまえ……なんか、この前と違う」

「だから、猿は返上するって言ってるだろ？　嫌って考える暇もないぐらい気持ちよくさせてやる」

「……おまえが、俺をか……？」

「ほかに誰がさせんだよ？　俺以外の奴にしてほしいのか？　俺に気持ちよくしてほしくねえ？」

もう判りきった答えだ。そして有佐には絶対に答えを言えないと知っていながら問う自分は、少し意地が悪いと思う。

緩やかに性感を煽り続けた。押し合わせた唇の間から舌を伸ばし、戯れる。胸の上の指を悪戯に動かす度、絡めた濡れた舌はピクリと竦んだ。閉じた有佐の足をそろそろと割り開き、敷は間に身を割り込ませた。

「……ぁっ……」

滑り下ろした手で腰の中心に触れると、突かれたように声が漏れる。

制服の下の体が熱を帯びてきているのが判る。僅かながらもうっすらと色づいた頬。息苦しげに上下する胸。そして触れる衣服の下から伝わってくる熱。

中心を柔らかく包み、撫で摩ると、手のひらの内で有佐が形を変えていくのを感じた。

「……ふ…っ……」

有佐はなかなか声を上げようとはしない。弾みそうな息さえ、押し殺した吐息に変える。

「なぁ、おまえさ……マジで誰にも触らせたことねぇの？」

未だ半信半疑で敷は尋ね、向けられた眼差しは『変なことを聞くな』と訴えてくる。

「……おまえは…っ…エロオヤ、ジか……」

「いいじゃん、それぐらい。聞きたがっても……いろいろ知りたいんだよ。それに……」

ただ相手を意のままにしたいのとは違う。この欲望をなんと表現すればいいのやら……そう、大事にしたい。慈しみたいのだ。それからこの不器用で仏頂面の男を変えてみたい。夢中にさせたい。自ら、俺が欲しいと言わせたい。エロい声も可愛い言葉も、本当はたくさん吐かせて、『気持ちいい』と言って泣かせたい。

馬鹿と罵られるに決まっている言葉でいうなら、『メロメロ』にさせたいのだ。

「有佐、おまえ……毎日こんな格好してよく疲れないな」

有佐の制服を乱す行為は背徳的な匂いがした。上着を肩から引き落とし、ニットベストも脱がせて、隅々まできっちりと閉じられたアイロンのかかったシャツのボタンを敷は器用に片手で外した。

顕《あらわ》になっていく肌に口づけながら、ズボンの前も寛げる。指先を忍ばせれば、途端に緊張感を漲らせる有佐の体。

「や……やめっ……！」

「触らずにやれるわけないだろ？　手品じゃねぇんだからさ」

「けど……し、きっ……待っ……ぁ…っ……」

そろりと有佐の性器を外に引きずり出した。

アルコールの酩酊感もなくクリアな頭と目で確かめた有佐のその部分は、記憶の中の有佐少年のものとも、自分の見慣れたそれとも違っていた。他人のものに興味を示したことはなく、比べる対象は少ないが随分とすんなりしている。小さくはないが、皮膚が薄そうでピンと張った様は痛々しくすら見えた。力任せに摑んで悲鳴が上がった理由が判った気がした。

「不感症じゃなかったのな、おまえ。っていうか、随分感じやすくないか？」

変に綺麗すぎる色が艶《なま》めかしい。緩く勃《た》ち上がった有佐のそれは、鈴口の薄赤く覗く割れ目がもう潤んでいる。

「なに言って…っ……」

眦《まなじり》を吊り上げた眸が敷を睨み据えてきた。けれど、眼差しはすぐにゆらゆらと揺れ、潤みを帯びた眸は逃げるように目線を下降させる。苦痛の記憶が抜けないのか、直接触れるとあろうことか手の中のものは萎《な》えそうにもなった。怯《おび》えさせていると思えば罪悪感と焦りと、大事にしたいとか好きだとか、様々な感情に自分までもが揉みくちゃになる。

「……な、有佐……大丈夫だって、痛くしねぇから」

『本当か？』と問うように、ちらと仰いでくる眸がなんだか可愛い。『気持ちよくなるだけだから』なんて幼子でも丸め込むように言う敷は、髪に忙《せわ》しないキスを繰り返しながら指を這わせた。

指の背や腹で、擽《くすぐ》ったく触れ続ける。

「んっ……ぁ…ふっ……」

やがて甘く、とろりとなる吐息。有佐の性器が張り詰め、快楽を欲して震える。

「……敷……もう……も…っ……」

無意識なのだろう。焦れて素直に腰を揺らし始めた体は、あの有佐とは思えない。

「握ってもいいか？」

囁いて尋ねた瞬間、昂るものはピクンと跳ねた。先の窪《くぼ》みに溜まっていた雫《しずく》が零れ落ちる。茎を伝う感触を敏感に感じ取ったのか、有佐は息を飲み、声を震わせながら応えた。

「……いい。しても……いい……」

消えそうに微かな声。求められることにぞくぞくした。興奮のあまり、自分がまた暴走するのではと敷は不安を覚えたほどだ。

許してやる口ぶりながら、有佐の眼差しはねだるように見つめてくる。懇願する色を帯びて映った。もしも都合のいい解釈、希望的観測でそう読み取っただけなら、随分と自分はめでたい男だ。

性器に指を絡めながら、有佐の顔を覗き込まずにはいられなかった。

「……ひ…ぁっ……」

敏感そうなそれを痛めつけないよう、努めて優しく包み込んだ。

ゆっくり抜き上げてやる度、伏せられた有佐の睫が小刻みに震える。声を殺す唇も、僅かに開いて息をつくごとに戦慄き、今にも甘い声が零れ出しそうだった。

声を聞かせまいと堪える有佐の表情が、却《かえ》って敷を煽り立てる。感じやすいはずの筋をなぞると、尖端《せんたん》で膨れた透明な雫が次々と零れ落ち、敷の指をも濡らした。

「有佐……声、出してみ。べつに恥ずかしくないだろ？　今まで散々聞かせてきてんだ」

「……つくり……声でいいならなっ……」

口を開くと相変わらずの男。敷はムッと唇を尖らせた。

「いいわけねぇだろ、ったく……」

少し指に力を込めてあからさまに扱けば、有佐の腰が大きく揺れる。頭を振り、シャツを羽織ったままの背中を壁に擦りつけて上下させた。

『はっ、はっ』と短いながら、呼吸が荒く乱れる。急速に射精感を覚え始めたのだろう。

「有……佐、イキそうか？」

尋ねてみるも、首を振って否定されてしまった。

「なんも言わないつもりか？　なぁ……頼むから俺のこと好きって言ってみろよ。言ってみたくねぇか？」

「……二度は……言わ、ない」

「二度って、一度も言ってないじゃないかよ、おまえ」

「……前に、言った。聞き逃、したんだ…ろっ、あ…きらめ、ろっ……」

どこに聞き逃す隙がある。さっきから、耳の穴は今か今かと待ち侘《わ》びている。

苦笑するしかない。どこまでも強情な男だ。放り出してやろうかと思ってみたりしつつも、そうするにはもう手放せないほど夢中にさせられてしまっていた。

手に収めた唯一の有佐の素直な部分を、存分に可愛がる。空いた手を胸元の尖りに這わせると、いきなりボコッと胸に拳《こぶし》を叩きつけられた。

「なっ……なにしやがんだよ、テメっ！」

とても愛の営みの最中に吐く言葉ではないが、殴るほうが悪い。

さして痛くもないけれど、有佐はまた敷の胸を殴りつけてきた。今度は制服の襟をぐしゃぐしゃに握られ、揺さぶられるオマケつきだ。

握ったり放したり、それから不意に額を肩口に擦り寄せられた。

「……しき……」

もどかしげに幾度も擦りつけ、凭れる場所を定めたかのように顔を敷の首筋に埋める。丸められた薄い肩が、小刻みに震えていた。言葉は微かに名を呼ばれたのみだったけれど、揺れる腰が限界がきていることを訴えかけてくる。

「……イキそうか？　いいぞ、俺の手に出しても。ほら、イッてみな？」

表情を見たくとも、全力で抗《あらが》われるのは目に見えている。背中を抱き留めてやり、愛撫の手を強くした。今にも弾けそうに性器は昂って張り詰め、首筋にかかる熱い吐息は次第に間隔を詰めていく。

声にならない甘い息。

敷が壁越しに何度か耳にした、あの切なく狂おしい息遣いだった。

「……ぁっ、や……ぁっ……」

濡れて綻んだ穴を喘《あえ》がせる鈴口を指の腹で擦った瞬間、あの細い悲鳴が聞こえた気がした。

最後まで抗い、堪えようとしたのか。規則的に腰を何度か震わせる有佐は、長い時間をかけて敷の手のひらに吐精した。

腕に絡んだままのシャツを抜き取り、その足からも服を脱がせていく間、有佐はぼんやりしていた。なんの反応も寄越さず、射精の余韻に脱力しているかに見えた。

けれど、そんな無抵抗の時間が長く続くはずもない。

ベッドに横たえた体に覆い被さり、両足を抱え込んだと同時に雑言は飛び出した。

「バカ、最後までするつもりか、おまえは」

「ちゃんと、いっぱい慣らすから……な？」

「『な？』ってなんだよ……おい、敷……待てってて……」

不穏な気配を感じ取ったのか、身の下から這い出ようとする有佐を抱き寄せ、音を立てて唇を啄んだ。籠絡《ろうらく》するには手強《てごわ》そうな秘した場所を求め、抱えた足を開かせる。

顔を埋めることに躊躇いはなかった。欲望に浮かされているからばかりではない。傷つけたくないし、やっぱり痛い思いはさせたくなかった。

有佐の尻の薄い肉を割り、体を繋ぐにはほかにないその場所へと舌を伸ばす。

「ひ…っ……なっ、なに考えて……嘗めるな、バカっ……」

有佐のうろたえようが少し可笑《おか》しい。しかし、笑えばさらに頑《かたく》なさがアップするだけに決まっている。息苦しくなるのも構わず、奥まったところへと顔を寄せた敷は真面目《まじめ》に応えた。

「痛《いて》ぇの……嫌、なんだろ？」

「どうやっ…たって、痛いに決ま…っている。おまえ、ヘタクソっ……だからな」

今、やけにヘタクソの部分に力が籠っていなかっただろうか。

慎《つつ》ましやかに閉じた窪みは、舌で撫でる度に震える。濡れた舌先をくんと差し入れようとすれば、きゅっと恥じらうように可愛らしく窄《すぼ》んだ。反応は悪くない。このまま唇や舌で愛撫してやりたいと思った。とろとろに蕩けさせ、自ら綻んで口を閉じられなくなるぐらい感じさせてやりたい。

けれど、敷のそんな甘い気持ちを萎えさせるほどに頭上が騒がしい。

「しっ、舌……入れる、なバカっ、サルみたいなことっ……するな、バカっ……」

猿は人間のような愛撫はしないだろう。知能が低下し、進化前に戻ってしまったのは有佐のほうではないか。バカの一つ覚えみたいに『バカ』と言う。

身を起こした敷は、仕方ないと有佐の顔を覗き込んだ。

「有佐、少しな……静かにしろ。気持ちよくイカせてやったろ、俺に身を任せようとか思わねぇの？」

「思わな……」

小うるさくて我が儘な唇を塞ぐ。

途端に頭を振ってキスからも逃れようとする唇を追いかけながら、後ろに指を這わせた。

「んっ……ん、んっ……」

言葉を封じ込めた代わりに背中を殴られたが、構わずにゆっくりと指を沈める。有佐の放ったもので、右手の指はまだ濡れそぼったままだ。滑りを広げるようにして、狭い有佐の中を広げることに集中した。

諦めたのか、口の中で暴れていた舌が大人しくなる。薄い舌を自分の口腔に招き入れ吸い上げてやりつつ、慣らすだけの動きから少しずつ愛撫へと変えた。

有佐が背筋を震わせて息を荒らげる場所を探し出し、ゆるゆると指の腹で擦り上げた。

「……ふ……ぁっ……あ……」

「有佐……？」

唇を解放し、眸を覗き込む。ついと視線を背けられた。なにか気に入らないことでもあるかのように敷の肩に額を擦りつけ、顔を伏せてくる仕草は、一度目の射精をしたときと同じだった。

敷は温《ぬる》い感触を腹の辺りに感じた。力を取り戻した有佐の性器は反り返り、押し当たった敷の制服のシャツを先走りで濡らしていた。

「……クリーニング代ぐ……らい、払って……やる」

敷は目を細め、苦笑した。気に病む有佐など滅多にお目にかかれるものじゃない。やけにしおらしい。

「おまえに金使わせたら、一生恨まれそうだからいい。それに……今、俺……それどころじゃねぇから」

言うが早いか、敷は内奥を掻き回していた指を引き抜いた。有佐が低く呻き、制服の胸元を引っ掴んでくる。その指を乱暴にならぬよう一本ずつ解いて、敷は自ら服を脱ぎ始めた。

「……はぁ……くそ……」

もう我慢できそうにない。正直、だいぶ前から限界がきていた。自分の欲を宥めすかすのを放棄して手早く服を脱ぐ。蹴り捨てる勢いで足に絡むズボンやらは脱ぎ落とした。がっついてきている自分は少し笑える。

でも欲しい。

「……挿《い》れていいか？」

有佐はダメとは言わなかった。

「……欲求不満で……犯罪にでも走られたら困る。どうしてもおまえがそうしたいのなら、俺は……させてやってても構わない」

拒否はしないまでも、承諾の仕方すら本当に有佐らしい。

「悪い、有佐……もう俺、限界だっ……」

餓《う》えて溺《おぼ》れる先を求めているものを数回扱き立て、敷は慣らした場所に宛がった。欲望の切っ先から滲んだ滑りを擦りつけ、有佐を開かせた。

「……うぁ……っ……」

眼下の綺麗な顔が、険しく歪む。やはり狭いことに変わりはない。元々他人を受け入れるためにできてはいない場所が、多少慣らしたぐらいで開きるはずもない。

けれど、抵抗はほとんどなかった。言葉も、手も足も。蹂躙《じゅうりん》する自分を受け入れようとする有佐の手は、摑めないほどにピンと張ったシーツの上を虚しく搔く。

受け入れると言ったからには、なにがなんでもそうしてやらなければならないとでも思っているのだろうか。そういえば、有佐はどうしようもない傲慢な男だが、一度責任を負ったものを放り出したためしはない。

「……ひっ……ぁっ……」

引きつる声をどうにか殺そうと息を飲む様は、それがたとえ有佐に相応《ふさわ》しくない言葉であろうとも、健気《けなげ》としかいいようがなかった。

「……り…さ、大丈夫……か？　有佐っ……」

キツすぎる締めつけに、同じく眉根を寄せながら敷は問いかけた。大丈夫なわけがない。意味のない無駄口を叩くなとでも普段の有佐なら言っただろうが、その余裕もないらしかった。

痛みを霧散させようとでもいうように、有佐は緩く首を振る。

「いい、から……早く…しろっ……」

「焦らなくていい……慣れるまで……待つ…っ」

返しながらも、敷も『はぁっ』と苦しげな息をつく。自分でも気味が悪いほど優しい声だと思った。こんなふうに誰かを欲したことも、愛《いと》おしさを募らせて大事にしようと堪えたこともない。有佐の身が馴染むまで、敷は辛抱強く堪えた。

「……あ…っ、あっ……なん、で……」

事切れる寸前のような切れ切れの息をついていた有佐の鼻から、甘い息が抜ける。縮こまって衰えてしまった中心を指で優しく揉んでやりながら、さらに深く腰を入れた。焼けつくほどの熱さを伴い締めつけていた場所が次第に弛緩し、敷を包んで飲み込もうと蠕動《ぜんどう》し始める。

「我慢できそうか？　少しは、よく…なってきたか？」

「……んっ、んっ……」

返事はない。それどころか、有佐は相変わらずほとんど声も上げない。鼻にかかった息をついているところを見ると、苦痛は幾分和らいだのだろうが、判りにくい。

「有佐、なんとか言えって」

敷は両腕で有佐の足を抱え上げた。緩く腰を律動しながら、両足を高く掲げさせて反応を見ようと繋げた場所を覗き込む。

「ちょ……バカっ……」

ようやく響いた有佐の声は、またも詰《なじ》り文句。けれど萎えるどころか、敷は危うく暴発しそうになった。煽情的な光景に頭がクラつく。あの有佐が自分を受け入れている。淡い色をした濡れた入口がいっぱいに開いて、敷を深く頬張《ほおば》るように飲み込んでいた。

「……見る…なっ、あ…っ……」

「なんだ、恥ずかしいのか?」

「違…うっ、おまえに興奮して、大きくなられ、ると余計っ……きつい、からだ…っ」

「けど、ここ……俺が見ると、ピクンってなるぞ? なんか……すげ、気持ちよさそうに……」

見たままに述べただけのつもりが、有佐の頬が目に見えて判るほど赤く染まった。敷を包む襞《ひだ》がきゅっとまた縮こまる。

「おまえ、もしかして……見られんの結構好きか?」

「好き……な、わけないだろっ」

「けど、ほらまた……」

「やめろ、サルっ……バカ、くそったれっ……おまえなんか」

ガキくさい貶《けな》し文句が次々と飛び出す。敷は耳を貸さずに腰を抱き、ゆっくりと昂りを引き抜いてはまた突き入れた。ヒクつく襞の感触を硬く育った自身で確かめながら、中をじっくりと擦るように抽挿を繰り返す。

「……う、や……ぁ……あぁっ……」

有佐が珍しく高い声を上げ、身を捩ったのは少し浅い場所だった。

「そこ、や……や…っ……やめっ……」

「ここ、痛いのか？」

嫌がる一点を擦ると、有佐の腰は震えた。敷を包む内側がひどく蠢《うごめ》く。大きく張った尖端のカリの部分で強く擦れば、白い腹の上で揺れている有佐の性器からぶわりと先走りが溢れ、しゃくり上げるような声が立て続けに上がった。

「もしかして……すげぇ感じるのか？　おい、そうなんだろ？」

「ちが……うっ……ちがっ……」

「違う違うって、さっきから一つぐらい肯定したらどうなんだよ。メチャクチャ感じてんだろ？　キモチイイって言えよ」

どこまで強情なんだ。終わるまでか？　俺がイクまでか？

こうなったら俺が代わりにアンアン言ってやるか、なんて多少やけっぱちの気分も芽生えつつも、敷は執拗にそのよさげな部分を嬲《なぶ》った。身を捩って逃れようとする有佐を捕《とら》えて引き戻し、何度でも宛がい直して擦り立てる。道筋を開かせるように、嵩《かさ》のある先っぽで刺激を繰り返すうち、有佐の声に嗚咽《おえつ》のような息遣いが混じり始める。

「……あっ……いや……嫌だっ……」

「……ヤじゃねぇって……ほら、気持ちいいだろ？」

「や……嫌っ、いやだ……もっ……」

「びしょびしょになってきた、おまえのも……」

訴える細い声は、やがて意味をなさない切れ切れの声を上げた。

「……ふぁっ……は、ぁ……あんっ……」

息を喘がせていた唇から、有佐のものとは思えない声が溢れる。感じ入った淫《みだ》らな声。揺らいでいた眸の端から、ぼろりとこめかみを伝い落ちたのは涙だった。

「あ……有佐……？」

敷は目を疑った。なにが起こったのかと思った。

突っ込まれても泣かなかったくせして、声を聞かせるのは泣くほど嫌なのか。

壁の向こうでは散々アンアン喘いでみせたりしたくせして、有佐の感覚はよく判らない。

――まるで虐《いじ》めてるみてぇだ。

そう思いながらもやめられなくなった。恥じらって泣く有佐の姿にそそられてならない。

本気で嫌がっているのを知りながら、同じ部分ばかりを擦り続ける。

「……敷っ……しき……あっ、やめっ……やっ、や…めっ……あっ……」

「……イッちまえよ、な？　もう、このまま……」

止めどなく先走りの溢れ始めた自身を、自らの手で押し留める有佐の指を引き剝がす。

恨みがましい目で見られることすら快感だった。狂い出しそうに興奮している自分は、相当に目の前の男に夢中で溺れていた。熱に浮かされた有佐の表情も、身悶《みもだ》える体にも。卑猥《ひわい》に揺れ始めた腰を摑み、嬲り尽くした場所を突く。ゆっくりと深いところへも埋め、やがて長いストロークですべてを奪い尽くす。

過ぎた快楽に、有佐の全身が小刻みに痙攣《けいれん》し始める。

「……い…やだっ……て言ってっ……」

そのまま駆け上ろうとして、敷は唐突に変わった有佐の声色に戸惑った。

「おい、有……佐？」

「……もうやめ、るっ……抜けよ、抜け……ったらっ、バカ……」

——はい？

引き下がれない状態なのはお互い様。快楽を貪ってるこの状態で、しゃくり上げてまで本気でやめろとでも言うのか。

「敷っ……おまえ、やっぱり俺が……嫌いっ、なんだなっ？　冷たくしないんじゃなかっ……たのかっ」

絶望的に歪んだ男だ。日頃の仕返しに意地悪をされているとでも思っているのか。

「アホか、どっこも冷たくねぇよ。有佐、おまえって……案外、頭悪いのな」

有佐はたぶん判っていないのだろう。素直でなく変に強情で意地っぱりゆえに、虐めてみたい気にさせることを。過剰なまでに煽り立てているのは自分自身であるのを、有佐はまったく理解できていない。

「俺はな、嫌いな奴を虐めるためにサカれるほど猿でも野獣でもねぇないし、器用でもねぇよ？」

「……あっ、あ…っ、待っ……」

「おまえみたいにケチくさくないからな、何回でも言ってやるよ……好きっ、だからこうしてんだ。好きだからだよ、全部……これも、こいつもっ……な、判ってきたか？」

張り詰めたものをギリギリまで抜き出しては、奥深くまで腰を入れる。何度も繰り返しながら、敷は教え聞かせた。

「……あっ……あっ……」

喉を反らせて有佐は喘ぐ。快感に咽《むせ》び泣き、敷の首筋にしがみついてきた。

「……し、き……もっ、もう出……るっ……」

「いいよ……俺もイクからっ、一緒にすっか、な？」

身を寄せ、体を抱いてやりながら耳元に囁きかける。

「なぁ、それと……中に出してもいいか？」

「……バカ、いいわけなっ……あっ、あぁっ……！」

有佐の返事は一歩遅かった。

間に合ってもたぶん同じことをしたと思うけれど。

腹に温い感触を覚えると同時に、敷は有佐の深いところへと欲望を解き放った。

ふと何時だろうかと思った。

カーテンの隙間を覗いても、真っ暗なばかりで時間は判らない。

テレビの傍《そば》の棚に置かれていたはずの置時計を確認しようにも、隣に横たわる男の肩が視界を遮り、見えなかった。

まぁいいや、と敷は思った。ほんの少し伸び上がるのも……なんだか体を動かすのが勿体《もったい》ない。

セックスはもちろん好きだが、敷はその後の気だるい時間も好きだ。まどろむ心地よさに、満たされた気分で目を閉じる。隣の愛しい物体を引き寄せようとして脇腹に鋭い一打を受けた。

愛しい……はずの男の肘が、腹に食い込む。

「……うぐっ！　あ、有佐っ……なにすんだ、テメっ！」

肘鉄を食らわせた男は、敷の回しかけた腕を取り、ポイとぞんざいに背後に打ち捨てる。

背中を向けたまま、不機嫌そうな声で言った。

「放せ。甘えるな、敷」

無事に滞りなく結ばれ、夢見心地。イチャイチャしたりと余韻に浸りたい敷に反し、有佐は終わるなりこの調子である。素っ気なく背を向け、可愛げがまるでない。

どうしてこうまで変貌、元に戻ってしまえるのか不思議なくらいだ。

「少しぐらい甘えさせてくれたっていいだろ？　どうして俺がおまえの疲れを癒してやらなきゃならないんだ。相手をしてやった俺のほうが何倍も疲れてる。まったく、いきなり三回もサカリやがって……」

「ハリキリすぎて、だろう？　頑張りすぎて疲れたんだよ」

「う……おまえに負担かけたのは判ってるって、疲れてんのも。俺が三回……」

三回させてもらう間に、おまえ五回もイッちまったもんな？　と無邪気に口にしかけ、敷はマズイと口を噤んだ。終わったあと心配になり、『痛くないか？　傷になってないか見てやる』と後ろを覗き込もうとしたときでさえ、容赦ないパンチを顔面に食らったのだ。

照れているのか。それっきり背を向け知らん顔。素っ気ない態度なのである。

「判ったから、甘えねぇから。触ったりももうしません。だから、な？　こっち、向いてくれよ」

「…………」

「おい！　判ったっつってんだろうが！　こっち向けって……」

「……うるさい。耳元でキャンキャン喚《わめ》くな」

仕方なさそうに、目の前の背中はもぞもぞと動いた。距離を取るには狭すぎるシングルベッドの布団の中で最大限のスパンを取り、ベッドの端でこちら へ寝返りを打つ。まるでいつまた餓えを覚えないとも限らない狼《おおかみ》……いや、猿と同衾《どうきん》していると言わんばかりだ。

実際、有佐の少し疲れた顔もなかなかそそる……なんて、ちょっと思ってしまった。乱れた髪がいかにも情事の後です、という感じで色っぽい。胡散くさいつくり物と感じていたが、有佐の放つフェロモンは本物かもしれないと思う。

「……なぁ、有佐」

「なんだ？」

「頼みがあんだけど」

「……一度寝たぐらいで情に訴えて金の無心ならお断りだ」

「アホか、違う！　アレ……やっぱやめろよ。別れさせ屋。デートだけっていってもな、魔がさす奴とかいるかもしんねぇだろ？　その、襲いかかる奴とかさぁ」

目を閉じ、煩わしげに敷の声に反応を返していた有佐の口元が、ふっと笑う。

「十二年一緒にいて、ちっとも襲いかかってこない奴もいるのにか？」

「そ、それは……」

目覚めていなかったというか、なんといおうか――

「敷、俺の言ったこと忘れたのか？　俺はな、おまえが考えるほどモテないし、最初はそのつもりで接してきてもすぐ振られる。この俺のどこが気に入らないのか知らないけどな」

どこって、それは判りきってるような気がする。

「それから、時期がきたらやめるって前に言っただろう？」

「え……？」

そういえば……そんな話を聞かされた。やめるかどうかは自分が決めることじゃない、とかなんとか。いくら考えても判らなかった、謎の言葉の意味。

互いに横になったまま。有佐は少し重たげな目蓋を開くと、敷の目を見つめ言った。

「おまえがやめろと言ったら……やめようと考えていた」

「はぁっ？　ちょっと待て、おまえ今まで俺がなんべんやめろと言ったと思ってるんだ⁉︎　百回は言ってるぞ、マジで！」

思わずガバリと身を起こす。

「違うな。俺が欲しかったのは、そんなやめろじゃない」

違うと言われても、である。一字一句同じ、その他、あらゆる言い回しでけったいな仕事の中止を求めたと思うのだが。判りそうで判らない、有佐の思考。別のフラグも揃《そろ》って立たないと、口にした言葉は意味をなさないとそういう意味だろうか。

恋のフラグ。自分が有佐に惚れて初めて通じる言葉。

可愛いのか、与《くみ》しにくいのか判らない男だ。

とりあえず今は『可愛い』が勝り、敷は手を伸ばした。独り占めした枕に頭を埋める男の髪をくしゃりと撫でようとするも、ピシリと手を叩かれた。

——やっぱり可愛くない。

「おまえなぁ、ホントに俺のこと好きなのか⁉」

「さぁな」

「さぁ、って、おい……」

「あれだな。刷り込みってやつだろう。生まれて初めて目にしたのがおまえだったようなものだからな、俺の場合」

刷り込み……生まれたての鳥の雛《ひな》が最初に目にしたものを母親と思い込む、あれだ。カモやアヒルレベルの恋愛なのか。ありがたいんだかありがたくないんだか。『好き』の一言も言わねぇし、こいつの俺への恋愛温度ってやっぱりものすごく低いんじゃ……そんなものに嵌められて、この先有佐に手綱《たづな》を取られて恋人という名の下僕確定。振り回され、うまいこと操られ……あまり幸福ではない気がする。

この先用意されているであろう未来を嘆き、ばたりとベッドに身を伏せた敷の隣で、有佐は独り言のように呟いた。

「……結構、不幸だったからな俺は」

「え……?」

「貧乏だったのもそうだが、母親の顔も知らないんだ。おまえ、噂は嘘だと思ってただろう？　ウチにいるあの人はな、後妻なんだよ」

「え……ええっ、マジで……」

「オヤジの道楽にしかならなかったアイデア商品作りに愛想尽かして、本当の母さんは生まれてすぐ……」

すぐってなんだ、すぐって、おい！　続きが気になるじゃねぇか！

体を仰向《あおむ》かせ、天井を仰いで告げられた有佐の意味深にフェードアウトしていく言葉に、敷は胸を鋭くつかれた。

生まれてすぐに離婚、幼い乳飲み子を捨ててさようなら。沈黙の間にそんな想像を掻き立てられ、最悪の不幸な生い立ちを思い描いた敷は、打ち明けられた衝撃に当人が泣いてもいないのにもらい泣きしそうになった。

「本当言うと孤独だったよ。構ってくれたのは、幼稚園で声かけてきたおまえぐらいのもんだったな」

「有佐……」

悪かったと思った。おまえの傍にいても不幸になりそうだ、なんて一瞬でも考えてしまった自分を悔いる。有佐が捻くれているのは、不遇の生い立ちが原因。自分が癒しになるのなら、喜んで手でも心でも差し出そう。凍てついた心を温め、何年かけてでも溶かしてみせようじゃないか——なんて、大げさに誓う敷は、基本的に善人で……そして、やはり単純思考だった。

「判った。孤独なんて俺が感じなくさせてやるよ、有佐」

敷はツンとなる鼻を啜りながら、両腕を広げる。懐を開いて愛しさを募らせた男を招き、有佐は面食らったように目を瞬かせた。

「おまえって、本当に……いや、なんでもない」

くすりと笑ったのち、ベッドの上を片肘で這った男は身を寄せてきて、敷はぎゅっと胸に抱き込む。

安息の場所を見つけた嬉しさか、有佐は微かに震えていた。

ぴったり一つになって寄り添えば、有佐の肩越しに開けた視界に部屋が映る。棚に並んだモノトーン色の収納ボックスの一つに、敷はアイボリー色の毛並みの丸い耳が覗いているのに気づいた。

日の目を見る日は遠そうだが、ゴミ箱から移されたのなら随分立派な寝床を得たものだ。

大切にしようと思った。この歪で頑固な生き物を幸せにしてやろう。

手足を絡め、胸に抱いた有佐の髪をそろそろと撫でてみる。鼻腔を擽る甘い匂い。やけにいい香りに誘われ、敷は目を閉じた。

ゆるゆると髪を撫でながら、浅い眠りへと落ちていった。

髪を撫でる感触がする。

敷は夢の中で、つんつんに逆立った短く真っ黒い髪の毛を、小さな手に撫でられていた。

「惣ちゃん、泣くなよ。みっともないな、みんな笑ってるぞ？」

抱えた膝に伏せていた顔を上げると、目の前には河川敷が広がっていた。緑の生い茂る土手の隅に座る敷の視界は、滲んだようにぼやけて見える。

「しょうがないな、僕のを半分あげるよ。だから泣くなって」

「泣いてねぇって」

「泣いてるもん」

言われて、不快な鼻を大きく啜るとぐずっと鳴った。本当だ。自分はどうしてこんなところで泣いているのだろう。ぼんやりそう思う敷の目の前に、ぬっと手が突き出される。その手は裸のメロンパンを握っていた。

ああ、さっきみんなで行った、社会科見学のパン工場でもらった焼きたてパンだ。

敷は小学二年生だった。みんなと土手に並び座り、かぶりつこうとしたその瞬間、転がり落としてしまったのを思い出した。体ばかり大きく育ってクラスメイトには恐れられていたりしても、なんのことはない大人から見ればパン一つで泣くこともあるただの子供だ。

メロンパンを差し出す小さな手を視線で辿り、隣に立つ子供を仰ぐ。

その子供は頭に綺麗な天使の輪を載せていた。

「惣ちゃん、僕のをあげるから、泣くなって」

「いいよ、おまえもらえるの楽しみにしてたじゃん。俺は家に帰れば買ってもらえるし……」

この天使みたいに可愛く、少し頑固な子供がとても貧乏なことを敷は知っていた。菓子パンも満足に買ってもらえそうにない天使は、いつもよれよれの同じ服を着ている。

けれど、クラスのどの子よりキレイで、輝いていた。

「だったらなんで泣いてんだよ？　惣ちゃん、優しいからなぁ。どうせ落としたメロンパンに可哀想なことしたとか思ってんだろ？」

頭のいいしっかり者の天使は、いつも敷の考えていることが判るみたいだった。

「俺はいいよ、大きくなったらメロンパンぐらい自分でいっぱい買うから。一万円あったらメロンパン何個買えるかわかるか、惣ちゃん？」

「えっと、一万円ってゼロいくつだっけ？」

「四つだよ」

惣ちゃんはバカだなぁと言って、小さい天使は笑った。

「そんだけあったら百個ぐらい買えるよ。大きくなったらいっぱい買えるからいいんだ。そ

れに……」

　小さい天使は敷の隣にちんまりしゃがみ込むと、メロンパンを二つに割りながら言った。

「僕、メロンパンより惣ちゃんのほうが好きだから」

「ふーん、そうなんだ？　俺もメロンパンよりはおまえのほうが好きかなぁ……あ、でもエビフライとおまえだったら、エビフライのほうが好き」

　無邪気に応えると、天使はちょっと淋しそうな顔をした。

「僕は……エビフライより惣ちゃんが好き……一番、好き。だからさ……いつか僕のこと好きになってくれる？　エビフライより、みんなよりさ」

　少し考えてみてから、敷は返事をする。

「うーん、いいぜ？　そのうちな。エビフライはあんま食うと飽きてくるし」

　天使はちょっと安心した笑みを浮かべ、メロンパンの半分を敷の手に押しつけた。

「じゃあ、待ってるね……ずっと待ってるから。惣ちゃん、ほら食べなよ」

「……うん。サンキューな」

　敷は啜っていた鼻を手の甲で擦り、まごつきつつも受け取ったメロンパンにかぶりついた。

　メロンパンはまだほんわり温かくて、ふかふかしていた。甘い匂いを嗅《か》ぎながら、小さな天使の見つめる隣で、小さい敷は嬉しそうにパンを頬張っていた。

「……なにヘラヘラ笑って、口をモグモグさせてるんだ？　気持ち悪いな」

有佐に悪態をつかれているとも知らず、敷は心地いい眠りの中にいた。

プールのあとのクーラーの効いた部屋での昼寝、まだ好きなだけ暖かい布団の中に潜っていていい日曜の朝。そんな最高の居眠りを味わっていた。

「さては食い物の夢でも見てるのか、色気のない奴。鈍い奴だけのことはあるな……ったく」

もぞもぞと有佐は腕の中で寝る位置を整え、敷は体を揺らされて短く唸ったが、目覚めることはなかった。

「……睡眠学習でもさせとくか」

有佐は悪戯っぽく笑う。まどろむ敷は、夢の中のメロンパンのように甘く鼻腔を擽る匂いに包まれ、そして声を聞いた。

『スキ』と囁く、もう少年ではない有佐の低い声が響いた気がした。


「有貴の親がリコンしてる～？　なにそれ？」

白石《しらいし》広海は大きな目をクルクルさせ、驚きの声を上げた。

授業は昨日ですべて終わり、残すは午前中の終業式のみ。たった二週間とはいえ、明日からは待ちに待った冬休みだ。これで教室内が暗く沈むはずがない。

寒い冬の朝、登校してきたばかりにもかかわらず、教室には明るい笑い声が響いていた。なにしろ金持ちの坊ちゃん嬢ちゃんばかりの高校である。本日のクリスマス・イブの予定もさることながら、年末年始は家族でアロハことハワイだの、カナダへスキー旅行だの、そりゃもう『平和なことで』な話題で盛り上がっている。

そんな中、敷はいつもよりやや遅く登校してきた広海に、昨日の顚末《てんまつ》をしつこく詰問される羽目になった。

まさか『早速三回も励んじまって、もう』などとキラキラ顔で赤裸々に語るわけがない。『まぁ、それなりに……』とのらりくらり、話題を逸らそうとし続ける敷の話に、初めて広海が反応を示した。

有佐の両親の離婚話だった。

「げ、おまえ知らなかったのか？　まずかったかな、話しちまって……」

焦る敷に、広海はのんびりと応えた。

「てか、離婚なんかしてるわけないでしょ。先月遊びに行ったときもお母さんいたじゃん」

「だから、あの人は義理の母親だったんだよ。ああ見えて複雑な家庭環境で、ずっと淋しいの我慢してたんだな、あいつは……」

考えると胸が痛む。子供の頃、一人留守番が多かったのは、母親がパートで忙しかったからだけでなく、実は構ってくれようともしなかったせいかもしれない。今でこそ裕福になって心にゆとりもあるだろうが、昔はあの優しそうな母親も『あんたさえいなかったら、うちの家計も少しは楽だったのに！』なんて、もしや虐待してたりなんかして――

ああ、泣ける。有佐の歪んだ性格に、そんな辛い心の傷……トラウマがあろうとは。

机に突っ伏し、同情のあまり男泣きしそうな敷の前で、広海は冷静に呟く。

「ガマン……有貴がねぇ」

「広海、あいつの名前変わってるだろ？」

「名前？」

「有佐有貴なんて、『有』が二つもついてるじゃねぇか。普通つけないよな、そんな名前。そういえば、あいつ小学校んときからかわれたりしてたんだ。本当に離婚で親の姓が変わったせいだったなんて……」

「惣一、あのさぁ、盛り上がってるとこ悪いんだけど……有貴の名前、パンダが好きだからつけたっておばさん言ってたよ？『有ふたつで、音読みでユウユウなの～、可愛いでしょぉ～？あは！』って」

――はい？

敷は机に伏せかけていた顔を、むくりと起こした。

「後妻が名づけ親って……そんなこと、あるのか？」

「ないだろうねぇ、普通」

「広海、も、もしかして俺……騙されてるのか？」

「もしかしなくてもたぶんね」

広海は紙パックのジュースのストローをチューチューいわせながら頷く。

「いや、でも……」

じゃあ昨日、眠りにつく前、慰めようと抱き寄せたときに有佐が感激のあまり震えていたのはなんだ？

まさか、笑い。からかいにまんまと乗せられた俺が可笑しくて、爆笑を堪えるのに一苦労して体が震えてしまったと、そういう——

「よう、広海。やっと登校してきたか」

件《くだん》の有佐の声が響く。ぶるぶると、机の上でつくった拳を敷が震わせ始めたちょうどそのときだった。

トイレにでも行っていたのだろう。アイロンのかかった清潔そうなハンカチで手を拭《ふ》きながら席に戻ってくる。

「……有佐。テメー、昨日俺をからかいやがっただろう⁉」

ここで会ったが百年目。バッと椅子から立ち上がり、眼前に立ちはだかろうとした敷の頬は有佐に叩《はた》かれた。こともあろうに、ハンカチでぺしりと一撃。

「邪魔だ、どけ。俺は広海に話がある」

なんだなんだ、この屈辱的な扱いは。恋い焦がれた男を手に入れ、幸せの絶頂。寝ても覚めても貴方《あなた》のこと以外考えられません、な状態とは違うのかよ？

もしや、釣った魚にエサはやらないタイプか⁉

「有佐っ⁉」

「うるさい奴だな。後で構ってやるから、ちょっと黙っててくれないか？」

――助長、してやがる。俺の力で凍てついた心を溶解、どころか……自信づいてますます傲慢さに磨きがかかってやがる。

呆然自失。立ち尽くす敷を押しのけ、有佐は広海の机の脇に立った。

「広海、あのクリスマスプレゼントの時計は返してもらうからな？　使用済みなら買い取ってもらう。理由は判っているだろうな？」

クリスマスのプレゼントを、クリスマスに返せとは、また随分と穏やかでない話だ。今頃になって金をかけたのが惜しくなったのだろうか。

「えー、それはないよぉ、有貴！」

甘ったれた声を上げて広海は反論する。

「ないよもクソもあるか。約束を破って敷にペラペラ喋っただろう？」

「軌道修正してやったんだよ。終わりよければすべてよしでしょ？」

「断りもなしにか？　俺はおまえと違って結果さえ出せれば満足するわけじゃない。過程も大事なんだ」

有佐は溜め息をつくと、広海を忌々《いまいま》しげに見た。

対する広海も、どことなく雰囲気を変える。間延びした喋り調子なのは相変わらずだが、片肘で頬杖をつき面倒くささげに応える。

「過程ねぇ、まどろっこしいんだよなぁ、有佐のやり方って。惣一みたいなタイプには直球がいいんだって。クリスマスまでに上手くいったのは俺のおかげじゃん。今夜のイブは二人で過ごせるんだろ？　俺は今回は遠慮しておいてあげるよ、よかったな」

くすっと笑うと立ち上がり、一歩、敷の元に寄る。

「ねっ、惣一？」

傍に貼りつき、大きな愛玩動物の目で上目遣い。腕にぶらさがられてニコリと笑われ、敷は意味も判らず頷き、えっとなった。

明らかに乗せられている。今間違いなく作為的な愛くるしい攻撃に被弾して、撃ち落とされた。

——黒い。やっぱり腹は真っ黒くろなのか、広海？

背筋をざわつかせる敷に構わず、広海は有佐のほうに向き直る。

「ほら落とすぐらい簡単だろ、有貴？　それにさぁ、喋ったっていっても全部はバラしてないよ？」

「全部も一部もあるか。契約違反だ。即刻プレゼントを返すか代金を払え、明日中だ」

冷ややかさ倍増だ。有佐は敷の腕に貼りつく広海を、凍りつかせんばかりの冷たい眼差しで見据え、言った。

やはり有佐はどんなときでも、誰の前でも有佐なのか。広海にだけ特別に優しく、親密な間柄と思っていたのは大きな勘違い。豪華な贈り物は契約とやらのため。

そうかそうか、やはりな。有佐が理由もなく広海に優しくするはずが――

うんうん、と納得しかけ、敷はぞっとなった。

契約って……なんだ？

話の端々から、有佐の恋を成就させるための諸々《もろもろ》の協力であったことは窺える。だが、金品がかかるほどの協力とは一体。今、広海は不穏な言葉を口にした。全部はバラしてないとかなんだとか。どこまで結託しているんだか底がしれない二人である。

敷はまだ小競り合っている二人の顔を交互に見た。

ほかになにがある？　考えろ。

疑問その一。自分が有佐のデートを目撃するに至ったきっかけ。有佐がショッピングモールで女とデートをしているのを偶然見かけたのは何故だ？

答え。広海に母親のクリスマスプレゼントを買うのに付き合ってほしいと頼まれたから。

広海がドーナツを食べたいとまで言い出したから。

疑問その二。最初にうっかり有佐に襲いかかってしまったのは何故だ？　広海が間違えて頼んだという答え。広海に誘われたカラオケで酔っ払ってしまったから。

ウイスキーの水割りを飲んでしまったから。

広海が、広海が、すべて広海だ。

「…………」

偶然をすべて必然と考えれば、思い当たることは無数にある。

じゃあれは……最も自分を煽り立て、頭の中を有佐でいっぱいにさせたあの声。フェイクとは違う、切ない嬌声《きょうせい》。有佐は昨日は一人エッチだったと言って、自分を興奮させたけれど、一度だけ聞いたあのドアの閉じる音はなんだったのだ。

いかにも他人が出入りしている気配がした。嬌声の合い間にも誰かに声をかけているようなところがあった。だからこそ、自分は男といたと思い込まされた。

まさかアレも、フェイク。自分を欺くための周到な一人芝居。だいたい、あの安っぽいアパートの尋常でない壁の薄さを知り尽くした有佐が、うかうかと自慰に耽《ふけ》って淫らな声を振り撒いたりするだろうか。しかもベッドを置いているのはご丁寧に自分の部屋側だ。

あれもフェイク、これもフェイク。考え始めるとすべてが脚本立てされた嘘のように思える。

昨夜のいかにも恥じらってます、もう貴方に無我夢中ですと言わんばかりのセックスすら。

疑えば疑うほど、どこまでが演技でどこまでが本当なのか判らなくなってくる。

「う……」

うわーっ、と叫び出したい気分だ。

敷はだらりと下ろした両手をゆっくりと握り締める。作った拳を震わせるより先に、腕に取りついたままの広海を払い退け、有佐に詰め寄った。

撥《は》ね飛ばさんばかりの勢いで迫り寄る。

「有佐、お、おまえっ！　どこまで俺を騙してるんだっ!?　言え、吐けよっ！　全部っ、即刻っ、洗いざらい吐き出しやがれっ‼」

グラグラと体を揺さぶるも、有佐は余裕を湛《たた》えた笑みだ。肩で息をし始めた敷の両手を振り払うと、歪んだ制服の上着の襟元を直し、いつもの仕草で腕を組んだ。

「騙したとは失礼な。駆け引きだ、恋のな」

「か、駆け引きですまされるか！」

「安心しろ、将来の稼ぎに期待しておまえを相手に選んだとか、そういう打算は一切ない。期待するほど輝かしい将来とも思えないしな。純粋な愛情だ。『貧乏でもいいの、貴方さえいてくれれば』ってやつだ。どうだ、嬉しくてたまらないだろ？　泣くなよ？」

「嬉しくねぇ！　まったく、これっぽっちもなっ！」

無償の愛。富めるときも、貧しきときも、変わらず愛を誓おう。最大限の愛の形のはずが、有佐が言うとこうも心に響かないのは何故だろう。

呆れる敷に構わず、教室内にアナウンスが響き渡る。壁のスピーカーからは、体育館での終業式がまもなく始まろうとしていることを告げる放送が流れた。気づけば自分たち以外の生徒は教室を出てしまっている。

「やば、もうみんな行っちゃってる！　二人とも、イチャついてないで行くよ？」

ジュースの紙パックをゴミ箱に放り入れ、広海も廊下に向かう。

「こ、この状態のどこがっ……」

どこがどうイチャついて見えるってんだ！

「おい広海、時計は返せよ！　ああ、それから敷、ローンはきっちり支払ってもらうからな？」

広海に釘を刺した有佐は、敷にも思い出したように言った。

「……はぁ？　ローン？」

「忘れたとは言わせないぞ。あの、ローンだ」

「って、なに言ってんだおまえ！　お、俺らその……もう付き合ってんじゃねぇのかよ？」

教室は無人になったとはいえ、敷はしまいのほうはぼそぼそと告げ、有佐はさらさらと返した。

「親しき仲にも礼儀あり。それはそれ、これはこれだろ。金の切れ目が縁の切れ目になりたくなかったら、お互い約束は守らないとな。ああ、昨日のは特別サービスでタダだ」

楽しげに人の悪い笑みを浮かべる男を前に、敷の頬も盛大に引きつる。

「お、おまえ……それ、本気で言ってんのか？」

「もちろん。俺は冗談は言わない」

言えよ、冗談を！

可愛くねぇ。可愛くないったら、ない。この小憎たらしさときたらどうだ。

「有佐、おまえなぁ……はぁ、もう知らん。好きにしろ。おまえなんぞと付き合おうと思った俺が大バカでした！」

けっと敷は言い捨て、くるりと背を向けた。

広海の後を追って教室を出て行こうとして、足を止める。

決して後ろ髪を引かれたわけじゃない。有佐の昨夜のあんな表情やこんな表情を思い浮かべて、また金を払ってでもお願いしちゃおうか、などと血迷ったわけではなかった。

純粋に前に進めなかったのだ。

制服の上着の裾がなにかに引っかかり、どんなに引こうと動けない。

なんだなんだ？　こんな場所でなにが引っかかって——

「有佐……？」

振り返った敷は、ひしと自分の上着の裾を摑んでいる男の指に気がついた。

「あ、いや……」

視線が絡むと、有佐は慌てたように目を背ける。

──んな引き止め方はできて、どうして普通に『今日からお付き合いよろしく、仲良くしてね』って言えねぇんだこいつは。

体だけは正直、ってやつか？

「……今更だろ？　今更おまえが少しぐらいフザけたことぬかしても、見限りゃしねぇよ。軽く十年以上耐え抜いてきたんだからな」

敷は小さく笑い、意地っ張りな幼馴染みの髪をくしゃっと撫でる。

「行くぞ、終業式に遅れちまう。遅刻は嫌いだろ？」

撫でられた髪を、うざったそうに有佐は掻き回した。戸口へ向けて歩き出したその頬が心なしかうっすら色づいているように見えたが、素早く脇を素通りされたのでよく判らない。

「おいこら、引き止めといて置いてく奴があるかよ。無視すんな、有佐！」

追う敷の耳には、廊下へ出たところで漏らした有佐の小さな声だけが聞こえた。

「……ホワイトクリスマスか、いいクリスマスになりそうだな」

満足げに呟くその肩越しに、ちらつく白いものが覗く。

雪が降っていた。廊下一面のガラス窓の向こうは、空の高みからはらはらと舞い落ちる雪の花びらが白く埋め尽くした。

言葉では愛を語れない、ぶきっちょなできたてカップルを静かに祝福してくれる。

「あっ、有佐、置いてくなって言ってんだろ！」

敷はエセ天使の背中を追いかけた。

晴れた日も雨の日も、雪の日とて……十年前もそして今日も、有佐の頭上には天使の輪っかがキラキラと輝いていた。

ロマンスの続けかた

「なぁ有佐《ありさ》、釣った魚にエサはやらないって言うけど、あれっておかしいと思わねぇか？」

「……どこかだ？　実際、釣った魚にエサをやる必要はない……だろ？」

「そりゃあ、まぁすぐに食べてしまうならな。けど、恋愛にたとえるのは変だろ？　魚だって、食っておしまいじゃねぇんだからさ、末永く付き合いたいならエサはやるもんだろ。魚だって、水槽で飼いたきゃやるんだし、エサやらない水族館なんてあるわけねぇし」

「しかし……エサをやっても勝手に絶食する生き物も世の中にはいるからな……ダイオウグソクムシ、とかな」

「ダイオウ……ああ、あのデカいダンゴムシみたいのか。自己都合で食わねぇ奴はおいといてだな……つか、あいつも死んじまったじゃないかよっ、やっぱエサはいるんだって！」

「……俺に海洋生物の飼育法を訊《き》かれてもな」

「飼育法なんて聞いてねぇよ。釣った魚の話をだな」

「…………で、それと……この状況と、どういう関係があるんだ？」

眉間《みけん》に皺《しわ》を薄く刻んだ表情で、有佐有貴《ありたか》は頭上の男を仰いだ。

軽く睨《にら》んだつもりだが、その眼差《まなざ》しにいつもの眼力はない。見るものを冷ややかな眼差しで凍りつかせるどころか、南極海の氷山でもうっかり溶け出したみたいに熱で潤んでいる。

軽く息遣いは荒く、応《こた》える声も途切れがちだった。

けれど、風邪を引いて熱にうなされているわけではなく、息を乱しているのは有佐ばかりでもない。頭上から見下ろす男もまた同じだ。

額《ひたい》に汗を浮かべるほどでなくとも、触れる素肌は汗ばんでいて熱い。服を脱いで他人とベッドの中で折り重なってする行為なんてそう多くはないはずで、とりあえず一つしか有佐も今は思い起こせない。

同性であるのは多少イレギュラーではあるけれど。

「……どうって、俺と付き合いたいならエサぐらい寄越せって話だよ」

「……ぁっ……」

敷《しき》の声に力が籠《こも》った拍子に、偶然か狙い定めてか、繋《つな》がれたものが一層ぐっと身の奥深くに押し入ってきた。有佐は白い喉《のど》を弓なりに反らせ、後頭部を枕に擦《す》りつけながらも、飛んでいきそうになる理性のしっぽを引っ摑《つか》んで冷静な声を出そうと努める。

「……つっ、付き合いたいなんて、俺は……一言も言ってないが？」

「けどっ、付き合ってんだろ……俺ら」

登下校もランチタイムもよく一緒なのは昔からだが、ベッドの中まで一緒になったのはつい先月の終わりからだ。

セックスは何度かした。両手には届かないが片手では足りないくらい。男子高校生同士としてはあるまじき関係に収まってから、まだひと月あまりであるのを考えると、幾分多いかもしれない。なにしろ自他共に認める性格に問題有りの有佐は、普通に『好き』だの『俺も』

だのと言い合うイチャつきができないため、ゼロか百かのような選択肢になる。

今日は百の日だ。

「どう…だろうな…っ……契約を交わしていない以上……後は、価値観によるっ……こういう、ことをするのが、おまえのっ……価値観で交際だと言うのなら……」

「ああ、もう四の五のうっせぇな」

「……ぁっ、バカ……よせっ、急に……」

腰《こし》を抱いていた手がするっと中心に向かったかと思うと、二人の腹の間で緩《ゆる》く反り返ったものを悪戯《いたずら》に摑んだ。

「なぁ、好きって言えよ」

「……ふ…っ、ぁ……」

「……有佐、なぁ言えったら」

大きな手で上下されると一溜《ひとた》まりもない。指の擦《こす》れる部分から、扱《しご》かれるままにぶわりと沸き立つ快感。しどけない仕草で枕の上のさらりとした髪は揺れる。大きく頭を振り、鼻にかかった甘い呻《うめ》きを上げつつも、唇《くちびる》は硬く引き結んだまま。

有佐は言葉に変えようとはしない。おそらく、したいと思っても上手《うま》くできない。

「おまえなぁ……好きって言ったら死ぬのか？　ずっと……憎まれ口叩《たた》いて泳いでねぇと死ぬマグロか？」

「……そうだって言っ…たら？」

「え……ま、マジ？」

そんなはずもないのに、頭上の男は見事なまでに固まった。

有佐は微《かす》かな息づかいだけで笑う。

「本当におまえって奴は……バカだな」

「なっ」

「バカで、お人好《ひとよ》しで…っ……それ、からっ……」

「……それから？」

「んっ……」

返事をせっつく男は、これ以上近づきようもないのに、さらに密着しようとでもいうように顔をべったり寄せて来る。耳をそばだてる敷の喉がごくりと鳴ったことまで、肌の振動で感じ取れた。

なにを期待されているのか。判《わか》っているのに、有佐はいつもはぐらかす。もう習い性の域だ。自分の意志とは無関係に「さぁ」と応えてしまい、裏腹に白い両腕をしなやかな蔓《つる》みたいに男の広い背に回した。

「……有佐？」

縋《すが》りついた身を摺《す》り寄せる。もうどちらが汗ばんでいるのか判らない。有佐も人形ではない。体温も上がれば汗もかき、呼吸は乱れるし鼓動も高まる。

――……な男に抱かれれば、人並みに興奮して感じる。

「……あ」

腰を動かした拍子に、くちゅりと淫《みだ》らな水音が鳴った。敷の手の中で擦れたものはひくひくと頭を震わせ、先端からとろりとした先走りをとめどなく噴き始める。

張り詰めて滑《ぬめ》る性器と、深く飲み込んで締めつけた熱と。ビクビクと小刻みに身を弾ませただけでも、一つに繋がれたところから新たな快楽が滲《にじ》んで生まれる。

「……あり…さっ」

「は…ぁっ、あ…っ、は…っ……」

シーツの上の熟《う》れた体を軽く仰《の》け反《ぞ》らせ、有佐は切れ切れの上擦る声を上げた。情欲に濡《ぬ》れ光る眸《ひとみ》を隠すこともなく、乱れた前髪の間から覗《のぞ》かせ、上目遣《うわめづか》いの見る者をぞくりとさせるような淫らな表情で続きをせがんだ。

「……も……いいから、早くしろ……惣一《そういち》っ」

「…………くそっ……ずりぃぞ、おまえ」

その瞬間、小さな攻防をしていたことなど忘れ、サルと化した男は組み敷いた体を貪《むさぼ》ってきた。

「いつまで人のベッドで寛《くつろ》ぐつもりだ、さっさと出ろ」

俯《うつぶ》せで心地よさげに寝そべっている男の額をぺちりと叩くと、むっとした眼差しと唸《うな》るような声が返ってきた。

「なんだよ、いいだろ少しくらい。運動した後で疲れてんだからさ……つか、おまえのほうこそ、なんでさっさと出るんだよ」

カラスの行水《ぎょうずい》な入浴じゃあるまいし、終わった途端に五分と立たずに布団から抜け出し、ベッドの端に腰をかけて衣服を身につけ始めた有佐に敷は不服そうな声だ。

「まだ寝る時間じゃないからだ。まだ夕方で、それからここが俺の実家だからだ」

時刻はともかく、後者のほうは結構な問題である。放課後、有佐が敷を連れてバスに乗って帰宅したのは実家で、ここは二階の自分の部屋だ。

一人暮らしのアパートの部屋よりも格段に広く、一目で高価だと判るヨーロッパのアンティーク家具の並んだ自室。有佐はべつに古いものが好きなわけでも、まして高価なものが好きなはずもなく、家具は母親の趣味だ。天蓋《てんがい》つきのベッドやガレのキノコランプまで並べられそうになったのをどうにか阻止するだけでも、夢のマイホームで舞い上がる母親相手では大変だった。

「俺と付き合い始めた途端に実家に帰るなんてどういうつもりだよ」

冬休みが明けてもう二週間、新学期が始まるとほぼ同時に有佐は実家に戻った。

ぼやく敷はだるそうに身を起こし、黒髪を掻《か》く。無駄に体が大きく普段から男くささを感じさせる幼馴染《おさななじ》みだが、セックスの後はいつも余計にそれを感じさせる。

雄の匂い。胸筋や上腕筋どころか、普段は隠れていて当然の大腿《だいたい》四頭筋まで晒《さら》しているのだから当然か。恥ずかしげもなく胡坐《あぐら》をかくせいで、股間《こかん》のものまでお披露目だ。

有佐は拾い上げた制服をばさりと放った。

「ぶはっ……なんだよっ！」

「さっさと服を着ろ」

うっかり心臓が跳《は》ねたことなど、もちろんおくびにも出さない。一刻前までの秘め事などなかったかのように、身につけた部屋着のニットの裾《すそ》を整えながら返した。

「家に帰ったのは、親父が入院したからだって言ってるだろう」

「まぁ本当なら大変だけど……」

「本当ならじゃなくて、本当だ」

三週間あまりの入院生活。命に関わるような病気ではないものの、母親が寂しがるのでその間実家に戻ることにしたのだ。

他人には多分にクールなところのある有佐も、身内には甘い。というより、甲斐性《かいしょう》のなかった父親の分までほぼ女手一つで働いて育ててくれた母親には恩がある。

「疑うなら後で母さんに聞いてみるといい。あと一時間もしたら見舞いから帰ってくるはずだから」

疑い深く自分を見ている男に、自然と苦笑が零《こぼ》れた。身から出た錆《さび》、散々欺《あざむ》いてきたのだから仕方のないこととはいえ、嬉《うれ》しくはない。

「口裏合わせてるかもしれねぇだろ」

「天然過ぎて口裏合わせられるような親じゃないのは知ってるだろ。だいたい嘘《うそ》ついて避《さ》けるぐらいなら、おまえを家に招いたりしない。今日は母さんがいないのも判ってたしな」

寂しいとごねて息子を呼び戻したわりに、おしどり夫婦らしく面会時間の終了間際まで病院にいる母親の帰りは遅い。念のため、今日は帰りの時間も確認しておいた。

一向に服を着ようとせずだらしなく座る男は、瞠《みは》らせた目をどことなく嬉しげに輝かせる。

「ようするに、今日は最初からエッチするつもりで誘ってくれたのか？　そういえば、おまえローションまで用意してたもんな」

「違う。勘違いするな、おまえが欲求不満そうにしてるから呼んでやったまでで、潤滑剤は無駄な苦痛を味わいたくないからだ」

「だから、おまえもその気だったってことだろ？　同じじゃねぇか」

「同じじゃない、原因が違う。混同するな」

念を押して繰り返せば、輝いたばかりの敷の両目はみるみるうちに曇って据わる。

「……ホント、可愛《かわい》げのねぇ奴」

「可愛げなんてなくて一向に構わない。だいたい男が可愛いなんて言われて喜ぶわけもないだろう」

いつもの口調で言い放ってから、ふと思い出した。

「それにもう俺は言われ飽きてるしな」

「飽きた？　いつだよ、おまえが可愛かったことなんて……ああ、あったな、すげぇ小さいとき。おまえ、天使みたいに可愛いって言われてたのに、なんでこんな風に歪んじまったんだろうな。せめて見た目だけでも、可愛げ残してくれてりゃさ」

「……見た目って、広海《ひろみ》みたいなのか？」

「え？　うーん、まぁそんな感じかなぁ」

自覚はあるのかないのか、『お人好しの幼馴染み』兼今は恋人である男が、いつも広海に乗せられ使われているのを知っている。

「敷、おまえはいつまで広海に……」

有佐は不意に口を噤《つぐ》むと、ベッドのほうを振り返った。そのまま身を乗り出して顔を寄せ、『黙れ』と人差し指を唇に押し当てれば、敷の男らしい顔は見る間に紅潮《こうちょう》していく。

サルみたいにセックスをしたばかりだというのに単純な男だ……なんて笑えるほど、有佐のほうも余裕はなかった。身を寄せたのは押し倒してアンコールを求めるためでも、後戯代わりのキスをするためでもない。

「マズイ、誰か来る」

「えっ」

聞き耳を立て意識を他所《よそ》へと集中させた有佐は、敷が反応するより早くぐいっとその身を布団の中へ押し戻した。

有無を言わさぬ勢いに、羽毛布団に包んだ体は『うぐっ』だか『ぐえっ』だかのよろしくない声を立てたが、構ってはいられない。近づく足音は待ったナシ。短いノックの音と共に部屋の扉はばっと開かれる。

「ゆうちゃん、ただいま〜！」

満面の笑顔で現れたのは母親だ。

これが異性の恋人であったら、少しは気を回せるのだろうか。仮定しても仕方のない自問に、母親の性格を知り尽くした息子は『否《いな》』と答えを出しつつも笑んだ。

「おかえり、母さん」

優等生の息子らしいゆったりとした動作で、寝乱れた髪をさりげなく掻き上げて整える。

「随分早かったね」

「今日、惣一くん来るって言うから、お母さん早めに帰ってきちゃった〜。もうパパったら、若い男と俺のどっちが大事なんだとか言っちゃって。やぁねぇ、息子のお友達相手に拗《す》ねるなんて」

昔から敷のファンでもある母親に、来訪を伝えたのは逆効果だったらしい。いつもの調子で天真爛漫《てんしんらんまん》にペラペラと語り出す母親は、その『息子のお友達』の姿が思いがけない場所にあることに気がつく。

「あら、惣一くんどうしたの？　具合でも悪いの？」

なにも寝たふりをする必要はないというのに、対応に窮してか布団の山はうんともすんとも言わない。

「ああ、うんちょっと疲れたみたいでね。今日は彼の苦手な英語の小テストがあったから。滅多に使わない脳を酷使したせいでオーバーフローしたのかも」

「そうなの？　大丈夫かしら」

「しばらくすれば起きるよ」

母親は残念そうな顔をしつつも、『疲れてるならしょうがないわね』と諦《あきら》めて引っ込んだ。

ドアが閉じられ、足音が遠退《とおの》いて行く。

『ぶはっ』という声と共に噴火するように山が開き、布団を捲《めく》った敷が飛び出した。

「起きろって言ったり、寝ろって言ったり、なんなんだよっ！」

「そんな格好のおまえ見たら、母さんがショック受けるだろ」

「だからって、滅多に使わない脳ってなんだよ、おまえちっとは言葉選べよ！　そりゃあ……まぁ、息子が男の幼馴染みとヤってたら、遊びじゃなくて本気でも嫌だろうけど……」

「本気とも限らないけどな」

狼狽《うろた》えてようやくまともに服を着始めた敷は、シャツの袖《そで》に腕を突っ込みながらねめつけてきた。

「……まだそんなこと言うか。はっ、いいかげん素直になれってんだ。さっきだって俺にしがみついて、あんな声出すくせに……」

「フェイクだ」

「……は？」

「あれはサービスをしたまでだ」

もはや恒例ともなった言葉の応酬。当然軽くキャッチボールでもするかのように言い返してくるかと思いきや、聞えよがしな溜め息が返ってくる。

「おまえなぁ、そんなんでいつ惚《ほ》れてるって認めんだよ。十年後か？　二十年後か？　まさか今際《いまわ》の際じゃないだろうな？　俺はダイオウなんちゃらじゃねぇんだから、死ぬぞ」

「安心しろ、日本人の平均寿命は男もついに八十歳を超えた。健康なら余裕で十年、二十年は大丈夫だ」

「大丈夫じゃないかもしんねぇだろうが。人の健康、勝手に買い被んな。後悔してからじゃ遅いんだからな。あのとき言っときゃよかった〜って思っても、俺はとっとと成仏《じょうぶつ》すんぞ。

おまえの枕元になんてぜってぇ立ってやらねぇからな」

　不満げに指を突きつけようとする手を払いつつ、有佐は頷《うなず》いた。

「判った」

　同意を受け止めきれずに、きょとんとした顔になったのは敷だ。

「え、わ、わかった……のか？」

「ああ、おまえの言い分も一理ある。そうだな……たとえば、おまえが銀河の渦巻きを逆向きにしたら考えてやってもいい」

「どういう意味だ？」

「銀河はどれも一定方向に巻いてるわけじゃない。右巻きと左巻きがある。時計回りに星を従えてるか、逆回りになってるかだ。そいつを逆にできたらおまえの言うとおりにするってのはどうだ」

「どうだって言われても……」

　夜空に無数に浮かぶ渦巻銀河。アンドロメダ大星雲に人類も隅っこに在住中の天《あま》の川《がわ》銀河、その他いろいろ。

「まぁ、たくさんあるんだ。どれか一つぐらいぽっとできてもおかしくないだろう」

「できるか、アホ！　巻いてるかどうかも肉眼で判らないようなもん、どうやって逆にしろってんだよ。アインシュタインでもニュートンでも、そんなもん無理に決まって……」

見開いたばかりの男の双眸《そうぼう》が再び据《す》わる。

「ようするに、お断りだって言いたいんだな？」

「なんだ、試す前から諦めるのか。そういえば小学生の通信簿からおまえ、長続きしないとか熱意に欠けるとか書かれてたっけ……」

「言うとおりにする気なんかさらさらないくせして、根性論持ち出すんじゃねぇ。判った。俺もよく判った」

「なにがだ？」

「おまえという奴がだよ、有佐有貴！」

吐き捨てたかと思うと、シャツのボタンを止めるのもそこそこに制服のスラックスにずぼりと足を通す。上着を羽織り、コートと鞄《かばん》を引っ掴み。ドアに向かいかけて、有佐の足元でとぐろを巻く臙脂《えんじ》のネクタイを、敷は大股《おおまた》に二歩戻ってばっと拾い上げた。

有佐は動かないままだった。

ベッドの端に座ったまま、下ろした裸足《はだし》の足先をぴくりと動かすこともなく、怒りに任せて部屋を出て行く男の後ろ姿を見送る。

「……なに言ってんだか、今更だろう」

呟《つぶや》きを漏《も》らしたのは、階段を下りる荒い足音が階下まで遠退いてからだった。

「せっかくお夕飯も用意したのに、惣一くん帰っちゃうなんて。そんなに疲れてたのかしらねぇ。英語苦手だったなんて知らなかったわ。だってほらご両親も今はアメリカだし、あちらに会いに行ったときに言葉が不自由だと困ったりするんじゃないかしら。ねぇ、有貴、あなた教えてあげたら……」

有佐家のダイニングルームは、テレビなど点《つ》けていなくともいつも母の声で賑やかだが、一度母が口を噤めば静寂が下りてくる。

普段から口数は多くない一人息子が、今はすっかり沈黙しており、食事の手も止まっているから尚更だ。

「有貴？　どうしたの？」

「……あ、ああ、ごめん、ぼんやりしてた。そうだね、また来るように伝えておくよ」

『来ないかもしれないが』と同時に思い立った言葉は飲み込んでおく。『どうして？』と追及され、でっち上げの理由を並べるのも面倒な気分だ。

しかし、母親は天然ながら……天然ゆえか、痛いところをついてくる。

「惣一くんはホント変わらないわね。昔っからハンサムで優しくて。あなた、すっかり気難しくなっちゃったのに、今も変わらず仲良くしてくれてねぇ」

二人きりのダイニングルームにその声は大きく響いた。

日々欠かさない予習を終えると、急に頭の中は暇になる。入浴もすませてパジャマである濃紺のカットソーに着替えた有佐は、自室に戻ると溜め息をついた。

深夜十一時過ぎ。美容を気にして早寝の母親はすでに寝室に引っ込んでおり、ただでさえ無駄に広々としていて人の気配の伝わり難《にく》い家は、シンと静まり返っている。

気難しくなどなったつもりはないが、自分が変わった自覚くらいは有佐にもあった。

いつまでもみな幼く可愛い子供ではいられない。有佐も成長したが、その過程で人より少し変貌しすぎた。その原因の一旦は、元の容姿にもある。

子供の頃、有佐は自分の容姿が嫌いだった。男が可愛くとも百害あって一利なしだ。実際、運動能力がものをいう小学生の頃には、見た目も儚《はかな》げで病弱だった有佐は、貧乏な家庭環境も手伝い同級生にはよくからかわれた。

学校なんて閉鎖的な空間では、力でねじ伏せられると一度思い込まれると厄介《やっかい》だ。

強くなくては。体が望みどおりに成長しないのであれば、心だけでも。利口な有佐は、狡《ずる》賢《がしこ》くも頑《かたく》なな少年へと成長した。

そんな有佐は自分をバカだと思ったことはないけれど、愚かだと感じることなら時々ある。

今もそうだ。

「……べつに今更必要ないだろう」

怒って帰ってしまった敷について考える自分は、ひどく愚かで無駄な時間を過ごしている。別れさせ屋に関わる多くはフェイクだったと広海がバラしてしまった。あれから依頼を引き受けるのもぱったりと止《や》めており、状況を並べればおのずと答えは見えてきそうなものだ。歴然とそこにある。なのに敷は、気持ちを言葉に表さないからと日々不満そうにしている。

――そんなに言葉が大事か。

疑問を抱くと同時に、大事でないのなら、何故《なぜ》自分も拘《こだわ》りを捨てて軽く言葉にしてしまわないのかと思う。

やっぱり、愚かだ。

さっきまで使用していた参考書やらをしまい、整然となった机の上の携帯電話を手に取る。特にメッセージも届いていない電話を手に、窓際のほうへ歩み寄れば突然音が鳴った。

不意を打たれて身を竦《すく》ませるも、次の瞬間には有佐は小さく息をつく。

『やっほー有貴、久しぶり。元気？』

アプリの通話機能で連絡してきたのは、広海だ。

「昼間学校で会ったばかりだろう」

『ふうん、やっぱ元気ないんだ～？』

「なんの用だ」

珍しい深夜の連絡に、頬《ほお》が緩むよりも強張《こわば》った。こんないかにも怪しげな調子でかかってくれば、身構えて警戒するのも当然だろう。

『なんだよ、用がないと友達に電話しちゃいけないわけ？』

「用事でもないと電話なんてしない奴だからな。おまえが将来友人に「久しぶり〜」などと電話するとしたらアレだな。怪しいネズミ講の誘いか、胡散くさい健康食品の販売だ。優待価格で購入できるなんて言われても、俺は絶対に買わんぞ」

窓辺の猫脚《ねこあし》のチェストに腰をもたせかけて応えれば、途端にぶすくれて唇を尖《とが》らせたような声が返ってきた。

『え〜、なにそれ。俺のイメージってどうなってんの。ひどいなぁ、俺と有貴の仲なのに〜』

「特別な関係になった覚えはない」

『共犯じゃん。秘密の仲でしょ〜』

「そんなものはとっくに解散済みだ。おまえが敷にあれこれバラして解散に追い込んだんだろうが、さっさと時計の代金も払え」

年末に要求した腕時計の代金は一向に払われる気配もない。予想どおりとはいえ、ヘラヘラと笑ってかわし続けている広海が、ここへ来てわざわざ電話で自ら突っ込まれるような会話をするのはおかしかった。

おっとりして見えるのは雰囲気のみ。成績はあまり振るわずとも、そういう計算だけは頭の回る友人だ。

『そっか、そうだったね～。じゃあ、新しい秘密作るってのはどう？』

「……どういう意味だ？」

警戒レベルを心の内で上げつつ静かに問えば、通話中のまま画像が届いた。ハンズフリーのヘッドセットを使っているのか、『見て見て～』なんて同時進行で会話を続ける。のん気な広海の声に対し、一旦耳から離して画像を確認した有佐は思わず目を瞠らせずにはいられなかった。

敷の写真だった。凭《もた》れたベッドに頬を預け、目蓋《まぶた》を閉じている。座ったラグの色、タータンチェックのベッドカバー、映り込んだ背景からして、何度か訪ねたことのある広海の部屋であるのは間違いない。

『今、惣一がうちに来ててさぁ。へへ、盛っちゃった！』

耳に戻した電話からは、悪戯でも成功させたかのような声が響く。

有佐の表情から涼やかさはとっくに失せていた。

「まさか、また酒を飲ませたのか？　騙して飲ませたなら、未成年じゃなくても犯罪だぞ」

『あーそんなこと言う？　カラオケんときは共犯だったのにさぁ』

「俺は酒を飲ませろとは言ってない」

『はいはい、有貴は雑なやり方は嫌いだもんね。でも、あんとき俺のアイデアのおかげで女の子に惣一を持って帰られなくてすんだし、有貴もいい思いできたわけでしょ？』

『共犯、共犯』とどこまでも軽く弾む声に、有佐は眉《まゆ》を顰《ひそ》めた。電話を握る手にも自然と力が漲る。

『ねぇ、俺さ、有貴と違って小さいときはアクマって言われてたんだよね。小さい悪魔って。みんなが嫌がる悪さばかりしてたからなんだけど〜』

沈黙に臆《おく》した様子もなく、ふふっとくすぐったい笑い声は響いた。

けして高くはないけれど、どこか女のような笑い。異性を毛嫌いしているつもりはなくとも、媚《こ》びるような胡散くさい女の笑い方は苦手だ。

『有貴とはちょうど正反対だね。惣一から聞いたよ、有貴は小さい頃は可愛くて天使みたいだったんだって？』

「……なにが言いたい？」

『実は、惣一のことは俺も結構気に入ってるんだよね。女の子と付き合ってもメリットはないけど、惣一はいろいろ尽くしてくれそうじゃん。有貴がいらないなら、もらうのもアリかなぁって思ったりするわけなんだけど？』

試されるのは当然好きじゃない。謎かけも。

なのに、想定されているであろう答えを返してしまった。

「いらないと言った覚えはない」

電話の向こうで、また女くさい笑いが響く。

『言ってるも同然でしょ。でなきゃ、惣一が傷心で俺の部屋に来たりするわけないいし』

「傷心って……惣一がなにか言ったのか？」

敷はお人好しなところはあるが、けして口は軽くない。ペラペラとなんでも話すとは思えないものの、事実広海の家にいて、酒を盛られて眠りこけているらしい。

妙な電話までかけてくるくらいだ。広海がなにか知っているのは確かだろう。

怒り心頭で帰った敷が、気晴らしに広海の家に寄った可能性はある。

『惣一ってさ、既成事実に弱いタイプだよね。根がマジメだからさぁ、すぐ「責任取らなきゃ」とか思い込んじゃうほうだし。酔っ払って、有貴じゃなくて俺となにかあったらどうすんのかな』

不意に声だけでない音がした。

なにか擦れ合うような微かな音。一定のリズムで、繰り返し繰り返し。

広海がその白い手で眠る敷の髪を撫《な》でてでもいるのか、服の衣擦《きぬず》れか。肩、背中、それとも。目にした一枚の画像のせいで、余計な想像を掻き立てられ、わざと聞かされていると察しながらも戸惑う。

「広海、おまえ……」

『じゃあね、そういうわけだから』

一方的な言葉を残し、通話は途切れた。

突然無音に変わった携帯電話を、有佐は握り締めたまま。チェストに凭れかかった腰はいつの間にか浮いており、前のめりになってカーペットの一点を見据えていた。

「…………はっ」

やがて乾いた声が出た。

見くびられたものだと思う。こんな安っぽい挑発に乗る男だと、小さい悪魔だかなんだか知らないが、広海ごときに思われているなんて。

笑い飛ばすしかない。何度か息をついて笑い声に変え、それから手にしたままの携帯電話をベッドの上に放ろうとして逆にぎゅっと握りしめた。

体が意思とは正反対に動いた。

まんまと広海に乗せられるなんて有り得ないと思いつつも、部屋の片隅のコートハンガーにかけた上着を引っ掴む。風呂上がりのパジャマにそのまま羽織りそうになるのを、かろうじて着替えて、最低限のものをポケットに押し込み部屋を出た。

広海の家はここから三十分以上はかかる。今ならまだかろうじて最終電車に間に合う時刻だ。足音を忍ばせることも忘れて階下に降りたが、一階の奥の寝室で眠る母親が気づいた気配はなかった。

——なにをやっているんだか。

引き留める冷静な自分は残らず消えたわけじゃない。まだ頭の隅に存在していたものの、足はそんな意志を捻《ね》じ伏《ふ》せるように勝手に動いた。衝動が理性を上回るなんて、今の今まで有佐は自分には起こりえないと思っていた。

靴《くつ》を履《は》き、玄関ドアを開ける。足早に表に出て、自動で開閉する大きな門を避け、隣の勝手口を開けたところで勢いは急に萎《しぼ》んだ。ゼロになった。

今まさにこの瞬間にも、小さい悪魔の手に落ちようとしているはずの敷が、路地に立っていたからだ。

「有佐」

写真で間抜けな寝顔を晒していた男は、制服姿のまま、街灯の光を浴びて目の前にいる。

有佐も驚いたが、敷もびっくりした表情だ。

「……そういうことか。まさか、おまえが広海と結託するなんてな」

「は？　ケッタクってなんだ？」

「あいつと組んで俺を嵌《は》めようとしたんだろう？」

「なに言ってんだ、俺はおまえに見せたいもんがあって来ただけだ」

昨日の今日。いや、夕方ケンカ別れしたばかりの夜だ。バツの悪そうな男は目を逸《そ》らし加減にして、ぶっきらぼうな口調で言う。

「広海の家に行ったんじゃなかったのか？」

「あいつの家には行ってたけど……ああ、今から有佐んとこ行くっつったら、なんか『連絡しないで、黙って玄関前で待ってろ』とか変なこと言ってさ。そしたら、おまえが出てくるって……」

「じゃあ、大丈夫なのか？　酒は飲んでないのか？」

「酒？　なに言ってんだ、飲むわけねぇだろ。カラオケで懲《こ》りてるし、俺は金輪際《こんりんざい》……いや、二十歳《はたち》までは飲むもんか」

電話をしている間、広海はもう一人だったのだ。

嵌めたのが広海一人なら、嵌められた間抜けな人間も自分一人。写真の撮影した日時も確認せずに信じるなんて、どうかしている。

認めたくはなくとも、それくらい動揺させられたのだと、この状況が示していた。

なんのために？

ただからかうためだけに時間を使うほど、広海も暇ではないだろう。友情。なんて単語がうっかり頭を過《よぎ》る。怒りに任せて帰って行ったときと違い、毒気の抜けたような目で自分を見ている敷の眼差しが証拠である気がした。

広海がそうさせたのだ。

「マジで出てくるとは思わなかった。有佐、なんかあったのか？」

「……いや、べつに」

「『べつに』でおまえ、こんな夜中に出てこねぇだろ。寒いのに、んな格好で」

指摘された服装は着替えはしているものの、薄いニットにジーンズの普段着で、羽織ったのは制服のピーコートというちぐはぐさだ。

思わずコートの前を掻き合わせながら、問い返した。

「おまえのほうこそ……なんでまた来たんだ」

見限ったのではなかったのかとは問えなかった。本気はもちろん、皮肉でも。声が震えてしまいそうな予感がした。きっと寒いせいだ。

「ああ、おまえに見せたいもんがあってな」

「……見せたいもの？」

「そうだ」

「なんだ、こんな時間にわざわざ……」

「こんな時間だから、見せられんだよ。いいから来い！」

腕を掴まれたかと思うとぐいっと引っ張られ、前のめりになった有佐は思わず『わっ』と声を上げた。

「なっ、なんだ、急にっ……」

振り払おうとする力ものともせずに歩き出した背を、有無も言えずに追わされる羽目になる。なんの拍子にか、時々強引になる男だ。そして有佐もまた、なんの弾みにか上手く拒めなくなった。

無言で大股に歩く敷の右手は、有佐の腕から手首へ、そして手のひらへと握る場所を移した。深夜の住宅街は人通りも絶えている。若い男二人が手を繋いで歩いていようと、夜道に見咎《みとが》める者はいない。

「ど、どこまで行くんだ？」

繁華街のほうへ向かうのかと思いきや、途中から舵《かじ》を切るように方向転換、手を引いて歩き続ける男が向かったのは川縁《かわべり》だ。

学校近くの住宅街の中を過ぎる細い流れとは違う。大きな川が海へと向かっており、公園や遊歩道などを構えるほどの河川敷こそないものの、小高く盛られた土手が川を跨《また》ぐ橋のほうまで長く続いている。

「敷っ、ちょっと、おいっ……」

軽く息を切らして土手を登った。大きな手がするっと離れて解《ほど》けたかと思うと、敷は辿《たど》り着いた土手の上で両腕を天に向け大の字に開いた。

おもむろに夜空を仰ぐ。

「有佐、判ったぞ」

「……え？」

「おまえの言ってた、銀河の渦巻きを逆にする方法な。これが正解だ！」

思わず息を飲んだ。

驚きの声を上げることすらできずにいる有佐の前で、『ほら、好きなだけ見ろ』とばかりに男は広大な宇宙の広がる夜空を示す。

「簡単な答えだ。宇宙には上も下もねぇ。右に巻いてる銀河も、裏っ側から見れば左巻きだ。つまりこの瞬間も、銀河の巻きはひっくり返せてる。ただ肉眼では見えないってだけで……そうだろ？」

なんてことはない、見方を変えればいいだけのこと。

「……確かに。けど、肉眼で観測できても、地球からじゃ反対方向は見えないけどな」

「おまえは反対にしろって言っただけで、見せろとは言ってねぇ」

「ああ、そうだったかな」

暗がりにすぐに慣れた目には、澄んだ冬空に無数の星が瞬《またた》いているのが見えた。

空気も星も綺麗《きれい》だ。とても。

自然と緩んで綻《ほころ》ぶ唇を動かし、有佐は星を見つめるままに問う。

「なんで判ったんだ？」

「百科事典だ。宇宙百科事典」

「宇宙……？」

「帰る途中に、広海の部屋の本棚にそんな本が並んでたのを思い出してな。このままわかんねぇのも癪《しゃく》だから、なんかヒントにならねぇかと思って」

家に寄って見せてもらったのだと敷は言った。帰宅途中に立ち寄り、何時間も宇宙百科事典とやらとにらっめっこ。『傷心』で、腹立ち紛れの愚痴《ぐち》を広海に零しに行ったのではない。

むしろ、逆だ。

自分の放った戯《ざ》れ言《ごと》を解決しようとして——

「ガキ向けの本かと思ったら、なんかちゃんとしてるっていうか……頭痛くなるような小難しいこともいっぱい書いてあってさぁ。読んでたら疲れて……」

「居眠りでもしたのか？」

「し、してねぇ。ちょっと途中でうとうとしただけだ」

決まり悪そうに告げる敷は、小悪魔な友人に無断で写真を撮《と》られたことなど察していない。

「肝心の銀河の巻きについては載ってねぇし、どうしたもんかと思って……ページ、閉じようとして気づいた。写真の銀河がさ、透けた裏から見たら、逆に巻いてんだよ」

それも、ある意味、宇宙百科事典に教えられたことになるのか。

「どうだ、半日もかからずに答え見つけてきてやったぞ」

鼻息も荒く、得意げだ。その口元から白い息が零れるのを、有佐は見つめる。

「そうみたいだな。で？」

てっきり、約束どおりに『好き』と言えとせっついてくるのかと思いきや、敷の視線は逆に暗い川面のほうへと外れた。なにか言いづらいことでも思い出したかのように、指先で眉間を掻き、重たげに口を開く。

「あと、ついでに思い出した」

嫌な予感がした。

「こんな感じの土手だったろ、有佐……おまえが昔、俺にメロンパンくれたの」

「ああ……社会科見学でもらったパン落として、おまえがグズグズ泣いたときの……」

「悪かったよ、忘れてて」

その一言で、自分の聞きたくない話なのだと悟った。今や百八十センチ台まで身長を伸ばし、小学二年生のときですらクラスで一番デカかった男子が、転がしたメロンパンが可哀想《かわいそう》で泣いた話ではない。

もっとべつのこと。

小さい頃の告白なんて忘れていて当然で、実際綺麗さっぱり忘れていたくせして、何故今になって思い出すのか。

「はは、まさか俺、高校生になってもエビフライ食い飽きてないとは思ってなかったわ」

照れ隠しのつもりか、そんなふうに言って頭を掻きながら笑うから、余計にこっちは居たたまれなくなる。

「それと、エビフライ食い飽きてねぇのに、おまえのほうが好きになるともな」

「……バカか、同列に語るな」

「つか、おまえのほうこそ、ずっと飽きないとも思ってなかったっていうか……」

『誰に？』とは問う必要はなかった。

そんな問いは今は藪蛇《やぶへび》だ。

目が合う。視線が熱を持つほど絡《から》んでしまい、有佐は上がりそうになる体温を下げるべく、溜め息をついた。

「俺は一度も満足に食えたことはなかったからな」

エビフライではなく、目の前の男についてだ。成長の早い見た目に反して中味はガキだった男に幼い頃の告白は見事に躱《かわ》され、以来気持ちとは反比例して、有佐は頑なになった。

「有佐？」

冷える指先に息を吐きつけ、有佐は土手の端にしゃがみ込んだ。こんな時間に着用しているのもおかしな制服のコートの前を掻き合わせながら、真っ暗な川の流れのほうを見る。

右から左に流れているのか、あるいは逆であるのかも定かでないような暗がり。星明かりは微かに水面を煌《きら》めかせるだけにすぎない。

闇《やみ》は怖いというよりも、優しかった。包まれれば一人きりの夢の中にでもいるかのように、安心できる。

だからだろう。昼間なら到底言えないような言葉が、ぽろりと口をついた。

「いっそ、記憶を失えばいいのにと考えるときはある」

「……どういう意味だ？」

「記憶喪失にでもなれば、おまえの望む『可愛い』からやり直せるかもしれんしな」

傍《かたわ》らに突っ立った男からは、意外な反応が返ってきた。

「嫌だね」

「……なんでだ？」

「そしたら、おまえとの記憶は全部なくなるわけだろ？　土手でメロンパン半分もらったのも、運動会でトトカルチョに利用されたのも、キャンプで蚊《か》の囮《おとり》にされたのも、入院したとき見舞いのメロンやプリンまで奪われたのもさぁ」

説明というよりボヤキだ。納得にはほど遠い理由に、有佐は正直面食《めんく》らわされる。

「メロンパンはともかく、後のはおまえの中で必要か？」

「わかんねぇけど、今の俺とおまえを作ってる一部なわけだし、なくすとか気持ちわりィ」

敷らしい答えではあった。

けして合理的ではない。けれど、無駄どころか厄介なものまで切り捨てられない男だからこそ、自分は惹《ひ》かれるのだろう。

「それに、おまえに捕まってなかったら、今度は見た目は可愛いけど腹黒い女と付き合って、手のひらで転がされてるかもしれねぇしな。大して変わんないつーか」

「それは有り得る」

「だったらおまえでいいやっていう」

「はっ、妥協か」

有佐は噴き出すように笑った。

傍らの男も笑い、それから譲れないとばかりに口にした。

「そっちこそ、本当に俺が好きなのかよ。昔のこと思い出しても、約束は約束だからな。ちゃんと『大好きです』って言え」

「勝手に大きくするな。俺はべつに……」

銀河の浮かぶ夜空へ向けて立ち上がる。勢いつけたつもりはないけれど、柔らかな土の土手の傾斜に足を取られ、有佐はよろけた。

「わっ」

驚いて声を上げたのは敷のほうだ。ばっと手を伸ばされ、いつかの川に落ちたときと違ってしっかりと腕を掴まれた代わりに、二人して土手に倒れ込む羽目になった。

派手に転がり、夏場ほどではないが茂った草がざっと音を立てる。

痛みはなかった。ただ伸《の》しかかった長身の男は重たく、背中で感じる冬の地面はひどく冷えていた。

「有佐、大丈夫か？」

「……冷たい。なんか、草が濡れてる」

「夜露《よつゆ》じゃないのか」

「なんで冬空の下で、おまえと土手に転がって夜露に濡れなきゃならないんだ」

至極当然の不満だった。転がる原因を作ったのは自分だけれど、上に乗った男がどかないせいでいつまでも置き上がれない。コートを着ていても感じる地面からの冷気に、頭上を仰ぐ有佐は身を竦ませ、抗議を続けようとして息を飲んだ。

見下ろす男の眼差し。眸の色も判らないほど暗がりに沈んでいるのに、どういうわけか熱を感じた。

背後で静かに星が瞬く。

恒星。星団。銀河。どれがどれだか判らないけれど、散りばめられた気も遠くなるような距離を旅した星々の光。

「……なんでだろうな」

「……しき?」

「こういうことするためだったりしてな」

すっと覆い被さられると、星も夜空も敷の眼差しも見えなくなった。ふらりと顔を近づけられて訪れた口づけ。キンと冷えた空気の中で、微かな温かさを唇で感じた。

重なり合い、離れたかと思えば、またすぐに戻ってくる。不意のキスを呆然《ぼうぜん》と受け止める有佐は、目蓋こそ落とさなかったけれど、拒もうともしなかった。

「……んっ」

無抵抗をいいことに、ちろりと熱い舌先が唇をなぞった。捲るようにして、口腔《こうこう》へと入り込んでくる。遠慮がちかと思えば一息に沈み、まるで波打ち際から急にザブンと底の深くなった海みたいに有佐を浚《さら》う。

「……わっ」

ぐいっと両手で胸元を突いてみると、重たそうな敷の体が思いのほか簡単に動いた。

完全に不意打ちを食らわされたに違いない男を無言で突き動かし、有佐はゴロンと体を反転させる。

「ちょっ、え、なに待っ……」

首筋に濡れた草が触れたのだろう。形勢逆転、地面に転がされた敷は「ひゃっ」と情けない声を上げた。

「わ、判った、もう起きるって。ホント、冷た……」

馬乗りになった有佐は、いつもはピンと真っすぐに通った背筋を丸め、そのまま身を屈《かが》ませる。

息を飲む制服姿の恋人の唇に、流星でも降らせるように自らキスをした。

「だいたいさ、夕方もしたばっかだってのにこれって、俺ら本当にサルかもな」

「……一緒にするな、俺は違う」

「違うってどこがだよ？　だいたい、煽《あお》ってきたの、おまえのほうじゃん。今だって……っ、あっ……」

無駄口を叩くなとばかりに有佐が乗り上がった体を揺すれば、敷かれた男は息を詰めた。滅多なことでは軋《きし》まない自室の大きなベッドが、微かな音を立てる。

敷の呼吸が乱れるのも無理はない。跨いだのはちょうど腰の中心だ。まだ服は身につけたままだったけれど、制服のズボン越しでも判るほど兆《きざ》したそこを、無遠慮にごりっと揉《も》まれては堪《たま》らないだろう。

「……はぁ…っ」

相打ちみたいなものだ。衣服越しに伝わる刺激に、有佐もへたり込むように落とした尻を弾ませ、吐息を漏らす。

「有佐、くそっ……」

「なんだ、不満……なのか？」

「まぁ、こんな……エロいサルなら、いつでも歓迎……つか、大丈夫なのか、おまえの母ちゃん」

家は無人ではない。階下で母親が眠っている。こそこそと帰宅した際も気づかれなかったとはいえ、絶対に目を覚まさないとは限らない。

心配げに声を潜《ひそ》める敷を見下ろし、有佐は人の悪い笑みを浮かべる。

「おまえが来てるって気づいたら、起きてくるかもな。母さん、ファンだから」

「……笑えねぇよ」

「しょうがないだろう。おまえがあんなキス仕掛けてくるから……こんなことになったんだ」

「お互い様だろ、そいつはっ……」

狙いを定めるように見据えて、顔を落とした。互いの顔も判別できないほどではないけれど、明かりを落とした部屋は暗い。薄いボイルカーテンのみを閉ざした窓の星明かりだけが頼りだ。

唇を重ね合わせてから、目を閉じる。上手の続きのようでいて違う。もっと強く、セクシャルな意図を持った口づけ。舌を伸ばそうと唇を解けば、待ってましたとばかりに先に舌を押し込まれた。

「……んっ……ぅ……」

キスに勝ち負けはない。不本意に思えたのは最初だけで、迎え入れてしまえば熱く濡れた舌は有佐の官能を引き出す。あまり器用とも言えない動きにもかかわらず、口腔を探られると、いつもぞくんと肌が震えた。

「……ぁ……っ……」

ざわめく肌を確かめる男の手が、ニットの中へ忍び込む。まだ表の冷気を纏《まと》った冷たい手のひら。キスで塞《ふさ》がれた唇から吐息が零れる。

口づけの合間に、探り当てた胸の小さく凝《こご》った粒を幾度も転がすように撫《な》で摩《さす》る指に、ベッドについた四肢《しし》まで震えた。悪戯な両手はそれだけでは満たされないとばかりに、有佐の身を探索し始める。

寛げたジーンズの内へと伸びた手に、大きく息をついた。熱を燻《くすぶ》らせる性器にその手が到達してしまえば、キスを続けるのも困難になる。

「……ん…ぁっ……う……」

深く俯《うつむ》いて下りた前髪を摺《す》り寄せるように、敷の喉元に有佐は額を押しつけた。

きゅっと中心を握られ、隔てる下着まで濡らしてしまいそうな快感が沸き起こる。反射的に、男の両脇についた手は張りの緩んだシーツを握り締めた。

「……有佐」

呼ばれて自然と顔を起こした。目を合わせてから、快楽に浮かされた物欲しげな目を自分がしているのが判った。

敷は笑ったりはしなかった。むしろこの上なく真剣な表情で、熱を帯びた双眸で快感を得ている自分を見据える。

もう一度名を呼びながら伸びた一方の手が、ジーンズをずり下げ、腰の後ろへと回った。あからさまな動きで尻の狭間《はざま》を探られても、払い落とそうという気は起こらない。まるで試しかけるようでもある指の動きにも、有佐は男を見つめ返し、荒い息をついて肩を上下させるだけだ。

夕方の情交でまだそこは和《やわ》らいでいる気がした。また恥ずかしく割られるのだと想像すると、頰が火照《ほて》ってくる。こんな被虐《ひぎゃく》を悦《よろこ》びに変えるマゾヒスティックな一面が自分にもあるだなんて、つい最近まで知りもしなかった。

受け身に回るのはそのせいかもしれない。

セックスは嫌いじゃない。むしろ、好きかもしれない。

顔と性格のせいで、金でも絡まなければ性的なことに興味がない、もしくは嫌悪していると思われがちだが昔からそんなことはなかった。ただ、誰でもいいとはいかないだけだ。誰にでもこの身を明け渡したいとは思えないし、実際にそんな目に遭ったら吐き気をもよおすだろう。

許し、求めるのは、心から欲しいと望む相手だけだ。

──つまりは普通。

有佐も普通に惚れた相手とセックスをしたいだけの男にすぎない。

「……敷」

いつも呼んでいるその名を口にすると、無意識に腰が前後に揺れた。

言葉にせずとも、見つめる体が続きをせがむ。

「……くそ、だからずるいんだって、おまえのその目」

素直な求めだったが、敷のほうは悔しげに男らしい眉根を寄せた。

不満を覚えつつも、異論はないらしい。

そのまま服を脱がせ合った。邪魔な下着も取り去って裸になると、棚から取り出したローションを敷は指に塗《まぶ》した。今日のために買ったものだが、まさか日に二度も使う羽目になるとは思いも寄らない。

「ひ…っ……」

向き合い、跨った腰に手が回る。滑りを助けに、狭い後孔《こうこう》へと沈んだ指に有佐は鳥肌立てて身を竦ませる。

ひどく冷たい指だった。

「……おまえん中、熱いな」

「おまえの手が……冷えてるからだろうっ」

普段は体温の高い敷の手は、未《いま》だ冬の冷気が凍《し》みついたかのようだ。肌で感じるよりずっと、熱い内部では温度が低く感じられる。

「じゃあ、あったためてくれよ」

どこか甘えるような調子で男は言い、きゅうっと粘膜が縮んだように窄《すぼ》まる有佐の中で指を動かし始めた。

「んっ……は…ぁっ……はっ……」

軽く頭を振る。心なしか摩擦がきつい。いつもより冷たい指は締めつけてしまうせいで、まざまざと節々まで感じ取れる。そのくせ、役目を果たすローションが、抵抗をねじ伏せるかのように長い指を奥まで運んだ。

「し…きっ、あ……ぅ、はっ、はぁ……」

「……なんか……狭いのに、柔らかいな」

上半身を起こした姿勢で、向き合った有佐を抱く男は、一方の手で肩甲骨《けんこうこつ》の浮いた背をさすりながら耳元に密やかな声で問いかけてくる。

「奥、すげ……届くけど……有佐、大丈夫か？　ん？」

酔った未遂のときこそ荒っぽかったが、敷は基本的に優しい。潤滑剤を使うようになったのは、男の体が受け入れやすくはできていないからであって、いつも慎重すぎるくらいだ。

「……っ、あ……平気、だ……」

指だけでなく、吹き込まれる声にも正直肌が熱を持って騒いだ。

「……あ…ぁっ！」

「有佐、声……」

感じるポイントをなぞられた拍子に、大きな声が出そうになってしまい、慌てて男の肩口に顔を埋《うず》める。

意識がすぐに散漫になりそうな予感がした。早くも飛んでいきそうな理性は、しっぽを摑んでおくのがやっとだ。急いで終わらせないとやばいかもしれない。

「……もう、挿《い》れるか？」

有佐の心を読み取ったかのように、敷が背中から這《は》い上らせた手で髪を撫でて言った。暗がりの中ではさすがに光ることのない栗色の髪が、男の長い指の間を何度も擦り抜ける。

コクリと有佐は頷いた。

「……ゴム、つけてくれ」

夕方、勢いでつけずにやっておいて今更という気もするけれど、今はほかの事情もある。

「下に、母さんもいるのに…っ……後始末が面倒、になるのは困る……」

息を喘《あえ》がせながら告げれば、敷は『判った』と了承したが、準備に手にしたパッケージを有佐は奪い取った。

「貸せ、俺が……つけてやる」

べつに信じなかったわけじゃない。

ふと、そうしたくなったからだ。

「へぇ、珍しい……」

袋を破りながら身をずらし、腹を打つほどに成長しているものに手を伸ばす。身を屈ませて顔を近づけると、嵩《かさ》の張った先端に宛がったのはゴムの中心ではなく、唇だった。ちゅっとキスをすれば、当然ながら持ち主は息を飲む。

「あっ、有佐、おまっ、ええっ……！？」

「敷、声うるさいぞ」

動揺は声でも身の反応でも伝わってきておかしかった。敷は何度も口を使った奉仕をしてくれているが、有佐からしたことはない。たまたまないのではなく、絶対にしないものと思われていたに違いない。

嫌悪感はなかった。ただ、ぺろりと舌を閃《ひらめ》かせて舐《な》めてみるに、美味とはかけ離れたものであることは実感する。

「有佐……あっ、くそ…っ……」

ゴムをつける前の前戯だとでもいうように唇で包んだ。ややグロテスクだが滑らかな亀頭を舐めては頬張る。

「はぁ……やべぇって、有…佐っ……」

「……また大きくなった」

根元へ続く幹《みき》を啄《ついば》みながら、顔を横向けて上目遣いに反応を窺《うかが》えば、気持ちいいというより、動揺のあまり怒ったような顔をしていた。

「そりゃあ……デカくもなんだろっ……」

「そうか、ならなかったら……インポテンツだもんな」

「有佐……聞いてっ、いいか？」

「……なんだ？」

「ここまでできて、俺に『好き』って言わないってなんなわけ？」

もっともな質問に苦笑が零れる。ただ単に意地っ張りできっかけが摑めない性格だなんて言いたくもないから、誤魔化《ごまか》しも含めて口淫《こういん》を続けた。

顎《あご》が怠《だる》い。息も苦しい。けれど、フェラなんて一方的に愛撫《あいぶ》を施すばかりで、与える側に得るものなんてないとばかり思っていたのに、どこからか滲む官能に興奮を覚える。娼婦みたいだとも思いつつも、実際に娼婦や風俗を知っているわけではない。

ただ自分がそうしたいと感じるままに、やっているだけだ。

「……りさ、有佐っ、もうっ……いいから……」

荒い息遣い。二人分の。やがて切羽詰まったような敷の声が上がった。

「はぁっ……放せって、出ちまう……ありっ……有貫っ」

拒む手が、蹲《うずくま》って伏せた頭に伸びる。ぐいっと力任せに引き起こされ、喉奥まで飲んでいたものがずるりと抜け落ちた。

「……はぁ…っ」

覚えたのは妙な喪失感。手にしたままのゴムを思い出し、震える指で被せた。口でしてやりたかったが、怠い顎はもっと震えてままなりそうにない。

「……おまえの、デカすぎっ…んだよ」

「あ、有貴……」

自分らしくもない行為の数々に戸惑っている男に、有佐は迫り寄る。この部屋に入ってきたときと同様、欲するままに押し倒して身を跨らせる。いつも以上に育ててしまったものは、やけに猛々しい。受け入れるのは楽ではなかったけれど、とにかくそうしたかった。

昂《たかぶ》りを狭間に自ら穿《うが》たせる。『はぁはぁ』と短く浅く息をつく有佐は、ベッドに仰向けになった男のほうへ腕を引かれ、湿った唇にちゅっと敷のそれが触れた。

「……惣一」

軽いキスは二度三度と続いて、懇願するような目が有佐を仰ぎ見る。

「なぁ……おまえさ、本当は判ってたんだろ？」

「……なに、が？」

「銀河の渦巻きのことだ……逆向きもなにもないってこと……おまえ、知ってたんだろう？　おまえが判らないわけないもんな。知っててなんで……」

「企業……秘密だ」

「なにが企業だよ、もう別れさせ屋だってやめたくせして……」

沈黙で返せば、途端に男の眸は揺らぎ出す。

「……まさか、やめてないのか？」

「どう思う？」

「どう、じゃねぇだろ……くそっ、人のことをいっつも弄《もてあそ》びやがって」

「弄ばれて……るのか？」

途端に、ぐいっと下から突き上げられ、有佐は喉奥で啼《な》いた。

「……んっ、あっ……待っ……」

「そうだよ、おまえに振り回されてんだよ……ベッド、以外はな」

『ベッドもかもしれねぇけど』と、乗り上がられた男は弱気な言葉を続けつつも、仕返しとばかりに腰を揺らした。

抽挿《ちゅうそう》は一度ではない。一度《ひとたび》始まれば、性を解き放つまで終わりは来ない。

「……は…ぁっ、あ…っ……あ……」

じりじりとした熱。粘膜が擦れる度にぶわりと生まれる。敷の胸元に両手をつき、顔を俯かせた有佐は、湿った吐息を振り撒《ま》きながら、引き攣《つ》れるような細い嬌声《きょうせい》を零した。

「そう、いち…っ……はっ、あ、当たっ……」

体の中に、快感の源のような場所がある。いつもより強く、そこに敷の切っ先が当たるのを感じた。体勢のせいなのか、気持ちの問題か。

性器は触れられていないにもかかわらず、突かれるほどに反りをきつくして、透明な雫《しずく》を溢《あふ》れさせる。茎《くき》を上手く伝い切れずに、光る糸を伸ばして敷の腹に零れた。

「……すげ……完勃《かんだ》ち」

状態を告げる掠《かす》れ声にさえ、煽られる。

引くに引けない快感。昇り詰めてしまえば、有佐だろうと後は射精のことで頭がいっぱいで、さっきまでしっぽを摑んでいたはずの理性は完全に飛び去ってしまい、影すら見えなかった。

「あ……やっ……」

両膝《りょうひざ》を大きく割るように左右に押し開かれ、らしくもない声を上げる。

「……全部、見せろよ」

羞恥《しゅうち》を掻き立てて注がれる、熱い視線。ひくひくと揺れる性器は、鈴口の小さな穴を喘がせ、滑る先走りをまた溢れさせた。

ただの生理現象だ。性行為を円滑に行うための。けれど、今有佐のそれを包もうとしているものは、異性の手でも、まして精液を放つべき穴でもない。

「……あ…ぁっ」

男の繊細とは言い難い指が、ぬるんと先端を撫でる。括《くび》れから、しとどに濡れた亀頭を揉んで弄《いじ》られ、しゃくり上げるような声を漏らした。

「言えよ」

「……ぁっ、待てっ…て……」

「約束、だろ。有貴、言えったら……『好き』って……『俺に惚れてる』……って、ちゃんと言って、聞かせろよ」

有佐はゆるゆると頭を振った。

「今、言っ…たら……嘘、になるっ……」

「うそ?」

「快楽にのぼせてっ、言って、るだけっ……みたいじゃないか?」

「のぼせてって……確かにのぼせまくってるみてぇだけど」

いつの間にか、有佐の体も敷の手も、さっきまで冷たかったのが嘘のように体温を上昇させていた。汗ばんでもさらりとした髪を揺らし、有佐は頷く。

「あとで……」

ぎゅっと縋る指を敷の身に立て、上体を深く倒して唇を重ね合わせた。むっと引き結ばれた唇に宥《なだ》める口づけを施す。

「後で……言わせて、くれっ……ちゃんと、なっ、惣一…っ……」

甘えるように唇を擦り合わせ、繋がれた腰を快楽に唆《そそのか》されるまま上下させれば、頑なになりきれない男の唇はすぐに解ける。

舌を伸ばし合って、戯《たわむ》れるキスをした。

「あっ、あ……惣一……っ……」

高く上げそうになる声は、唇に塞がれ吸い取られる。

快感を共有し合い、高みに昇り詰める間際、幼馴染みであり恋人でもある男は諦めとも睦《むつ》言《ごと》ともつかない言葉を漏らした。

「……俺もつくづくおまえに甘いな」


「言っとくが、本当に言うつもりだったんだからな」

熱の失われたシーツに手を伸ばすと、有佐はその冷やりとした感触に布団を深く引き寄せた。

独り言を聞かせた相手は、隣で裸のまま心地よさげに眠っている。セックスは同じだけ疲労したはずだが、敷のほうがあっさりうとうとと居眠りを始めた。

広海の家に行ったり、戻ってきたり。そんなことで体力を削《そ》がれる男でもないけれど、銀河の仕組みなんて慣れないことに頭を使ったせいで、脳がパンクしてショートでもしたのだろう。

などと、いつもどおりではあるものの不本意な毒づきを覚える有佐は、誰も気づかない溜め息をつく。

『後で』はどうやら来ないままだ。

「……知っててどうしてって、言いたいからに決まってるだろう」

心の内で思うだけでは足りずに、言葉に変えた。敷が言わせたいと思うように、有佐もそろそろ言ってしまいたい気持ちに嘘はない。

銀河の渦巻き。答えのない実行不可能な謎かけなんて、するわけがない。月に帰るつもりで無理難題を吹っかけるかぐや姫じゃないのだ、答えは見つけてくれなければ困る。

有佐は片肘《かたひじ》をついて身を起こし、窓からの星明かりをぼんやり受けた男の顔を覗き込んだ。なにか夢でも見ているのか、はたまた今夜の苦労を噛《か》み締めてか、眉間に薄く皺が刻み込まれている。

「……バカ、敷」

悪戯に指先でなぞると、くすぐったかったようで微かに呻いて寝返りを打った。

『どうぞ』とばかりに向けられた広い背。誰も見ていない、本人さえもしっかりと目を閉じているのをいいことに、隣へ再び体を横たえた有佐はこつりと額を押しつけてみる。

これも一つの壁打ちか。

「惣一、好きだ」

背中へ、自分に向けて跳ね返ってくるだけの告白。

「……なんてな、また睡眠学習か」

ようやく手には入っても、思いどおりにはならない男だ。子供の頃からずっとそう。思わせぶりに傍《そば》にいるくせに、優しくしたりもするくせに、手を伸ばそうとするとするりと去ってしまう。

小学一年生のある日、ゴミ捨て場で後ろ姿を見送り、胸を痛めた少年有佐は、成長しても変わらない幼馴染みへの想《おも》いを面倒に感じると同時に、ひどく愛《いと》しくも思う。

あの日痛む胸に押し当てた手を、今はそっと男の体に回してみた。素足も絡ませ、抱きつかせる。腕の中で感じられるほのかな体温。肌に押し当てた額からは、微かな呼吸音さえもが振動に変わって伝わってきた。

「………………だいすき」

こんな甘えはまったくもって自分らしくもないけれど、今だけだと思えば『まぁ、いいか』と張りたがる意地も引っ込められた。

誰も知らない。自分だけの秘密。

今だけのつもりがそのまま心地よく眠りについてしまい、目覚めた男に知られて言い訳に頭を悩ませるのは、小一時間ほど後だった。

みなさま、こんにちは。初めましての方がいらっしゃいましたら、初めまして。

今回は「ロマンスの演じかた」を文庫化していただきました。

過去のノベルズの中では比較的新しい作品にもかかわらず、改めて読み返してみて、その拙さに戦慄いたしました。というようなことを、あまりにも後書きに毎回書いているので、『いいかげん学習しろ！』と自分でも思うわけですが、本当に毎回新たな気持ちで戦慄しており、ある意味新鮮です。『出していただくと決めたからには後には引けぬ！』というわけで、今回も全力で加筆訂正いたしました。

以前、「Fuckin' your closet!!」の後書きに、刑事のスタイルに時代が現われていて困ったと書きましたが、今回はコメディの乗りと、お酒を飲むシーンに困りました。シリアス以上に笑いは時代が出てしまうもので、読み返す作業は『人は恥ずかしさで死ねるのか』を実験中の気分でした。結果は、死にませんが恥ずかしいものは恥ずかしい！　未成年の飲酒については、今はよほどの理由がない限り書かないので真面目に悩みましたが、話の展開上避けられず今回はそのままにいたしました。

文庫化は私にとっては当時至らなかった部分を直すチャンス、かつチャレンジでもありまして、「ロマンスの演じかた」は有佐をもっと判りやすく表現できたらとずっと気になっていましたので、その辺りを中心に直しました。書き下ろしも有佐視点です。ちょっとは素直になる有佐を目指しましたが、いかがでしたでしょうか。

あとがき

こんにちは、または初めまして。杉原朱紀です。この度は「泡沫の恋に溺れ」をお手にとってくださり、ありがとうございました。

攻をいつもと違った雰囲気にという目標を掲げたはずが、いつも通り駄目な大人的に落ち着いてしまいました……あれ。いやまあ、受の子が幸せならそれでいいのですが。

後は猫が書けてとても楽しかったです。いつか一緒に暮らしたい！

挿絵をくださった、相葉キョウコ先生。本当にありがとうございました。キャララフを拝見した時、どのキャラもかっこいいしかわいいしで、歓喜で転がりたくて仕方ありませんでした。カバーイラストも本当に綺麗で。素敵なイラストをいただけて、とても幸せでした。

いつも丁寧にご指導くださる担当様。色々とご迷惑をおかけして申し訳ありません。これからも頑張りますので、どうぞよろしくお願いいたします。

また、この本を作るにあたりご尽力くださった皆様、そして、誰よりもこの本を手にとってくださった方々に、心からの感謝を。ありがとうございました。

それでは、またお会いできることを祈りつつ。

二〇十五年　初春　杉原朱紀

✦初出　泡沫の恋に溺れ……………書き下ろし
蜜色の時を刻んで…………書き下ろし

杉原朱紀先生、相葉キョウコ先生へのお便り、本作品に関するご意見、ご感想などは
〒151-0051 東京都渋谷区千駄ヶ谷 4-9-7
幻冬舎コミックス　ルチル文庫「泡沫の恋に溺れ」係まで。

幻冬舎ルチル文庫

泡沫《うたかた》の恋に溺れ

2015年2月20日　第1刷発行

✦著者	杉原朱紀　すぎはら あき
✦発行人	伊藤嘉彦
✦発行元	株式会社 幻冬舎コミックス 〒151-0051 東京都渋谷区千駄ヶ谷 4-9-7 電話 03(5411)6431［編集］
✦発売元	株式会社 幻冬舎 〒151-0051 東京都渋谷区千駄ヶ谷 4-9-7 電話 03(5411)6222［営業］ 振替 00120-8-767643
✦印刷・製本所	中央精版印刷株式会社

✦検印廃止

ISBN978-4-344-83379-1　C0193　Printed in Japan